이야기

사미인곡

이야기 사미인곡

펴 낸 날 2020년 7월 30일

지 은 이 정순택
펴 낸 이 이기성
편집팀장 이윤숙
기획편집 정은지, 윤가영, 이지희
표지디자인 이윤숙
책임마케팅 강보현, 류상만
펴 낸 곳 도서출판 생각나눔
출판등록 제 2018-000288호
주　　소 서울 마포구 잔다리로7안길 22, 태성빌딩 3층
전　　화 02-325-5100
팩　　스 02-325-5101
홈페이지 www.생각나눔.kr
이 메 일 bookmain@think-book.com

· 책값은 표지 뒷면에 표기되어 있습니다.
  ISBN 979-11-7048-124-9(03810)

· 이 도서의 국립중앙도서관 출판 시 도서목록(CIP)은 서지정보유통지원시스템 홈페이지
  (http://seoji.nl.go.kr)와 국가자료공동목록시스템(http://www.nl.go.kr/kolisnet)에서
  이용하실 수 있습니다(CIP제어번호: CIP2020029829).

Copyright ⓒ 2020 by 정순택, All rights reserved.
· 이 책은 저작권법에 따라 보호받는 저작물이므로 무단전재와 복제를 금지합니다.
· 잘못된 책은 구입하신 곳에서 바꾸어 드립니다.

※ 이 책은 **충북문화재단**의 창작 지원금과 사비로 발간되었습니다.

이야기
사미인곡

정순택 장편소설

생각나눔

머리말

젊은 시절 군복 입고 살았다. 초로에 전역하면서 이런저런 책에 빠져 들었다. 그중 위인전도 포함되었는데 내 조상부터 아는 것이 좋을 것 같았다. 철들기도 전에 송강 할아버지라는 소리부터 들었지 싶었다. 따져보면 귀동냥으로 안 것인데 이참에 확실히 알고 싶어 전집을 펼쳤다. 보면 볼수록 새로웠다. 어떤 위인전보다 강한 인간미에 가슴이 뜨거워졌다.

송강께서는 백성을 하늘로 생각하며 당신이 생각한 것은 반드시 몸소 실천하셨다. 그러면서 이런저런 어려움이 따랐다. 사람은 하는 일이 벽에 부딪치면 자기도 모르게 포기하게 되는데 송강께서는 시종일관 여일하셨다. 모두 덤덤히 받아들이는 것에서 그리 되었다고 생각하자 감탄이 절로 나왔다. 만약 그런 분이 내 앞에 나타난다면 모든 것 팽개치고 따르고 싶었다.

한국에 살면, 송강은 자연스럽게 알게 되어 있다. 그런데 어찌 된 일인지 많은 부분에서 엉뚱하기도 하다. 이는 후손에게뿐만이 아니라 국가적으로도 안타까운 일이다. 가사문학은 세계 유일의 문학인데 그 정점에 송강이 있기 때문이다. 유일의 문학을 널리 알리고 계승 발전시킬 수만 있다면 대한민국에게는 퍽이나 좋은 일일 것인데, 그 정점에 있는 분이 바로 알려지지 못한 것이 사실이다. 그 결과 악영향은 자명한 것이다. 바로잡아야 될 일이다. 미력하나마 힘이 되었으면 하는 생각에서 발 벗고 나섰다.

송강가사를 문학적으로 보는 것이 사실이다. 그런데 작가는 정치하면서 필요하다고 생각하여 남겼을 것이다. 송강은 유학자로서 그 이념인 통치에 충실히 살았던 분 가운데 으뜸이라 평가해도 좋을 인물이다. 그분이 남긴 가사와 단가 등은 민초와 소통하려고 한글을 활용한 문장이다. 임금의 뜻을 받들어 백성들의 생활에 기여하면서 당신의 생각을 아래에 알리고 싶은 마음에서 그런 글이 필요했을 것이다. 글은 어떻게 쓰이느냐가 중요하다. 문학적으로만 인식할 때보다 통치에 활용한 문장이라는 것을 아는 순간 감흥이 더욱 일었다. 그런 감흥을 나 혼자 간직하는 것보다 많은 사람과 같이 공유하면 좋을 것 같았다.

그런데 사람들은 송강 문학마저도 정치적으로만 이해하려고 한다. 당시에 남겨진 글들이 활용되어 백성들의 삶이 바뀐 사실이 분명한 것조차 이상하게 해석하는 경향도 있다. 송강은 셰익스피어보다 한 세대 앞서 살다 가신 분이시다. 셰익스피어 문학은 상류사회의 유흥에 활용되었지만 송강 문학은 백성의 삶에 쓰였다. 그 결과 하층민의 삶이 바뀌기도 하였다. 그렇다면 송강 문학은 셰익스피어 문학보다 우월한 것이 사실이다. 이런 것을 알리고 싶은 마음인데 생각만 앞선지도 모르겠다. 아무튼 독자의 아량만 바랄 뿐이다.

제3부_ 가사

제 1 부

잘난 맛에

1. 교육

　_"어허! 난감한 일일세! 어쩌다 자식을 봉변까지 당하게 만들었단 말인가?"

　정인수 노인은 입맛 쩝쩝 다시며 머리 긁적이다가 혼잣말하고 또 했다. 어찌 보면 아들이 당연히 받아야 할 것을 받은 격이라 할 수도 있겠지만, 시대가 변했다며 조금은 느슨한 마음으로 있던 정 노인에게는 청천벽력 같은 일이었다. 과학만능시대라며 옛것을 모조리 잊으려 하는 세태에 따라간다고 간과한 것이 이 지경에 이른 것 같았다. 알릴 것은 알려야 한다는 것을 미처 생각하지 못한 대가를 치르는 것 같아 아들 보기가 부끄러웠다. 자기는 선고(先考)의 배려에 잘 살았으면서도 아비로서의 역할엔 소홀한 못난 삶이었단 말인가. 살면서 하나하나 나름대로 짚었는데 가장 중요한 대목은 빠뜨린 격이었으니 쥐구멍이라도 찾고 싶은 마음이었다. 꼭 귀신에 홀린 것 같았다. 가르칠 것이 있다면 어떠한 일이 있더라도 충실이 임해야 한다는 것을 뒤늦게야 알았단 말인가 하는 말을 계속 읊조렸다. 조상께 송구하여 하늘만 쳐다보았다. 이러건 저러건 바로 배우지 못하여 피해자가 된 아들에게 심히 미안했지만 이를 계기로 바로 알았으면 좋겠다는 생각이 들자 '후유' 하는 한숨이 절로 나왔다.

　"살다 보면 각양각층의 사람을 만나게 된다. 처음 하는 인사에서

광산 이씨에게 영일 정씨 송강 자손이라고 바로 알리면 이상한 분위기에 휩싸일 수도 있다. 그 집안과는 좋지 못한 인연 때문인데 따지고 보면 모두 오해에 의한 것이다. 이를 살펴야 할 것인데, 기축옥사에서 이발 형제와 노모치자(老母稚者 팔십의 늙은 어머니와 여덟 살의 어린 아들)가 죽임을 당한 것을 너도 알고 있을 것이다. 그때 송강께서는 그 형제를 살리려고 동분서주했지만 힘이 미치지 못하여 발만 동동 구르다가 억울한 생을 마치게 했고, 강계에 위리안치 된 상태에서 노모치자가 죽임 당한 소식을 들으면서 하늘이 무너지는 탄식까지 토해냈다. 사람의 목숨을 그렇게 빼앗는 것은 아니었다. 대신(大臣)으로서 역할을 바로 못 하여 그런 지경에 이르게 한 것만 같았다. 그런 도의적인 자책에 빠졌을 뿐인데 한 집안 멸문지화의 화를 모두 떠안고는 지하에서 신음하고 계신다. 선조 임금이 모든 화를 송강에게 돌렸기 때문이다. 역사적으로 보면 조선은 하찮은 일에 너무 많은 정력을 소비하였고 당시 정권을 쥐락펴락하는 층에서 노래만 부르면 된다는 식으로 나라를 이끌다가 눈 번히 뜨고 있으면서 왜란을 간과한 끝에 끌어들인 격이었다. 임진왜란이 완전히 평정되기도 전에 전쟁이 발발한 원인을 분석하다가 그 정점에 기축옥사가 있음을 알았다. 누군가 책임질 사람이 필요했다. 선조 임금은 얼마 전에 유명을 달리한 송강이 적임자로 보였다. 송강에게는 아주 슬픈 일로 당시를 되돌아보면, 임진왜란 직전에 영의정과 우의정의 공작에 걸려든 임금은 좌의정이던 송강을 정적으로 확신한 끝에 죽이려 했지만 아무런 흔적도 찾지 못하고 속만 태운 끝에 우선 귀양살이시키기로 결정하였다. 충남 대천으로 보냈다가 도착하자마자 경남 진주로 바꾸고 다시 평안도 강계로 옮기게 하여 노독(路毒)에 쓰러지기 은근히 바랐지만, 송강께서는 마음 확 비우고 모든 것을 담담히 받아들였다. 살면서 하나하나에 최선 다했으면 그뿐이라는 생각이 감당하기 벅찬 일정이었으나 모두 소화해 내었다. 그리고 어떠한 결과가 주어지더라도 모두 감수한다는 마음으로 하루하루를 보내는데 왜란이 일어났다."

"……."

"임금은 자신의 몸 보전이 우선이라며 몽진하면서 귀양지에 있는 모두에게 선심 썼지만 오로지 송강은 제외시켰다. 왜병의 칼날에 정적인 송강이 사라지기 은근히 바라서였는데 생각지 못한 곳에서 질책당하고 말았다. 일차적으로 개성에서 짐을 푼 임금은 백성들의 소리가 듣고 싶었다. 각양각층의 백성 모이게 하고 앞에 나섰는데 생각지도 못한 말이 튀어나왔다. 군인까지 포함한 백성이 한 목소리로 송강만 풀어주지 않은 이유가 무엇인지 따지듯 물었다. 조정이 몽진하면서도 위리안치 된 송강을 내팽개친 것은 이해하지 못하겠다는 것이었다. 왜병들이 닥치면 죽임당하거나 사로잡히는 것은 뻔하고, 가만히 있으라는 것은 앉은자리에서 화 입으라는 것인데 그런 처사는 대신(大臣)에 대한 예우가 아니라는 직격탄이었다. 그러면서 이렇게 나라가 어지러우면 그런 충신을 써야 하는 것인데 왜 방관하느냐고 따졌다. 즉시 명령을 내려달라는 말이 서슴없이 나왔다. 또한 그 말이 한두 사람으로 그치지 않았다. 마치 사전에 약속이 있었던 것 같았다. 우레 같은 말에 등골이 서늘해졌다. 마음 같아서는 무슨 소리, 하고 싶었으나 입이 얼어붙은 것 같았다. 우선 따라 주기로 했다. 즉시 교서 내려 행궁으로 오라했지만, 송강의 힘이 느껴져 무섭기까지 하였다. 같은 궁 안에 있는 것조차 걱정거리로 생각되었다. 궁여지책으로 체찰사 직이라는 묘안 찾았는데 이번에는 조정에서 들고 일어났다. 피폐된 몸으로는 전장의 일선에 보내는 것이 무리라는 중론이었다. 누가 보아도 부실한 몸이었다. 어찌지 못하고 미적거리는데 송강은 내명부에서 하는 일이 지나치자 은근히 행동으로 말하였다. 사돈지간에게 보낸 음식에 반발하여, 같이 먹자는 말에 그 음식은 당신들 것 아니오 하며 앉은자리에서 벌떡 일어나 밖으로 나갔다. 소식이 금방 임빈 김씨의 귀에 들어갔다. 원칙주의자가 곁에 있다는 것을 간과한 결과에 앞이 캄캄했다. 앞으로도 사사건건 걸려들지 싫었다. 신진사림들이 송강은 눈엣가시라고 하던 말이 생각났다. 빼내버리기 전에는 오금 저릴 것 같았다. 불안 내세워 임금 부추겼다. 임금도 껄끄럽기는 마찬가지였다. 괜히 목덜미 잡힌 기분이었다. 송강에게서 멀어지고 싶었다. 이제는 몸이 추슬러졌을 것이라며 전장인 임지로 보냈다. 그런데 이번에는 유림(儒林)이 들고 일어났다. 전쟁에 대한 책임자를 찾아 벌하라는 것이었다. 평화만 부르짖으며 노래 부르기에 급급했던 자들은 처벌받는 것이 마땅하다는 상소였다. 송강의 평소 주장과 엇비슷했다. 사주에 의한 주장쯤으로 생각되었다. 급기야 송강이 사지에 내려간 대가 같았다. 괜한 불안으로 잠에서 벌떡벌떡 깨기도 하였다. 기실 따진다면 임금 스스로 잘못한 결과였지만 묻어두고 싶었다. 모든 화는 송강에게 돌리고 싶었다. 조회에서 지난밤 잠자리가 뒤숭숭했다는 말끝에 송강이 원인이었다고 넌지시 내보였다. 발 없는 말이 천리 가는 법이어서 임지에까지 그대로 전해졌다. 신하 생각하면서 잠들지 못한다는 것은 잘못을 꾸짖고 싶다는 소리였다. 송강은 어찌할 바 모르다가 결단을 내렸다. 전장의 임무도 중했지만 그보다 더한 것이 임금의 심기 편하게 하는 것이었다. 곧장 임금 앞으로 달려가 엎드렸다. 조정이 잠시 소란스러웠으나 벌을 줄 증거를 못 찾아 체찰사 직만 떨어졌다. 다시 같이 궁에 있어야 했다. 선조 임금의 입장에서는 이러지도 저러지도 못하고 속만 바짝바짝 타들어갔다. 그럭저럭 보내는 사이 명나라 도움으로 서울이 수복되었다. 감사 인사가 따라야 했다. 사은사 꾸리면서 송강이 정사로 낙점되었다. 왕복하는 동안 노독(路毒) 생각한 결정이었지만, 이미 오래전에 죽었어야 할 몸이라는 마음으로 생의 애착 버린지 오래되었다. 그런 송강은 꼭 오뚝이 같았다. 그런데 다시 말이 만들어졌다. 명나라에서 세자 옹립하는 모사가 꾸며지고 있다는 말이 조정에 퍼졌다. 역모 꾸미고 있다는 말과 같은 것이었다. 멀리 명나라까지 퍼져 들어갔다. 해명서 작성하여 파발마를 띄워야 했다. 조정에서는 가타부타 말이 없었다. 불안한 마음에 부사를 먼저 보내 해명하기에 이르렀다. 그런 가운데 임무를 마치고 귀환하자 임금은 마지막 수단으로 들어갔다. 11월 강화도에 가서 기다리라는 귀띔이었다. 귀양 아닌 귀양을 보낸 것이었다. 송강은 산 설고 물 설은 외로운 심에 들어갈 수밖에 없었다. 나라에서 귀양을 보내면 그 관할 수령이 먹을거리 책임져야 하지만 스스로 들어가면 관계없는 일이었다. 한 겨울이었다. 오래 버티지 못하고 먹을거리가 떨어지자 친구에게 구걸편지까지 썼지만, 결과적으로 해결하지 못하고 쇠한 몸은 목숨 줄 내려놓아야 했다. 그렇게 해놓고서도 마음이 풀리지 않은 임금은 나라의 환란 책임질 적임자로 생각하여 모든 것을 떠넘겼다. 한편 당시 공작한 우의정은 정치 수완이 남달라서 '징비록'이라는 반성문으로 살아남아 굳건히 버텨나갔다. 그리고는 임금의 마음이 은연중에 비쳐지자 손뼉을 쳤다. 자기의 잘못이 역사에 기록되는 것이 싫어 초사까지 태워버린 처지에서는 더 이상 좋은 기회가 없었기 때문이었다."

"……."

"기축옥사에서 임금의 지나친 반응으로 많은 피해자가 발생할 것 같은 생각이 들었다. 위관인 송강은 혼자 막아야 할 처지였다. 먼저 시작된 문초는 좌의정 정언신이었다. 역적은 한 사람뿐이라고 설득하여 귀양으로 결정시켰다. 다음 죄인도 특별한 바가 없었다. 털어먼지 안 나는 옷 없는 것처럼 옭아매면 끝이 없었다. 평소 친했다는 것 하나만으로 같이 역적으로 몰아서는 안 되었다. 결과적으로 할 수 있는 말은 역적은 정여립 한 사람뿐이라고 하였다. 그러자 임금은 귀에 거슬렸고, 화가 치밀어 올랐다. 자기의 발목 잡고 늘어지는 것 같았다. 버럭 화부터 내고는 그 자리에서 서애를 지목하며 대신하라고 했다. 송강이 위관을 맡은 지 한 달만의 일이었다. 서애로서는 왜 그 자리에 발탁되었는지 알았으므로 고분고분하는 것이 상책이었다. 그렇지만 자기 위관 시절 노모가 형장의 이슬로 사라진 것에는 마음이 항상 걸렸는데, 임금이 모든 일을 송강에게 떠넘기겠다는 마음을 은연중에 비쳤다. 처음엔 귀가 의심되어 미적거리자 다시 속내를 들어냈다. 서애에게 면죄부를 주겠다는 뜻으로 받아들여졌다. 눈물겹도록 고마운 일이었다. 이왕 할 양이면 완벽히 꾸미는 것이 좋을 것 같았다. 처음 주위를 동원할 때까지는 긴가민가하던 사람들이 약효를 보고는 너도나도 덤벼들었다. 그 덕분에 송강에게 모든 화가 뒤집어씌워졌다. 그에 대해서는 뒤에 자세히 알려질 것이고, 우선 알아야 할 바는 그런 좋지 못한 공작으로 정설로 굳어진 지 오래되었다. 광산 이씨들은 일방적인 피해자였다. 살아남은 자가 하나만이라도 있었다면 진실 밝혔을지 몰라도 몰사한 상태였다. 어떠한 과정을 거쳤는지는 소문에 의지해야만 했다. 임금을 비롯한 직접 가담자가 자신의 잘못은 슬며시 감추고, 모두 송강에게 뒤집어씌웠다는 것을 의심조차 못 할 일이었다. 그 공작은 아주 철저하였기 때문이었다. 조정에서 제공되는 정보를 그대로 받아들이면서 그 뒤로 이런저런 말이 덧보태졌다. 결과적으로 유언비어가 양산된 셈이었다. 사실과 먼 거리에 있지만 모르는 뭇 사람들은 진실로 여기니 안타까운 일이지만 모두 시절 인연쯤으로 받아들여야 한다. 그렇다 보니 대인관계에서 좋은 이미지를 주기 위해서 조금은 숨겨야 할 바도 있다. 처음 인사하면서 이씨라면 송강의 자손이라 하는 것은 뒤로 미루는 것이 좋을 것 같다. 괜히 안 좋은 인상 남길 필요가 없기 때문이다. 그렇다면 어떻게 뿌리를 알릴 것인가 하는 문제가 남는데, 송강의 고조부께서 세종 임금 시절 병조판서이셨다. 그분의 호가 송곡이시니 우선 영일 정씨 송곡 자손이라고 하는 것도 하나의 방편이다. 오래 사귀다 보면 자연스레 송강의 후예라는 것이 알려지겠지만 본심이 알려진 후이면 웃고 넘길 것이다."

정 노인이 부친께 배운 것이었다. 철들기 전부터 송강 자손이란 말을 귀에 딱지가 붙도록 들었는데 턱수염이 거뭇거뭇해질 즈음의 일로 기억되었다. 뿌리를 바로 알아야 사람대접 재대로 받을 수 있는 것이라는 말끝에 아버지의 교육은 시작되었다. 그때의 말씀이 지금까지 귀에 쟁쟁하였다.

"광산 이씨에 이발이란 분이 있었다. 송강보다 8세 연하라서 깍듯이 대하던 사람이 직위가 오르자 안하무인으로 변했다. 서인이다 동인이다 하고 나뉠 시점에 이발은 동인에서 가장 영향력 있는 인물이 되었다. 송강께서 부모님 시묘살이 5년 마치고 조정에 복귀한 시점이었다. 그전과는 상황이 완전히 바뀌어 동이다 서다 하는 통에 눈이 휘둥그레졌다. 전까지 조정에서는 나라를 위해 갑론을박하였는데 어느새 바뀌어 자기 파벌의 이익이 우선하였다. 선비 정신에 어긋나도 한참 벗어났다. 상상조차 못 하던 일이었기에 어찌하던 막아보려고 동분서주했지만 역부족이었다. 뜻이 통한다 싶은 분들은 조금 그러다가 말겠지 하며 손 놓았고, 신진사림들은 그런 사이에 세 구축을 공고히 해야 한다며 눈에 불 켜고 대들었다. 즉 이발을 주축으로 한 사람들은 나라야 어찌 되던 관계치 않고 사리사욕만 앞세웠다. 송강은 나라의 앞날이 걱정되었다. 발본색원해야 된다며 동분서주했지만 모두 돌아앉아 있었다. 결과적으로 동조자를 구하지 못한 채 혼자 맞서야 했다. 논리 정연한 주장으로 저지야 했지만 여기 막으면 저기가 터지는 형국이었다. 결과적으로 굽으려다 바로잡히는 듯했지만 겉에 그치고 속은 여전했다. 그러면서 잔불 일어나다 꺼질 때마다 눈엣가시가 되었다. 송강만 없다면 하는 생각에 어떻게 하든 빼내고 싶어졌다. 그 선봉에 이발이 나섰다. 수단과 방법 안 가리고 모두 동원하기에 이르렀다. 송강의 수염까지 뽑으면서 체신 떨어뜨리기에 이르렀다."

"그런 일이 있었어요. 당시엔 무엇보다 먼저 생각한 것이 명분이어서 채신머리없다는 말이 모욕 중의 모욕으로 여겼다고 들었는데 수염 가지고 장난했다니 지나쳤군요. 오죽하면 고려 무신정권의 원인이 수염 가지고 논 데서 출발했다고 들었습니다. 이발이란 분도 그 정도야 충분이 인지했을 것 같습니다. 그렇다면 역작용까지 고려한 뒤의 행동일 텐데, 상상조차 안 됩니다."

"말해 무엇 하겠느냐? 그 증거가 송강이 남긴 시인데 제목은 차증이발(次贈李潑)이란다. 한번 들어 보면 심정이 어떠했는지 단박에 알 수 있다. 시를 읊어볼 터이니 들어보아라.

녹양관북(綠楊官北)에 마제교(馬蹄驕)한데
객침무인(客枕無人)은 반적요(伴寂寥)하여
수개장염(數個長髥)을 군납거(君拉去)하였으니
노부풍채(老夫風采)가 편소조(便蕭條)하구나.
이를 번역하면, 이발의 시 운에 따라지어 주노라
늘어진 푸른 버들의 북쪽 관문엔 말발굽 소리 요란한데
사람이 없는 나그네는 누워 고요와 짝하고
몇 개의 긴 수염 그대가 뽑아갔으니
늙은이의 풍채가 오로지 쓸쓸한 분위기일 뿐이구나."

"아버지! 잘 들었습니다. 가슴이 뭉클해집니다. 그런데 여덟 살이나 연하인 사람이 어찌 그리 무례할 수 있습니까? 그래 송강께서는 어떻게 하셨나요."

"처음엔 실수로 치부하여 시로 말하면 알아듣겠지 했는데 이발의 생각은 달랐다. 율곡이 동서화합 내세우며 서로 화해 종용했을 때, 송강은 당신이 조금만 참으면 되겠지 하면서 이끄는 장소로 향했다. 술상 차려져 있었고 여러 사람 마주 앉아서 앞으로 잘해보자는 말까지 주고받았는데 이발은 술이 거나해지자 취함을 핑계 삼아 못쓸 버릇을 다시 들어냈다. 송강의 수염이 아름답다며 만지다가는 한 가닥 다시 뽑아들었다. 곁에서 보던 사람들은 초긴장하면서 가슴 졸였다. 송강은 수염 가지고 장난질할 때부터 낌새 알아차렸으나 곧장 반응하면 웃음거리 되기 십상이었다. 조금은 무딘 척 지켜보기로 했는데 드디어 막판까지 가고 말았다. 더 이상 수모 참는다고 한들 율곡의 생각처럼 관계가 개선된다는 것은 요원하기만 하였다. 지금까지 견딘 것도 조정이 안정되어야 임금과 백성이 편할 것 같아서였다. 어린애 응석이라고 해도 무조건 받아주면 상투 잡는다는 말이 있다. 더 이상 참는다고 해도 앞으로 달라질 것 같지도 않았다. 순수한 마음은 율곡이나 송강으로 그치고 저들은 목적이 세워지면 수단과 방법 안 가리기로 이미 작정한 사람들이었다. 이발 등은 그들의 눈엣가시 송강의 기만 꺾으면 된다는 식이었다. 그러기 위한 작전을 단계적으로 펴나가고 있었다. 송강의 입장에서는 더 이상 망가진다고 한들 저들은 달라지지 않을 것 같았다. 어쩌지 못하고 각자 길을 가야 할 때가 되었다고 판단했다. 송강은 벌떡 일어났다. 괴이한…… 하면서 이발의 얼굴에 침 뱉고는 내 너와는 어떠한 일이 있어도 자리 같이 하지 않을 것이다라는 절교 선언으로 대응했다. 그런데 지금 흘러 다니는 말에는 이발의 무례한 처사는 쏙 빠지고 송강이 술에 취하여 절대 해서는 안 될 짓을 했다고 떠들어대고들 있으니 어찌할 바를 모르겠다. 근거 들이대며 진실 밝히려 해도 변명으로만 받아들이고 있다.”

“송강의 수염은 배꼽에 닿았고 숱이 많아 퍽이나 아름다웠다고 들었습니다. 그런 수염이니 각별했을 것인데 해도 너무 했다는 생각이 듭니다.”

“암 그렇고말고. 그 이후로 교류가 끊어졌는데 생각지 못한 일로 조우했다. 앞에서 잠깐 이야기한 것인데 다시 말해야겠다. 세칭 기축옥사라고 하는 것인데 국청에서 송강과 이발은 한 자리에 마주하였다. 그러면 국청이란 무엇인지 알아보아야 하겠다. 임금이 주관하는 재판인데 현재와 비교하면 이해가 빠를 것이다. 죄인 사이에 변호사와 검사가 있어 양측 주장에 판사가 귀 기울이다 결정하는 것이 재판 과정이다. 그런데 조선시대는 위관이라고 하는 한 직책에 한 사람이 발탁되어 변호사와 검사로 당시 사건에 따라 처리했다. 그러니까 죄인이 있으면 위관은 판사인 임금에게 검사로서 논고하거나 변호사가 되어 죄인을 변호했다. 기축옥사가 일어나고 얼마 후 송강은 위관이 되었다. 이발은 죄인의 몸으로 마주하게 되었을 때 자신이 지나치게 했던 것이 떠올랐다. 이런 날이 올 줄 알았다면 그리 무례하지는 않았을 것인데 하는 생각이 절로 들어 고개가 푹 숙여졌다. 자기가 그랬던 것처럼 송강이 사감으로 대한다면 어떤 결과로 귀결될지 그려졌다. 송강의 손에 자신의 목숨이 달린 것 같았다. 생각할수록 몸이 바들바들 떨려왔다. 두려운 마음 주체할 수 없어 입 앙다물자 치아 마주치는 소리만 요란히 들렸다. 그런데 그 생각은 하나의 기우일 뿐이었다. 송강은 공사 구분이 확실하여 이발뿐만이 아니라 모두 살리려는 듯 논고는 뒷전이고 변론에만 치중하였다. ― 죄인이 역적과 친분이 있었던 것은 사실이지만 역심이 있다는 것 알았다면 오래전에 단교했을 것입니다. 임금의 신하 가운데 대역죄인은 단 하나뿐이라는 것을 알아주셨으면 합니다. ― 그런 주장에 임금이 회유되어 이발의 앞에 취조된 정언신의 목숨은 부지되었다. 귀양지가 결정되고 나서 이발의 차례에서 송강은 앞에서 한 주장을 다시 꺼내들었다. 사람은 들은 말 두 번 들으면 거부감 느껴져서인지, 약효가 떨어져서인지 전혀 안 먹혀들었다. 임금은 버럭 화부터 냈다. 어찌 경은 그 말만 되풀이하시는 것이오? 할 말이 그뿐이면 그만두시지요. 하고는 곁에 있던 서애 유성룡을 지목하여 위관을 맡기셨다. 서애는 험악한 분위기 때문인지는 모르지만 기다렸다는 듯 앞으로 나섰다. 송강으로서는 위관이 되고 한 달만에 임무 수행하다가 그 자리에서 해임되었다. 홀가분하기 그지없었지만 앞으로 일이 걱정되었다. 무심히 지나는 구름만 쳐다보았다. 선조 임금은 당신 하고 싶은 대로 처리하면서 분 삭이기에 바빴다."

"저도 기축옥사에 대해서는 많이 들어서 조금 알고 있는데 아버님 말씀하고는 전혀 다릅니다. 기축옥사는 송강과 구봉의 작품이라는 말부터, 삼 년 동안 송강께서 위관으로 있으면서 동인 무너뜨리고 서인 세상으로 만들었다고 하는 말이 교과서에 등재되었습니다."

정 노인은 그 당시 수많은 사람 죽였다는 말은 차마 할 수 없어서 그렇게 뭉뚱그렸었다. 만약 곧이곧대로 다 말한다면 부친은 눈이 휘둥그레질 것 같았다. 아들로서 아버지 심기 불편하게 하고 싶지 않았었다. 또한 자손으로서 하지도 않은 일이며 모략 끝에 떠도는 말임을 알면서도 함부로 입 밖에 내면 큰일 날 것도 같았다. 그래서 은근슬쩍 건드리고는 지나치고 싶었다.

"그렇지! 그럴 것이야. 그것은 하나도 모르는 사람들이 잘못된 기록을 바탕으로 기술했기 때문이지. 서인의 영수로서 송구봉의 머리를 빌리고 정여립을 조정하여 기축옥사 만들어 동인 무너뜨렸다는 말을 하는 것 같은데 천부당만부당한 소리이다. 구봉은 서얼의 신분이라 정치적으로 역량이 전혀 없는 분이었다. 그분은 예학의 대가로서 송강이 양친 시묘살이 하면서 조금이라도 궁금하면 물었다는 문헌은 있지만 정치와는 무관한 분이셨다. 또한 송강은 항상 혼자였지 누군가 지원을 담보로 하여 말과 행동한 적이 없었다. 그런 것을 말 만들기 좋아하는 사람들이 이렇다고 하더라, 저렇다고 하더라, 라는 말끝에 귀결되었다는 것 정도는 알았으면 좋겠다. 그런데 퍽이나 피곤하구나. 오늘은 그만 쉬어야겠다. 이제는 나도 늙었는지 기력이 딸리는구나."

아버지는 그렇게 말하면서 깊은 숨을 몰아쉬었었다. 아들이 살면서 어려운 일을 당할까 봐 힘든 것 무릅쓰면서 긴 말 이으셨다는 것을 이내 느낄 수 있었다. 그때 정 노인은 한없이 송구하면서도 퍽이나 흐뭇했었다.

"예 알았습니다. 감사합니다. 그러면 쉬시지요."

정 노인의 생각은 너무도 생생했다. 아버님의 목소리가 지금도 귀에 쟁쟁히 들리는 것 같았다. 그때 아버님은 당신도 할아버지께 들었다며 대대로 물려야 한다고 말했는데 간과하여 오늘 같은 일이 발생하게 되었다. 지하에 계신 아버님 뵐 면목이 없는 것 같았다. 아버지 죄송합니다, 하는 말이 절로 나왔다.

2. 잘살아보세

　　_정인수는 물 맑고 공기 좋은 곳에서 자라났다. 산 밑 동네의 맨 끝자락에 외딴 집이 있었다. 가까운 집이라고 하여도 불붙인 담배 물고 가면 한 대 다 피울 즈음에야 도착할 수 있었다. 외부인 만난다는 것은 곰이나 사슴처럼 큰 짐승과의 조우만큼이나 어려운 일이었다. 그리고 아래로 내려가 또래와 어울린다 한들 찬물에 기름 도는 것 같았다. 대수롭지도 않은 말에 예스럽다며 되뇌고 그들이 자주하는 소리가 무슨 뜻인지 몰라 벙어리 냉가슴 앓기 일쑤였다. 꼭 이방인 같은 느낌에 흥미 잃고는 뒷걸음질 쳐졌다. 그렇다 보니 할 수 있는 일이라는 것이 산 속으로 파고드는 것뿐이었다. 그곳에서 물소리 바람소리 새소리에 빠져들자 귀가 열리고 그들의 대화 엿듣는 것이 자연스런 일상이 되었다. 알면 알수록 재밌어서 꼬리 물어 따라가는 사이 시간이 언제 흘렀는지 모를 지경이었다. 배꼽시계가 작동하지 않는다면 그대로 취하기 좋은데 어김없는 신호에 집을 향하나 그전에 할 일이 있었다. 집의 굴뚝 살피는 것이었다. 연기가 모락모락 피어오르면 내딛는 발길에 힘 들어가지만 아무런 기미가 안 보이기 다반사여서 그때마다 물가 찾았었다. 맑은 물 실컷 마시면 배꼽시계는 제 할 일 마쳤다는 듯 조용해졌다. 그렇게 자라는 사이 어느덧 취학 연령이 되었다. 본격적으로

이웃과 교감하는 장으로 나갔다.

"야! 나는 송병찬인데, 네 이름이 뭐니?"

"나 정인수라고 해."

"너 사는 곳이 어디냐?"

"저 산 밑."

"산 밑, 그곳에도 사람이 살아?"

"그럼, 이런저런 산짐승들이 사는데 모두 내 친구야."

"뭐라고 산짐승이 친구라고, 너 이상한 애 아니냐?"

"……."

학교에 입학하여 짝꿍이 정해졌지만 인수는 입을 꼭 다물고만 있었다. 활달한 성격의 병찬은 같이 앉아 있으면서도 서로 주고받지 못하는 답답증에 숨 막힐 지경이었다. 막힌 숨을 우선 트고 싶은 병찬이 먼저 말을 걸었다. 사람이 북적이는 저잣거리만 보아온 병찬에게는 산 밑에 산다는 말이 신기했고 산짐승과 친구라는 말은 더욱 놀라웠다. 처음엔 생경하여 웃었지만 이내 호기심으로 변하여 보따리 풀 자리를 자주 깔았다. 인수는 말 시작했다하면 청산유수였다. 그렇게 하고 싶은 말이 많으면서도 어찌 참았는지 의아할 정도였다. 병찬은 인수의 보따리에는 진기한 것이 무지하게 있다는 것을 알게 되었다. 시간 있을 때마다 맛보기에 바빴다. 저잣거리에서 보던 맛과는 달랐다. 자기도 모르게 입이 벙긋거려졌고 근질거려졌다. 여기저기 늘어놓는 사이 곁에 있던 병찬의 아버지까지 눈이 휘둥그레지게 만들었다. 가슴속에만 있는 사람이 생각나서였다.

"병찬아, 그 친구의 이름이 뭐라고 했지?"

"인수요. 정인수."

"저 산 밑에 산다고 했지."

"예."

산 밑에 사는 정인수라면 지난날 친구의 아들이 분명할 것이다. 그 아버지에 그 아들이란 말이 설로 생각났다. 그 친구와 처음 만났을 때 아들처럼 자기도 저렇게 야단법석을 떨었었다. 신기하여 참을 수 없었기 때문이었다. 그런데 자기는 그 친구와 겨뤄 이겨본 적이 한 번도 없었다. 그러다 보니 꼭 한 번만이라도 넘어서고 싶었다. 그런 간절함이 도를 더하여 엉뚱한 곳을 향했었다. 욕심이 눈을 가려 뛰어들지 말았어야 할 곳인지 뻔히 알면서도 발 디뎠다. 야비한 그물에 걸려 파닥거리는 사이 재화가 생기고 권위도 덩달아 올라갔다. 남들은 자기 보고 출세했다며 부러워하지만 그 친구만은 피 팔은 결과라며 경멸의 눈빛을 보내었다. 그가 보낸 강렬한 빛은 결국 가위눌림으로 이어졌다. 이제 그만하라는 주문이 그리 작동되었겠지만 애써 외면했다. 그럴수록 가슴속 파고들어 앉아서는 양심을 꺼내들었다. 이래도 선혈을 팔 것이냐 외쳤지만 이미 칭칭 감겨 움직일수록 옥죄여오기만 했다. 상대의 심정을 헤아려 항상 미소로

대하던 친구인데 자기에겐 매몰참으로 일관하는 것 같았다. 송 이
사장은 송곳으로 푹푹 쑤시는 아픔이 이어졌다. 조금이라도 덜고
싶은 마음에 발길이 뜸해지다가 결국 끊기고 말았다. 더 이상 감당
하기 힘들어 입을 앙다문 결과였다.

송 이사장은 잘 살기 위해서 몸뚱이 빼고는 다 버리기로 작정했
다. 굶주리는 원인을 누대로 공자 왈 맹자 왈 한 데서 찾은 것에 동
조하고 나서였다. 사람들은 무조건 우리 것에 미(未) 자(字)를 붙였
다. 대신 다른 나라, 즉 바다 건넌 서양이라 하면 선(先) 자(字)가 자
연스레 붙어 다녔다. 그러는 사이 우리는 미개(未開)하다는 말을 스
스로 하면서 부러운 눈으로 바다 밖을 바라보았다. 보물과 쓰레기
구분하지 못하여 진짜는 버리고 가짜는 주워 담기 바쁜 사람들과
어깨를 나란히 했다. 생활고에 시달리는 사람들의 숨소리가 배고픈
돼지들의 꿀꿀 거리는 소리처럼 들릴 때마다 송 이사장은 목구멍이
포도청이란 말을 실감했었다. 가족의 뱃속에서 꼬르륵 소리 들을
때마다 애간장이 끊어졌다. 이상이 밥 먹여주지 않는다는 말을 하
면서 현실 속으로 스르르 미끄러졌다. 한 번 들어온 길 철저한 것이
좋을 것 같다며 주먹 불끈 쥐었었다. 아우성 소리 외면한 결과 부가
축척된 끝에 갑부의 대열에 끼었다. 어디 가나 스스로 거들먹거려졌
다. 남들은 그런 자기의 몸짓을 당연한 것으로 받아들였지만 지난
날 다정했던 친구 한 사람만은 심드렁한 표정이었다. 그는 지난 것

을 고이 간직하겠다는 말 하고는 산속으로 파고들었다. 그가 어떻게 살고 있다는 것을 알고 있는 송 이사장은 존경의 마음이 한쪽을 차지하고는 있지만, 다른 한쪽으로는 이상만 쫓다가 망쳐진 인생 같다는 생각도 들었다.

그 친구는 송강의 후손이었다. 송강이 남긴 글들이 바로 알려지지 못하는 것을 못내 아쉽게 여기고 있었다. 누구에게 맡길 수 없다며 손수 팔을 걷어붙였다. 그도 그럴 것이 해방 이후에 송강의 글을 온전히 이해힐 수 있는 사람이 거의 없었다. 송강은 희대의 천재라는 평을 듣던 분이었다. 그런 분의 사상이 아로새겨진 글을 바로 알려면, 그분과 버금가는 사람이거나 평범하다면 보고 또 보는 노력이 있어야 할 것인데 그런 인물이 흔치 않았다. 살기 바쁘다는 핑계로 과거의 글에 매달릴 여유조차 찾을 생각이 없는 분위기였다. 공자까지 버려야 한다는 판에 어느 한 분만을 끌어안는다는 것은 꿈일 뿐이었다. 그러면서도 정부는 교육용으로 송강의 글이 필요했다. 당시 이름 있다는 사람에게 의뢰했는데 그들의 수준이라는 것이 옛날이라면 지방에서도 온전한 글로 여기기 곤란할 정도였다. 그래도 그들은 당시의 최고라는 평판 속에 있었다. 스스로 수준 알았지만 나라의 사업이었다. 외면한다고 될 일도 아니었다. 자기 처지에서 최대로 노력하여 마치고는 바쳤다. 분량과 시기를 맞추느라 안간힘 기울인 끝이었다. 이를 알고 있는 친구는 국운이 그런 것을 어찌하겠는가

하며 받아들였다. 그러면서 부족하기 짝이 없지만 스스로의 몫으로 여겼다. 세월과 정성 쏟아부으면 될 것이라 했었다. 이사장이 알고 있는 것은 거기까지였다. 그 이후로는 대화가 끊어졌으니 어디까지 이어졌는지는 모르지만 그의 학문이나 태도로 봐서는 이미 마쳤을 것이다. 하지만 그것을 발표한다고 해도 인정할 분위기가 아니라는 것이 안타깝기만 했다. 송강의 글이 교육용으로 택함 받지 않는 것이 백번 옳았을지도 몰랐다. 그런데 한반도를 통틀어 그만한 문장이 흔치 않았을 뿐더러 모두가 으쓱대고 싶은 마음 덕분에 호랑이가 고양이로도 변하지 못하고 엉뚱한 모습으로 전락하고 말았다. 나라를 위해 안타까운 일이지만 친구가 있어 언젠가는 바로 잡혀질 것을 생각하자 그리워지는 마음이 무럭무럭 일어났다. 마음 같아서는 달려가련만 바른 길만 걷고 있는 친구는 자신의 경력 알고 있어 외면할 것이 분명했다. 어쩌지 못하고 각자의 길을 가야만 한다는 것에 마음이 쓰리고 아파졌다.

"병찬아!"

"예, 아버지."

"인수라는 그 친구 있지?"

"예, 있습니다. 그런데 왜 그러세요."

"그 친구와 각별히 지냈으면 좋겠다."

"알겠습니다. 그렇게 하지요. 뭐!"

병찬은 아버지의 말을 충실히 따랐다기보다는 스스로의 마음에 이끌려 인수와 가까이 지냈다. 무언지 모를 답답함이 있을 때, 그 친구를 만나면 언제 풀렸는지 모르게 풀려 있음을 느낀 것이 한두 번이 아니었다. 그러다 보니 조금이라도 이상한 낌새가 일면 인수를 찾았다. 항상 곁에 있었으면 좋겠다는 생각으로 같은 길 걷자며 손맞잡았지만 결국엔 각자의 길이 따로 있었다.

인수가 생각하는 것은 오로지 글뿐이었다. 사람들의 살아가는 모습이 신흙탕 싸움이란 것을 알고부터는 더욱 그랬다. 서로 얼싸안으면서 잘 살 수도 있는데 조금이라도 더 갖고 싶은 마음에 갈 데까지 가려고 안간힘 기울였다. 조금 거친 음식이라도 씹을수록 맛이 달라져 감사하게 받아들이면 그만이련만, 우선 입에 들어가면 부드럽고 향기가 나는 것만 찾았다. 결과적으로 눈으로 맛보고 기분으로 먹는 것을 최고로 삼았다. 거기다가 자기들의 분위기에서 조금이라도 벗어나면 여지없이 내치느라 수단과 방법을 있는 대로 동원하느라 눈이 붉어졌다. 입은 사랑을 외치면서도 속을 들여다보면 저주가 따르는 것을 예삿일로 알았다. 인수의 입에서 사람의 탈을 쓰고 어찌 저럴 수 있다는 말인가 하는 말이 절로 나오면서 세상이 두려워 몸을 움츠려야 했다. 주위는 이미 그런 분위기에 젖어 있어 그러려니 하며 관행으로 굳어진 지 오래였으니 더욱 그랬다. 맞대응하여 이길 때만 살아날 수 있는 것이 인간사인데 그럴 힘이 인수는 눈곱

만큼도 가지지 못했다. 아니 그렇게 이전구투하면서 살고 싶지 않았다. 그렇지만 어찌하던 살아남아야 하는데, 막막할 뿐이었다. 입에서 단내가 날지언정 낙오하거나 쓰러질 수는 없었다. 견뎌내야 했고 굳게 존재해야 한다는 명제 앞에 고심을 거듭했다. 가능하면 경쟁은 피해야 될 것 같았다. 조금은 간격을 벌려놓고 살아야 한다는 결론을 내리기에 이르렀다. 글 속으로 들어가는 길을 택했다.

병찬은 시쳇말로 금수저였다. 어디를 가나 아버지의 후광이 빛을 발하였다. 무한 경쟁사회라고 하지만 언제나 길은 확 트여져 있었다. 나라를 위하며 그에 따른 권한이 있는 공무원의 조직 사회에서 병찬에게 손짓하였다. 인수와 같이 가고 싶은 마음에 설득에 나섰지만 도리질로 일관했다. 잘못하면 걸림돌이 될 수도 있다면서 자기의 길을 제시하는 친구의 마음을 알 것도 같았지만 아쉬움이 퍽이나 남았다. 잘만하면 서로 보완하는 관계가 될지도 모른다며 동행하자는 억지를 부려도 보았지만 친구는 확고부동했다. 더 이상 미룰 수 없을 지경에 이르러 마음만은 항상 같이 하자면서 손을 흔들었다. 병찬은 새마을 사업 본부의 요직을 맡았다. 우리도 잘 살아보아야 할 것 아니냐는 말에 두 주먹 불끈 쥐고는 주위 독려하기 바빴다. 선진국을 표본으로 하여 매진한다는 목표가 설정되었다. 이런 때 친구가 동조한다면 금상첨화일 것 같았다. 우리의 것을 고수하려는 친구 같은 사람이 앞장서야 한다는 생각으로 찾아갔는데 언제나 같은 말로 일관했다. 소중한 우리의 것을 버리면 머지않아 후회가 따른다는 것이었다. 또한 우리의 것이 소중할 때가 이내 올 것이라며 그때까지 각자의 길을 묵묵히 걷는 것이 최선이란 주장이었다. 고집불통이란 말이 절로 나왔지만 속으로 삭히면서 뒤돌아서야 했다.

　병찬 같은 사람의 헌신으로 한강의 기적이 이뤄졌다. 초가지붕이 걷어지고 그 자리를 슬레이트 판넬이 차지한 결과였다. 그동안 인수는 아버지의 학문을 이어받았다. 하지만 송 이사장의 생각처럼 이상만 좇는 사이 현실과는 멀어져 누구도 관심 밖의 일로 알았다. 아들조차도 입만 뻥긋하면 구태 벗지 못한다며 지청구하였다. 인수가 아무리 의지가 굳건하여도 돈키호테로 치부되는 것을 참아내기는 쉽지 않았다. 자연스레 하고 싶은 말이 있어도 참으면서 지냈다. 그저 글로 말하기로 했다. 언젠가는 읽혀질 것을 믿으면서. 그런데 아들이 대인관계에서 생각지 못한 일에 처하고 와서 하소연하는 말을 들었다. 아뿔싸! 하고 말았다. 더 이상 늦기 전에 알려줄 것은 알려야 할 것 같았다. 아버님의 말씀 되새겨 하나하나 들려주기로 했다.

3. 기축옥사

　　　_"조선에 혁명가는 흔치 않은데 내가 볼 때 정

여립이라는 분이 있어 명맥을 유지시킨 것 같다. 그분은 송강보다 십 년 후에 전라도 전주에서 태어났다. 율곡의 문인으로 스승이 살아 있을 때까지는 여느 사람과 비슷했는데 1584년 율곡이 졸하자 돌변하여 속내를 드러냈다. 평소에 존경했던 스승부터 비판하기에 이르렀는데 임금이 주관하는 경연에서였다. 보다 못한 선조 임금은 어찌 그럴 수 있느냐며 꼬집었다. 말문이 막히자 그 자리에서 사직서 올리고 고향으로 내려갔다.”

“왜 그랬는지 모르지만 쉽게 이해되지 않습니다. 그에 대해서 먼저 말씀해주셨으면 합니다.”

“그렇게 하자. 당시의 정세를 알아야 할 것인데, 조정이 동서로 갈려 각각의 목소리 높일 때였다. 율곡은 양쪽을 아울렀다고 기술되어 있지만, 실제적으로 보면 동인의 억지 주장인 것을 미처 간파 못하고 포용해도 무방하다는 정도의 마음이었다. 그때까지 선비라면 나라 위한 갑론을박뿐이었으니 조금은 억지스러워도 이내 정상적으로 환원될 것으로 알았기 때문이었다. 반면 송강 같은 경우는 원칙주의자로서 어린애 응석이라고 하여 받아주는 사이 할아비의 수염 뽑는다며 발본색원 내세우다 보니 잘못이 있을 때마다 꼬집었다. 그들이 자기들 사익 꾀하려다 발목 잡히게 되자 송강에게 무리 이끈다는 억지 주장을 펴기에 이르렀다. 당시는 사람을 모아 여론몰이하면 징치되었기 때문인데, 선조 임금이 그 무리가 누구누구인지 묻자 구차하게 거론된 인물이 십여 명에 불과했다. 그런데 그 영수라 지칭된 분이 때에 따라서 바뀌었다. 송강과 박순 정승이 가장 많았고 어떤 때는 사계 김장생의 부친 황강 김계휘도 거론하였었다. 하여튼 그 사람들은 그렇게 논척하면서 세를 불렸는데 그것이 정설이 되어 지금까지 엉뚱한 소리 듣지만 실제적으로 누구와 같이 일을 도모한 흔적 없이 혼자서 나라 위해 동분서주했었다. 그런데도 서인의 영수라고 확정된 것은 일제가 사색당파는 조선의 병폐라 꼬집으면서 내세운 것이다. 나라가 광복되었으면 그 정도는 바로 잡아야 되는 데도 그대로 받아들인 채 소뼈 우리듯 하고 있으니 한심할 뿐이다."

"거기에도 일제의 마수가 있었네요. 독립되어 칠십 년이 넘었는데도 역사는 아직도 그대로 있으니 가슴 아픕니다. 그들의 잘못은 곳곳에 있어 우리를 혼미하게 만들고 있음은 알아야 할 것인데 그것을 모르고 그들의 의도에 그대로 매달려 있습니다. 그렇지만 선조실록에 송강의 기록이 좋지 못한데 왜 그리 되었는지가 궁금합니다."

"그럴 것이다. 결론적으로 말하면, 송강 생존 시의 기록에는 흠잡을 만한 데가 조금도 없다. 장례 치르자마자 임금이 역적이란 심정이 가시지 않았고, 왜란의 책임, 즉 기축옥사에 과민 반응한 우를 송강에게 떠넘기려는 생각의 결과일 뿐이다. 지금도 최고 통치자의 마음에 따라 이리저리 움직이는 것을 쉽게 보게 된다만 그때도 그랬다. 선조 임금이 은근슬쩍 마음 드러내자 기회는 이때라며 자기들의 이익 실은 상소가 빗발쳤다. 즉 당시 화를 입은 조상이나 스승의 복권이 발등의 불이었다. 정여립을 제외한 모두는 억울한 죽음이 확실했다. 그 원인이 송강에게 있다며 전혀 무관한 일인 데도 끌어들여 교묘히 연관시켰다. 하나같이 소설을 썼던 것이다. 임금이 정상적이었다면 말이 안 되는 주장이라는 것쯤이야 알았으므로 물리치면서 벌이 따랐을 것인데, 당신의 잘못이 그대로 송강에게 뒤집어씌우는 글이었기에 잘한다고 부추기면서 상까지 내렸다. 그 내용의 허황됨이 크면 클수록 추증되는 벼슬이 높아갔다. 그 증거가 송강의 글에 그대로 남아 있다. 기축옥사에서 가장 심하다고 하는 것이 이발의 노모치자가 국문 중에 죽임 당한 것인데 서애의 위관 시절에 벌어졌다. 송강은 이를 너무 안타깝게 생각하고 있었다. 임진왜란이 일어나 귀양이 풀려 평양에서 몽진 중인 조정에 합류했고 안주에서 서애를 만나자마자 그 문제부터 따졌다. 왜 죽게 만들었느냐며 꾸짖자, 서애는 대감이라면 살릴 수 있다고 생각하십니까? 하고 되물었다. 그러자 송강은 나라면 어떻게 하든 살렸지. 하는 문장이 말하는 것은 기축옥사의 가장 치졸한 짓은 서애의 위관 시절에 일어났음을 그대로 알려주고 있다. 그러니까 일어나서는 안 될 일인 노모치자의 죽임은 송강이 위리안치 되어 있는 동안 벌어진 일이었다. 너무 큰 사건이라서 하나같이 알고 있으면서도 송강이 졸하자마자 덮어씌우고는 정설로 굳어져 버렸다."

"징비록은 반성문이 분명한데 그를 쓴 서애가 임진왜란에서 나라 위해 혼자 고심한 것처럼 말하고 있는 것과 같은 맥락이군요. 세월이 많이 흘러 추종자들이 그렇게 만든 것이러니 했는데 당대에 그렇게 되었다니 씁쓸합니다. 해도 너무 했다는 생각이 절로 듭니다."

"그렇지 지나쳤지. 안타깝게 생각하여 남긴 글이 있어 살펴보는 것이 좋을 것 같구나. 송강과 같은 시대의 인물이라고 할 수 있는 분들이 어찌 이런 일이 있을 수 있는가 하는 글이라고 할 수 있다. 안방준(安邦俊, 1573~1684)이 이식(李植, 1584~1647)의 편지에 회답한 내용 중에 당시의 사정을 정확히 밝히고 있다. 안동 외가에서 자란 의병장 조헌의 손자가 광주에서 살았다. 서애를 앙모하여 일찍이 자랐던 곳으로 찾아갔을 때, 여러 사람들이 모여 이발의 노모 윤씨를 송강이 죽였다며 성토하는 것이 목격되었다. 서애의 일인데 송강에게 떠넘기고 있어서 바로 잡으려 하자 그들은 발끈했다. 추종하는 분의 험담 정도로 알았기 때문이었다. 오죽했으면 벗이었기에 요절내지 않았다는 말로 분 삭혔다. 하지만 의병장 중봉의 손자는 잘못 알려진 것은 바로 잡고 싶었다. 그 벗들은 시골에서 학문에 빠져 있어 모를 일이라도 서애의 아들은 확실히 알 것 같았다. 좌중에 뜻 밝히며 불러 묻자고 했다. 서애의 둘째인 유진(柳袗)이 불려나왔다. 더 이상 숨길 수 없다고 생각하여 솔직히 털어놓기에 이르렀다. 즉 자기 아버지 때의 일이라고 밝히면서 나그네의 주장에 따른 소란은 진정되었다. 너무 개탄할 일이어서 편지글로 알림과 동시에 송강이 안주에서 서애를 만나 따진 것도 함께 밝혔다."

"그랬군요. 아들은 알고 있으면서도 아버지의 구린내 숨기려고 입 다물고 있었던 것이었네요. 어찌 보면 추종자들이 고금천하에 있어서는 안 될 일이라고 성토하게 만들었다고 할 수도 있겠습니다. 그러다가 나그네의 따져 물음에 피할 수 없어 밝혔다는 것은 참으로 비겁한 일입니다. 그렇게 해서라도 왜곡시켜 송강 음해한 것은 참으로 안타까운 일이지만 지금이라도 바로 알려졌으면 좋겠습니다."

"암, 그렇고말고 그런 것이 하나둘이 아니라서 지금까지 문제로 남아 있다. 임진왜란으로 죽느냐 사느냐 하는 절박한 시절에도 권력에 눈이 먼 사람들은 이런저런 상소로 나라가 시끌시끌하게 했다. 그때마다 있지도 않은 말이 여기저기서 만들어졌다. 그런 허무맹랑한 말들이 지금까지 떠돌아다닌다고 알면 좋을 것이다. 하여튼 분규가 시작되었을 때 동인들의 수는 눈덩이처럼 불어나는 만큼 상대의 수는 줄었다. 수적으로 월등한 상태에서 세 규합하여 자기들의 이익만 추구했다. 정여립은 그쪽에 서서 목소리 내면 쉽게 먹혀들어가는 것이 마음을 끌던 모양이다. 그들에게 동조하는 것이 자기의 야망에 부합된다는 생각으로 하늘처럼 생각하던 스승인 율곡까지 배반했다. 줄을 바꿔 선 후 수뇌부와 죽이 맞았는데 정여립의 역모가 들어나면서 그를 받아들인 사람들이 철퇴 맞기에 이르렀다. 선조 임금이 나쁜 싹은 발본색원한다는 목표로 싹쓸이했기 때문인데, 몰락한 서인을 일으키기 위해 구봉 송익필이 꾸미고 송강이 사주하여 일어난 사건이라고 말하기에 이르렀다. 천부당만부당한 소리가 사실인 양 전파되었다."

"전에도 말씀 드렸지만 구봉과 송강의 작품이란 말은 파다합니다."

"송구봉은 서얼의 학자여서 태어나면서부터 정치와는 무관한 삶이었다. 단지 송강처럼 순수한 마음의 소유자들은 그의 높은 학문과 인품에 뜻을 같이 했지만, 사리사욕에 눈먼 사람들은 눈앞의 이익만 쫓다보니 눈꼴사납게 여겼다. 정여립처럼 야심가가 정치적인 역량이 전무한 사람의 뜻에 따라 춤추지는 않았을 것이다. 또한 권좌에서 물러난 송강의 꼭두각시가 된다는 것은 상상도 못할 일이다. 그때 송강은 4차 낙향한 시절이었다. 4년 동안 시골에서 지내다가 큰 아드님의 갑작스런 죽음으로 아버님 묘하인 고양 신원에 장례 치르고, 애도하는 가운데 역모 소식에 깜짝 놀랐다. 신하로서 대궐 인근에 있으면서 좌시하는 것은 불충이라는 관념이어서 임금의 알현은 당연하였다. 이때 맨손인 것보다는 주군에게 현 실정 바로 아는 것이 좋을 것 같았다. 정여립의 인품과 앞으로 그가 취할 행동이 예견되었다. 문필가의 손놀림이 바빠졌다. 천재의 눈은 예리했다. 유학자가 죄에 연루되면 임금 앞에 스스로 걸어 나와 잘잘못 밝히는 것으로 알던 시절이었다. 정여립이 자살이라는 극단적인 처방으로 끝낼 것은 누구도 생각하지 못했다. 송강만이 꿰뚫어보며 주장한 글이 상소로 올려졌다. 그러자마자 조정은 여기저기서 쑥덕대기 시작했다. 대부분 허무맹랑하다며 내려간 금부도사에 의해 포박지어 오면 송강의 코가 납작해질 것이라며 쑤군댔다. 기대 반 설렘 반이 결과적으로 허탈하게 되었다. 금부도사가 빈손이었기 때문이었다. 같이 도망하던 자까지 죽이고 자결하여 집에서 서류뭉치만 챙겨 돌아왔다. 송강의 예상대로 된 것에 귀를 의심한 사람들은 귀신 같은 혜안이라며 혀를 내둘렀다. 그것도 잠시 사전에 알았기 때문에 그리 상소 올렸다는 말이 어디서인지 모르지만 나와 흘러 다녔다. 그러다가 구봉이 구상하고 송강이 정여립을 꼬드겨 말려들었다는 음모설로 발전했다. 그런 끝에 나라 뒤엎을 생각으로 군사 모았고 고발에 의해 발각된 것은 사실이지만, 꼬드김에 그런 것이니 어찌 보면 정여립이 피해자라는 동정론까지 나왔다. 여기에서 그리 꾸민 사람들의 면면을 보아야겠다. 구봉이 서얼로서 예학의 대가로 군림하는 것에 자존심이 상했다. 또한 송강은 자기들의 눈엣가시였다. 그들은 둘을 싸잡아 구렁텅이에 넣고 싶었다. 음모와 동정론이면 설자리 좁아지게 만들 수 있을 것 같았다. 실체가 없는 말일수록 꼬리에 꼬리 물고 멀리멀리 퍼지게 되어 있었다. 여론몰이가 잘도 먹혔다. 결과적으로 송강의 귀신같은 예지력(豫智力)이 족쇄가 되었다. 무덤에 묻힌 100년 동안 벼슬살이가 붙었다 떨어졌다 했는데, 그때마다 많은 사람이 울고 웃는 원인과 결과가 동시에 안겨졌다. 잘되면 자기의 능력이 출중했기 때문이었고 잘못되면 조상 탓한다는 말이 있다. 누워 있는 송강 잘못 끌어들여 화 입었다면 스스로의 잘못이 분명한 데도 사람들은 송강에게 그 화를 오롯이 돌렸다. 자기들이 입은 강도가 크면 클수록 영원히 씻지 못할 사건이라서 원한으로 굳어진 경우도 많았다. 그런 사람들은 무조건적으로 송강에게서 원인 찾으면서 부풀리기에 급급했다. 실제적으로 그 당시 연루되어 죽임 당한 선비는 그리 많지 않았는데, 조선의 사대사화에 빗대기도 하는 이유가 거기에 있었다. 안타깝게도 혁명가 정여립의 명예 더럽히고 있는 데도 그 추종자조차 전혀 생각이 없는 듯 험담에 빠져있다. 음모가 진실로 변한 피해는 극에 달할 지경이다. 정여립이 혁명가 정신으로 일으킨 사건으로 알려진다면, 두 분 모두에게 좋으련만 사람들은 송강 모함에 정신 빼앗겨 혁명가조차도 죽이고들 있다."

"그도 그렇겠네요. 정여립의 입장에서도 남다른 혁명가 정신이 있어 세상 바꾸고 싶은 마음에 군사 모았다고 한다면, 지금보다는 훨씬 높은 평가가 될 것 같습니다. 진정한 혁명가라면 누가 시켜서 하지 않기 때문입니다. 누군가의 뜻에 따라서 했다면 하수인에 불과할 것인데 정여립 내세우려는 사람들은 혁명가 운운하면서도, 구봉과 송강에 의해서 저질러졌다는 주장은 진짜 모순입니다."

"맞는 말이다. 아무리 혁명가라도 누구의 사주로 일으켰다면 혁명이라는 말이 퇴색되고 만다. 진정한 혁명가라면 스스로 꾸미고 행동에 나서야 한다. 아주 은밀하지 않으면 누설되고 발각되는 순간 목숨은 내맡겨야 하기 때문이다. 자기만이 아니다. 가족은 물론 사돈까지도 연좌제로 걸려들었고, 조금이라도 연관되었다 하면 살기 바랄 수 없었다. 유사 이래 혁명에 성공한 예는 흔하지 않았다. 새 왕조 탄생한 경우가 성공한 예인데 목숨 걸고 이룩한 만큼 철저히 지킨다고, 낌새만 보이면 가차 없이 처단하여 억울한 죽음도 숱한 것이 역사적인 사실이다. 그렇게 위중한 것을 생각이 달라 노선이 각각인 사람들까지 모의할 수는 없는 일이다. 만약 설이 사실이었다면 선조 임금이 눈에 불을 켜고 발본색원하는 과정에서 밝혀졌을 것이다. 조금의 기미가 있었다면 어떤 꼬투리라도 잡고 싶어 매의 눈초리로 감시한 그 숱한 세월 가운데 걸려들게 되어 있다. 정여립은 철저한 사람으로 은밀히 꾀했지만 내부 단속이 잘못하여 폭로되었다. 정말 조금도 모르는 사람들이 말 만들고 부풀려 엉뚱하게 알려지고 있는데 매우 안타까운 일이다."

"그런데 평소의 선조 임금은 송강을 가장 믿는 신하로 여겼다고 들었습니다. 그러다가 건저(세자 책봉의 일)로 인해 오해가 생겨 제일의 적으로 안 것까지는 이해됩니다만, 기축옥사의 화 모두 떠넘기고 어찌 그리 철저히 감췄는지 모르겠습니다. 그런 이유가 분명히 있을 것 같은데 아리송하기만 합니다."

"그럴 것이다. 임금의 공작이었으니 의심한다는 것 자체가 이상할 정도였기에 그렇게 되었다고 보면 좋을 것 같다. 왜란이 일어나자 민심이 너무 흉흉했고 누군가 책임질 사람이 필요했다. 송강의 충성을 의심하자 평정심 잃은 임금은 정적으로만 보였다. 송강은 의지가 굳은 인물이어서 한번 결심하면 반드시 하고야 마는 것 알고 있었으니 은근히 겁나기까지 하였다. 그에 더하여 개성에서 온갖 부류의 사람들이 송강을 연호하며 부르짖는 소리가 환청으로 들리는 것 같았다. 송강은 옳다고 생각되면 물불 가리지 않았고 뒤로 물러서는 법이 없었다. 만약 반기라도 든다면 큰일이라는 생각으로 사전에 막고 싶었을 것이다. 이 모든 것이 한데 어울려 임금의 공작이 이뤄졌다고 할 수도 있겠다. 하여튼 약간 빗나간 듯하지만 이왕 시작한 기축옥사이니 조금 더 심도 있게 알아보기로 하자."

"예 알겠습니다."

"역모가 발각되어 시작된 국문은 3년의 세월이 걸렸다. 그런데 시작부터 끝까지 계속 이어지지는 않았다. 정여립의 자살이 있고 가깝게 지내던 사람들의 글에서 임금을 악평한 문구가 발견되면서 국청까지 열렸지만, 오햅니다 하는 소리만 들어야 했다. 결과적으로 임금 혼자 흥분하여 마구잡이로 확대하고 그도 모자라 목숨까지 빼앗은 격이었다. 그렇지만 정여립이 난 일으킨 것은 사실이었다. 증거 없이 신하를 역적으로 몰아 죽이기야 했지만 임금은 하고 싶은 데 까지 다하였다. 그리 마무리되자 난이 평정되었다고 하여 공신록이 작성되었다. 이때 송강은 평난공신 2등급의 작위에 올랐다. 그 과정을 보면, 주동자가 밝혀지면서 그와 가까이 했던 벗 모두 피의자가 되었는데 그중의 하나가 좌의정 정언신이었다. 정여립과는 5촌 당숙 질 간이면서도 평소에 교류가 없었다는 발뺌이 먹혀들어 위관이 되었다. 당시 임금 곁에서 수족같이 움직이던 신하 모두 연루되어 믿고 맡길 사람이 없는 것도 한 몫 차지했을 것이다. 위관은 의심 중이라는 것 알았으련만 당질 정여립의 무고 주장하며 고발자 국문해야 한다고 여론몰이 하였다. 그런 것이 임금의 귀에도 들어갔다. 선조 임금의 입장에서는 믿을 만한 신하가 없어 안타깝던 중에 송강이 자기 발로 찾아왔다. 반갑기 그지없었다. 그 자리에서 우의정의 직 내리면서 위관까지 맡겼고, 정승 정언신은 곧장 피의자 신세로 전락하였다. 자업자득이지만 송강의 인품 알고 있어 죽음은 면했다며 안도했다고 한다. 하여튼 그분의 목숨은 부지했는데 나머지에게는 송강의 힘이 미치지 못했다."

"선조 임금은 영민했으나 모진 성품이었고 합니다. 외가가 약하여 결과적으로 뒷배가 없는 것이나 같았다지요. 항상 혼자라고 생각되어 옥좌 지키는 데 안간힘 쏟았다고 하더군요. 그렇다 보니 덕으로 감화시키기 보다는 철퇴로 무장한 임금이었답니다. 이를 알고 있는 우계는 기축의 역옥이 일어나자 송강의 등 떠밀며 살려내라고 했다고 합니다. 송강이 생각할 때도 우계의 주장이 맞았습니다. 모진 성품에 직간할 신하보다는 자기들의 잇속에 눈먼 신하에 쌓여 있었기 때문이었습니다. 어찌하던 살려야 한다는 생각으로 궁에 들어갔는데 임금은 위관의 직분을 내렸습니다. 임금의 마음 누그려 뜨려 모두 귀양으로 결정했는데 문제는 상소였습니다. 무슨 혐의가 그리 많은지 안 밝혀진 다른 건이 있다며 상소가 이어졌습니다. 위관은 이미 떨어진 상태이고 그에 따른 문초에 정승들이 함께 나서자고 외치지만 모두 외면했습니다. 혼자는 역부족이었습니다. 발만 동동 구르는 가운데 끝내 숨 거뒀습니다. 거의 모든 목숨이 그리 잃었는데 앞에서는 살리고 뒤에서 죽였다고 합니다. 살리거나 죽이거나 어느 한 쪽이어야 하는데 송강만은 그렇게 평하고 있습니다. 그에 대한 것을 상세히 듣고 싶습니다."

"그렇게 하자. 송강은 죽음 막아보려고 무진 애쓴 끝에 귀양지가 결정되어 막 내리는가 싶으면 삼사에서 상소가 빗발쳤다. 그렇게 유야무야 넘기면 안 된다고 주장하면서 새로운 사건 들춰낸 상소문이었다. 임금은 상소 읽으며 가라앉혔던 분노 다시 일어나 치웠던 형장의 도구 다시 갖추게 했다. 이발뿐만이 아니라 이길 백유양 등도 그렇게 하여 귀양지에서 다시 끌려와 형장의 이슬로 사라졌다. 또한 최영경은 방면되었다가 재구속되어 문초 기다리는 중 병사했는데, 이를 보다 못한 송강은 정승들 찾아다니며 같이 막아보자고 설득했지만 모두가 자기 한 몸 보전하기에 급급했다. 그랬으니 억울한 죽음이 많았던 것은 사실이다. 임금의 마음대로 일단락 시키고는 난이 평정되었다며 등급 나눌 때 최고위가 아닌 2등급에 송강과 서애가 같이 올랐다. 비슷한 역할의 증거인데 임금은 뒤에 모든 것 덮어씌우며 당신은 허수아비처럼 송강이 하라는 대로 했을 뿐이라고 했다."

4. 비간과 걸주

　　_"피비린내 나는 국청도 이미 끝났다. 조정에서는 공신록 작성하고 잔치까지 마쳤으니 이젠 발 뻗고 지낼 줄 알았다. 그런데 실로 엉뚱한 곳에 불씨가 남아 다시 타오르기 시작했다. 새로 부임한 전라감사가 공명심이 발동하여 한번 푹 찔러보았다. 모두 모인 자리에서 죄인과 내통했거나 동조자 안다면 이실직고하라고 엄명했다. 입 다물고 있다가 밝혀지면 그 죄 엄히 묻겠다는 일상적인 말이 뒤따랐다. 그냥 하는 엄포쯤으로 들었으면 좋았으련만 순진한 사람들은 곧이곧대로 들었다. 한 사람이 입 열자 너는 안 그

랬느냐는 식으로 꼬리 물었다. 그러다 보니 얼키설키 걸려들고 말았다. 정말 힘없는 서민들이다 보니 자신만은 빠지고 싶은 마음에 시작된 말이 너도 나도 어우러져 진앙지로 빠져들었다. 벗어나고 싶어 하면 할수록 활활 타오르는 불구덩이에 휩싸이고 말았다. 그렇게 큰 불로 번질지 모르고 들은풍월 읊듯 마구 쏟아놓는 사이 누구도 바라지 않은 결과로 이어졌다."

"……."

"말을 꺼낸 관찰사마저 당황할 정도였다. 그도 그럴 것이 관아에서 관찰사 다음의 서열인 도사가 연루되었기 때문이었다. 관찰사 선에서 무마하기에는 이미 벗어난 일이 되었다. 즉각 보고서 올리는 쪽으로 가닥 잡았다. 그때 송강은 우의정에서 벼슬이 올라 좌의정이었다. 임금은 자리보전하는 문제로 언제나 마음이 조마조마한 처지였다. 자라 보고 놀란 가슴 솥뚜껑 보고 놀라는 식으로 마음이 콩닥거리는 상태에서 믿고 맡길 만한 신하로 송강이 일순위로 떠올랐다. 따져보고 말고 할 것도 없이 위관 맡으라는 명령부터 내렸다."

"……."

"그때의 위관은 현재 특별검사일 것이다. 단지 현재와 다른 것은 변호사의 임무까지도 겸임하는 것이 조선의 제도였다. 미리 정해진 특별한 부서의 임무가 아니었다. 임금의 결심에 따라 명령이 하달하면 맡게 되는 직이었다. 그러니까 누가 맡아도 되는 직책이었다. 임금의 명령이 하달되면 무조건 받아들여야 했다. 사의 표할 수는 있지만 이는 겸손의 미덕일 뿐이고 결과적으로 황송합니다 하면서 받아들이게 되어 있었다. 송강이 일차 위관에서는 사의 표했다는 기록이 있지만 이차에서는 어떠한 반응 보였는지에 관한 기록은 없다. 통상적으로 생각될 뿐인데 걱정하면서 피해 줄이려면 어찌해야 될 것인지 쯤은 숙고했을 것이다. 몇 년 전 전라관찰사 하면서 익힌 얼굴이라 자연스레 떠올랐을 것이니 마음 오죽 아팠을지는 짐작 가고도 남을 일이었다."

"그래서 송강이 위관으로 3년의 옥사 모두 처리한 양 알게 되는 단초 제공한 격이 되었군요."

"그렇다. 일차에는 초기 넘겼다고 하나 미적거리는 중에 송강이 위관 되면서 본격적으로 시작되었지만 1개월 만에 하차하였다. 이차에는 초기부터 맡았으니 전체로 알기 십상이다. 하지만 중간에 건저의 일이 터지면서 일차와 마찬가지로 서애에게로 넘어갔다. 결과적으로 모두 합친다고 해도 몇 개월에 지나지 않았다."

"그렇다면 반역의 향이란 좋지 못한 딱지까지는 송강과는 무관한 것 아닙니까?"

"그것에 대한 기록이 명확하지 않으니 속단은 금물이다. 단지 모든 심문이 끝나고 최종적으로 확정된 것 같은 느낌이 있긴 하지만 그렇다고 하여 그리 단언할 수야 없는 일이다. 잘못하면 우를 범할 수 있으므로 조심해야 한다. 그렇지만 송강이 강계에 위리안치 되어 있는 동안 이차 국청이 마무리된 것은 사실이다. 임금은 송강을 정적으로 생각하고 측근까지 뿌리 뽑고 싶은 마음에 전라도를 반역의 향으로 정했다고 볼 수도 있다. 송강은 전라도에서 공부하며 학맥 이루는 동안 많은 벗이 자연스럽게 형성되었기 때문에 그리 추측할 수는 있지만, 그 진실은 선조 임금이나 알 수 있는 일이라 할 것이다."

"알겠습니다. 하시반 전라도가 반역의 향이 되면서 송강에게는 날개가 꺾이는 일이 되었을 것인데 그런 일에 관여되었을 것 같지 않기에 생각해 보았습니다."

"맞는 말이기는 하지만 신하인 입장에서 임금이 결정하면 그저 지켜보는 것으로 역할은 끝난다. 신하의 도리는 바른 판단 내릴 수 있도록 조언하는 일뿐이다. 하지만 너무 안타까운 나머지 이런저런 생각에 잠길 수는 있다. 송강은 서울서 출생했지만 어려서 전라도로 내려가 공부하면서 스승과 벗이 거의 전라도에 있었다. 또한 그곳에서 장가 드셨음으로 처가도 전라도이다. 그런 정황으로 봐서는 스스로 그런 결정 내렸다면 자기 수족 자르는 격이다. 단지 임금의 뜻이 확고부동하면 가슴 졸이면서도 지켜보아야 하였으니 목전의 일이라면 퍽이나 참담했을 것이다. 하여튼 전라도가 반역의 향이 된다는 것은 송강의 기반 흔드는 일이었다. 송강이 조금이라도 역량을 발휘

할 수 있었다면 어찌하던 막으려 했을 것인데 그에 대한 기록이 전무하다. 여러 정황으로 추측하면 위리안치 중에 확정되었기 때문에 건의조차 못한 것 아닌가 하는 생각이다."

"그렇습니다. 전라도를 반역의 향으로 규정지은 것은 송강의 기반 무너뜨린 것이나 마찬가지입니다. 그런데 그 고장 사람들은 송강이 그렇게 했다고 믿고는 지금까지도 그 화 덮어씌우고 있습니다. 정말 안타까운 일입니다."

"옳은 지적이다. 송강은 고향으로 여긴 그곳에서 평판 나쁜 것이 사실이다. 모든 것이 철저한 공작으로 덮어씌우면서 아무런 연관이 없는 것조차 떠안는 판에 그 사안이야 언저리에 있었을 개연성이 농후하므로 묻어두는 것이 좋을 것 같다. 단지 당시로 돌아가서 어떻게 진행되었는지 살피기로 하자. 전라도사 조대중(曺大中, 1549~1590)은 이발을 흠모한 인물이었다. 추앙하던 분이 정여립 사건에 연루되어 죽임 당했다는 소리 들리자 눈물 흘렸고 흠모한 분을 생각하여 먹는 것조차도 가렸다고 한다. 이를 곁에서 본 사람이 감사의 엄포가 있자 고해바쳤다. 놀란 감사는 그것 보라는 듯 한 술 더 떴다. 살벌한 분위기 끝에 물꼬 터지듯 시시콜콜한 것까지 털어놓았다. 역적과 내통하지 않았어도 동조하는 마음이 있으면 역적으로 처벌하던 시절이었다. 또한 역참서라고 하는 정감록을 소지하거나 읽은 것이 알려지면 요절나던 때였는데 그것과 연루되면서 그 수가 폭발적으로 늘어났다. 천 명이 넘게 죽임 당했다고 하는 것이 그 때문일 것인데 확정할 수 있는 근거는 어디에도 없다. 또한 송강이 위관으로 취조할 때는 죽이지 않으려고 지연작전 썼다고 한다. 시간 흐르면 임금의 마음이 누그러질 것 같았기 때문인데, 그렇게 되기 전에 건저의 사건이 벌어졌다. 운명이 어찌 보면 당시의 피의자와 송강 편이 아니었기 때문에 그리 엉뚱하게 전개되었을 것이다."

"사람들은 그런 사실까지야 모를 것입니다. 일반 백성이 죽임 당했다는 생각조차 안 하는 것은 습관적인 것 같습니다. 당시 인구라야 기천만 명에 불과했겠지요. 선비는 상층부에 속한 지도자입니다. 몇 %에 불과한 선비인데 기축옥사에서 천 명 운운하고 있습니다. 그 많은 선비가 죽었다면 거의 싹쓸이나 다름없다는 식으로 말하게 되어 있습니다만 몰라도 너무 모르는 말이었네요. 그러니까 선비는 몇몇에 불과했고, 나머지는 전라도에 사는 평민들이었다는 말씀입니다. 당시 읽다가 발각되면 처벌되는 정감록에 연루되는 등으로 피해 입은 수가 많아진 까닭이란 말씀이시지요. 그것도 혁명가 정여립의 영향으로 역참서인 정감록이 서민 사이에 많이 읽혀졌고요."

"그렇지 그때 화를 당한 선비는 늘려 꼽는다고 해도 기십 명에 불과할 것이다. 조도사의 시만 없었다면 간단히 끝났을 것인데 묻어두었던 사항까지 끌어들였다. 이발의 팔십 세 어머니와 여덟 살의 아들이 있었다. 노모는 진양지에서 벗어나고 싶은 마음에 살던 곳 떠나 이사까지 했는데 거처 옮긴 후 2개월 만인 1590년 12월 압송되어 국청에 끌려 나왔다. 기축옥사에서 절대 일어나서는 안 될 일이 글자 몇 자로 인하여 벌어졌고, 덕분에 송강의 빛은 모두 깎이고 말았다. 그것도 덮어씌움 당한 결과였다. 조선의 법은 구체적이었다. 취조할 때 여인과 어린이는 금하는 조문이 있었다. 그에 따르면 노모치자일 경우 제외시켜야 했다. 그리고 층위별로 취조 시에 가할 수 있는 량이 구별되어 있었다. 그런데 법보다 위에 있는 왕권이었다. 노모치자 국문 장으로 끌어들인 것은 과했지만 신하로서는 무조건 따라야 했다. 송강이 위관 시절에는 법에 따르면서 어찌하던 살리려고 했는데 건저의 사건으로 영어의 몸이 되었다. 뒤이어 맡은 이는 서애였다. 그때부터 임금의 뜻대로 봇물 터지듯 한꺼번에 처리되었다. 임금의 입장에서는 지루하던 것이 속 시원하게 끝났다고 할 수도 있겠지만, 연루된 처지에서는 마른하늘의 날벼락 같은 일이었을 것이다. 또한 처음에 위관 맡은 분은 기억할지 몰라도 중간에 교체되었다는 것까지야 모를 수도 있다. 덕분에 옴팍 뒤집어쓰고 말았다."

"기록에서 보면 노모치자 사건은 절대 일어나서는 안 될 치졸한 사건으로 기록되어 있습니다. 그것만 없었다면 송강을 다시 볼 수 있다는 말이 나돌아 다니고 있습니다. 정말 안타까운 일입니다."

"그래 옳은 말이다. 다시 말하지만 그 사건은 법으로 금지된 것이었다. 사건화시키는 것 자체가 막혔는 데도 죽임까지 당했으니 그리 평가할 만도 하다. 그 실마리는 정말 소소하였다. 그저 웃어넘겨도 될 것인데 과민반응이었다. 하여튼 지금부터 살피면 알게 될 것이다. 송강이 1590년 2월 좌의정이 되었는데, 3월에 조대중 도사의 사건이 터져 두 번째 위관이 되었다. 그런데 조도사는 숨기지 못하는 성격이었던 모양이다. 아니면 성격이 너무 급했을지도 모른다. 하여튼 죽음이야 받아 놓은 밥상처럼 생각하고 그랬을지도 모르지만, 자기의 뜻 밝히는 시를 성좌(省座)[1]에 바쳤는데 그 내용은 '지하약종비간거(地下若從比干去, 지하에서 만약 비간[2]을 쫓아갈 수만 있다면) 고혼함소불수비(孤魂含笑不須悲, 외로운 혼령이 되어 웃음 머금을 뿐 잠깐이라도 슬퍼하지는 않으리라)'이다. 이 시가 임금의 잔잔한 가슴에 돌덩이 던지고 말았다. 비간은 걸주로 총칭되는 은나라 주 임금의 폭정 막으려고 간하다가 죽임 당한 충신이었다. 조도사 자신이 비간이라고 가정하면 선조 임금은 걸 임금이나 주 임금이 되는 것이었다. 아무리 덕 쌓아 너그러운 임금이라 해도 펄쩍펄쩍 뛸만한 내용이었다. 이리 직접 모욕하는 글을 지어 바쳤다는 것은 죽여주십시오 하는 것이나 마찬가지였다. 선조 임금은 어떤 임금보다 글에 능통했다고 한다. 그런 처지에 그 뜻 꿰뚫는 것은 순간이었다. 임금은 글을 보는 순간부터 몸이 부들부들 떨었다. 옆에서 보기가 민망할 정도였다. 조도사의 가족들까지 모두 잡아들이라는 불호령 내렸

---

1) 성좌(省座): 의정부 의금부 사헌부가 모인 자리. 삼부(三府)라고도 함.
2) 비간(比干): 은나라 후기의 현인.

을 때 막을 방법은 하나도 없었다."

"가족이 무슨 잘못이 있다고 국청장에 끌려와야 합니까?"

"그러게 말이다. 송강께서도 그것만은 막고 싶었다. 화가 머리까지 치솟은 임금 앞에 나가 꿇어 엎드렸다. 조대중이야 모두 실토함은 물론 증거도 확실함으로 죽어야 마땅하지만 가족이 무슨 죄가 있겠습니까. 뜻을 거두어주십시오. 하는 직언이 귀에 들릴 리 없는 임금이었다. 이미 이성 잃은 임금은 송강의 충언은 관심 밖에 있었다. 길길이 뛰면서 자신이 가진 권력을 마구 행사했다. 연루되었다 하면 죽이고도 성이 안 차서 반역의 향이라는 극약처방에 이르렀다. 덕분에 송강은 위관의 직에 잠시 있었다는 죄로 전라도 사람의 눈총받는 신세가 되었다. 그렇게 높은 자리에 있으면서 조대중의 가족 못 구한 것 따진다면 할 말은 없겠으나 그 외에는 최선 다했는 데도 모든 화를 뒤집어쓰고 말았다."

"하나의 필화사건으로 기록되어도 될 만한 사안처럼 생각됩니다."

"그럴 수도 있겠지. 기축옥사로 연루되기는 했지만, 이차는 문장이 낳은 결과이기에 필화라고도 할 수 있겠다. 하여튼 그 사건이 전라도 사람의 벼슬길 막는 반역의 향으로 지정되는 원인이었는데 조선 말기까지 죽 이어졌다. 덕분에 벼슬길이 끊기면서 전라도 학문의 맥까지 덩달아 끊기고 말았다."

"어마어마한 사건이군요. 그래서인지는 모르겠지만, 지금까지 이어져 내려온 듯합니다. 전라도 사람이라고 하면 전국 어디서나 이상한 눈초리 보내고 있어서 그런 생각해 보았습니다."

"네 생각이 아주 틀렸다고는 할 수 없을지 몰라도 심증일 뿐이니 마음에 담아놓는 것으로 끝냈으면 좋겠다. 그 말은 이 정도로 하고, 노모치자에 대한 이야기를 조금만 더 하기로 하자."

"예 알겠습니다."

"임금의 역정은 조도사의 가족으로 끝나지 않았다. 이발의 늙은 어머니 해남 윤씨와 8세의 어린 아들 명철(命鐵)이 칭념과 존문의 진원지라는 생각으로 발본색원하고 싶은 선조 임금은 압송하기를 명했다. 노모나 치자에 대한 치죄는 법에 초월함으로 제고해 주십시오. 하는 말은 콧등으로 들은 지 오래되었다. 임금의 명이니 따르면서도 송강은 위관으로서 법령에 있는 그대로 집행하였다. 임금이 볼 때는 지지부진하여 답답증이 일었지만 어쩌지 못하고 지켜만 보았다. 임금 자신도 그런 조항은 꿰뚫고 있었기 때문이었다. 그러다가 1591년 2월 건저사건이 일어나 사직하고, 3월 안덕인의 상소로 송강은 죄인이 되어 용산촌사로 나가 꿇어 엎드렸다. 조선시대는 대신이라도 상소에서 죄 운운하면 일단 그렇게 하는 것이 관례여서 따랐는데, 결과적으로 죄인이 되어 유배형이 내려졌다. 윤 3월 파직되고 명천을 거쳐 진주에 배소가 정해졌는데 3일 후 본향과 가깝다는 이유로 변경되어 5월 22일 강계에 위리안치(衛籬安置)[3] 되었다. 송강이 맡았던 위관은 서애가 이어받았다. 다시 위관이 된 서애는 임금이 어떤 생각이라는 것을 알았다. 시간 끈다고 살아 돌아갈 몸이 아니라면 속전속결이 피차 좋을 것 같았다. 지금까지 법령 따르던 사령들을 새롭게 독려하였다. 가혹하리만큼 다루는 것도 허용하였다. 노모의 입장에서는 하루아침에 대우가 달라졌다. 지금까지 사령이 여자였는데 남자로 바뀌었다. 거친 사내의 손길이 노인의 몸에 닿는 것은 예삿일이었다. 사대부 여자로 살았던 것은 지난 옛일이 되었다. 마구 다루는 것까지야 그렇다고 쳐도 매에는 장사가 없었다. 모진 목숨 부지하다가 1591년 5월 마지막 숨을 거두고 말았다. 다시 말하지만 송강이 실직하면서 서애가 위관이 되어 임금의 명에 고분고분 따른 결과였다."

"그런 것이 정확히 밝혀졌으면 좋겠습니다. 광산 이씨들이 원수처럼 생각하는 상대가 송강이 아니고 서애여야 한다는 것이 알려져야 할 것 같습니다. 물론 지금까지 알았던 것 바꾼다는 것이 어렵겠지만 왜곡된 사실이니 바로잡아야 합니다. 그것이 역사이고 앞으로 우리가 알아야 할 것이기 때문입니다."

"언제인가는 밝혀지겠지. 그때까지는 괜한 갈등에 안 빠지려고 잠시 돌아가기 권하는 것뿐이다."

---

3) 위리안치: 배소에서 달아나지 못하도록 가시가 많은 탱자나무로 울타리를 만들고 중죄인을 그 안에 가두어 둠.

"알겠습니다. 아버님 말씀 명심하겠습니다."

인수는 그렇게 배운 것을 한 번도 잊은 적이 없었다. 그런데 그것을 아들에게 전수하는 일에는 등한히 했으니 지하에 계신 분께 면목이 없어 고개가 저절로 푹 수그려졌다. 늦었지만 이제라도 송강의 진실을 알리고 보니 가슴에 막힌 것이 뻥 뚫어지는 기분이었다.

5. 봉변

_형민은 최소의 삶을 추구하면서 취미 삼아 글 쓰고 여유 즐기는 사람이었다. 옛날과는 달리 휴대전화기가 똑똑해지면서 우리 삶의 모든 것에 연관되어 있는 것이 사실이었다. 특히 이런저런 정보들이 종이에 인쇄된 글자를 멀리하게 만들고 있는 것 같았다. 그러니까 형민처럼 글 쓰는 사람에게는 아주 나쁜 환경으로 빠져들어 있다고 해야 할 것이다. 그런 가운데 독자의 관심거리도 어느 한쪽으로만 빠져 있어 나이 들었거나 형민처럼 과거지향적인 생각에 있는 처지에서는 어찌할 바 모를 정도 되기 십상이었다. 조금은 저속하다고 하면 어떨지 모르지만 그렇고 그런 내용에 박수치면서 조금 진지하다 싶으면 외면으로 일관하는 독자들이다. 어릴 때부터 송강 정신에 익숙해지면서 자란 처지로 그에 동조하고 싶은

생각이 조금도 없어 누가 알아주는 것에 무관심한 채 글 쓰면서 하고 싶은 말하는 쪽으로 가닥 잡은 지 오래되었다.

글을 잘 쓰려면 많이 읽고 많이 써 보야 한다고 한다. 형민도 그 말이 맞는 것 같았다. 시간이 있으면 책 드는 습관을 길렀다. 그런 버릇이 현대식으로 전환돼야 할 것 같은데, 옹고집처럼 그냥 그대로 고수하고 싶었다. 많은 사람들이 휴대전화기 애용한다지만 형민에게는 말 그대로 전화기일 뿐이었다. 이런저런 검색하는 것을 보면 신기한 것도 같고 편리한 것도 같아 따라하고 싶은 욕구가 없는 것은 아니지만 이내 머리 흔들었다. 전부 아는 삶보다 조금은 모르고 사는 것도 괜찮다는 생각도 들기 때문이었다. 똑똑해지는 것이 그리 좋은 것만도 아닌 것 같다는 생각이 언제부터인가 들었다. 느림의 미학이란 말에서 삶에 여유라도 찾고도 싶었다.

가친(家親)의 영향 많이 받아서 그리되었을 것 같기도 하지만, 가진 것에 자신도 모르게 반감이 있는 것인지 아버지 같은 삶은 살지 않겠다는 생각도 많이 한 형민이었다. 귀에 딱지가 앉을 정도로 들은 송강을 애써 외면한 이유이기도 했을 것이다. 그러면서도 관심이 아주 없는 것은 아니었다. 송강을 주제로 한 세미나나 축제에는 시간 있으면 가는 버릇이 생겼다. 그러니까 형민은 이중적인 삶을 살고 있었던 것이다. 책을 보다가도 송강에 대한 것이 나오면 일부러 건너뛰거나 하면서 부정으로 일관하는 것과는 달리, 행사 등은 관심 갖고 관람하였다. 아마 책 속에 부정적인 어휘들이 싫어서 그리 된 것인지도 모르겠다. 하여튼 그렇게 살고 있는 어느 날이었다.

지하철에서 내렸다. 화정역이었다. 역 광장에 고양시에서 주최하는 축제가 시작되려는 듯 분주한 모습이었다. 송강문화축제란 현수막이 펄럭이는 것을 본 형민은 발길이 스스로 멈춰졌다. 급할 것도 없는 처지에 시간 보내기는 좋을 것 같았다. 널려 있는 의자에 털퍼덕 주저앉아 넋 놓고 앞만 응시하였다. 그때 생각지도 않은 친구 일태가 나타나 옆구리 푹 찔렀다.

"야 형민이, 오랜만이다. 그러고 보니 자네 송강 자손이지? 그래서 여기 앉아 있구나!"

"그래, 맞아. 자네가 그런 소리 하니까 그런 셈이네. 실은 별 생각 없이 앉았는데. 그러니까 송강 자손 하고는 무관하다는 소리야."

그렇게 말하는 것을 일태 옆에 있던 친구 상진이가 듣더니 혀를 끌끌 차면서 혼잣말하였다.

"송강 자손들 하는 짓하고는?"

형민은 귀에 몹시 거슬렸지만 그런 자잘한 것 따지고 싶지 않아 힐끔 쳐다보고 말았는데 그 친구가 본격적으로 대들다시피 말을 쏟아냈다. 즉 본격적으로 시비 걸고 나온 것이었다.

"뭘 보슈? 내가 못할 말했수."

"이 자가? 왜 이러는 거야, 지금."

둘의 험악한 분위기 직감한 일태는 진정시키려고 둘 사이 비집고 들어섰다.

"어이! 상진이, 자네 왜 이래? 알고 보면 다 좋은 사람들인데, 그러지 말고 서로 악수나 해라."

"야! 내가 송강 자손하고 악수하게 생겼냐? 그런 말 절대 하지마라. 아예 뙤놈하고 사귀겠다."

"뭐야, 이자가 해도 너무하네. 왜 송강 자손에게 어떤 쓴맛이라도 봤나보지."

"암, 봤지. 봐도 아주 많~이 봤지."

상진이라는 일태 친구가 송강 자손에게 쓴맛을 봤다는 말에 형민은 순간 멈칫해졌다. 송강의 후예는 비교적 많은 편이었다. 여기저기에 있는 누군가에게 되게 당한 것 가지고 화풀이한다면 참아야 할 것도 같았다. 자기와는 무관하지만 그래도 피를 나눈 처지라고 할 수도 있었다. 어떤 잘못이 있다면 사과라도 하면서 사는 여유가 있어야 할 것 같다는 생각이 퍼뜩 들었다. 또한 잘못하다가는 구설수에 빠져들지도 모른다는 생각도 있었다. 일태는 형민이 욱하지 않고 참아내는 것 자체에 감사하면서도 상진이가 평소에 하지 않던 짓을 더 이상 못 하게 할 필요는 있는 것 같아 일침 놓기로 했다.

"어이, 친구! 어디서 어떤 일이 있었는지는 모르지만 이 친구와는 무관하잖아."

"무관해? 그렇다면 내가 실수한 것이지만 그렇지도 않아!"

"야! 너 여기서 처음 본 것 아니야?"

"맞아, 초면은 맞아."

"그렇다면 자네는 지금 실수하면서 망발까지 하는 거야. 망발."

"망발? 네가 몰라서 그렇지 그쪽 집안하고는 한 하늘을 덮고 살 수 없는 사연이 있어서 이러는 거야. 나도 생각이 있는 사람이고 함부로 망발이나 할 사람은 아니야. 너도 그런 것은 알고 있잖아."

형민에게는 점입가경이었다. 시비 걸어온 사람이 자기는 경우 아는 사람이라고 했다. 분명 초면이었고, 어떠한 접촉도 없었으면서 막무가내로 나오는 것에 이유가 있다고 하였다. 형민은 괜히 몸이 움츠려졌다. 어떤 사연이 있는 것은 확실하지 싶은데 자기는 전혀 감조차 못 잡고 있어 괜히 불안하기까지 하였다. 무엇인지 모르게 답답하여 객쩍은 넥타이에 손이 가졌다. 그러면서 은근히 다음 말을 기다려지기까지 했다.

"야, 상진아. 우리 이러지 말고 그 사연이나 한번 들어보자."

"그래, 뭐 말 못할 것도 없지."

"그렇다면 우리가 여기서 이럴 것이 아니라 조용한 곳으로 옮겨 차근차근 들어봄이 좋을 것 같다. 나 따라와. 알았지?"

일태는 말 마치자마자 벌떡 일어나 휘적휘적 앞서 걸어갔다. 이를 본 형민과 상진은 무엇에 이끌리듯 졸래졸래 따라나섰다. 그렇게 하여 조용한 곳에 자리 잡자 상진은 거침없이 보따리 풀어놓았다.

"일태, 너 기축옥사라는 것 알고 있지?"

"그거야 모르는 사람 없을 걸 아마."

"그 기축옥사에 최고의 피해자가 우리 조상인 이발이란 분이야."

"그래, 네가 광산 이씨라는 것은 알았지만 그분의 직손이라는 것까지는 몰랐네. 그렇다면 송강과는 그때 꼬였었지. 너 지금 그런 것가지고 이 친구 형민에게 그랬던 거야?"

"맞아. 그런 것이었어."

"야, 너 너무했다. 수세기가 지난 과거 조상의 일을 가지고 볼멘소리 하는 것은 너 답지 않은 짓 아니야. 너 사과해야겠다. 즉시 사과해라."

"사과? 어찌 보면 네 말이 맞는지도 모르겠다. 하지만 자기 조상의 일에 무관심한 작태 보는 것이 구역질이 나서 그랬어. 송강도 무책임한 짓을 서슴지 않고 하였거든. 그런데 그 자손까지 그러는 것같아서 욱한 성격에 그렇게 되었는데 사과하는 것이 맞긴 맞겠다. 여보슈! 정형 내 지나쳤소이다."

상진은 말을 마치자마자 고개까지 조아렸다.

"됐수다. 화통한 성격 같은데 그냥 좋게 지냅시다. 우리 서로 악수나 합시다."

형민은 상진을 향해 손을 내밀었다. 상진도 손을 맞잡으면서 한마디 곁들였다.

"하였든 고맙수다. 아까는 욱했지만 그리 오래된 것 따져 뭐 하리오. 다 부질없는 짓이지."

"그런데 상진아! 너희들 조상에 대한 이야기는 듣고 싶은데 말해 줄 수 있냐?"

"야! 여기 그 이야기하려고 들어온 것 아니냐?"

"맞아, 그렇긴 해."

"맞습니다. 이형 나는 그런 것에 거의 무관심하게 산 것 같은데 이번 기회에 한번 들어나 봅시다."

"이 양반. 그런 것은 기본적으로 알아야지. 지금부터 말할 테니 한번 들어 보슈."

상진이 말한다는 소리에 형민과 일태는 귀를 쫑긋하면서 자세 바로 하였다.

"다시 말하지만 기축옥사에서 최대의 피해자는 우리 집안이었어. 우리 할아버지 동생에 이길이란 분이 있었는데 할아버지와 같이 아무런 죄도 없이 형장의 이슬로 사라졌어. 송강이 친 그물에 걸린 탓에 죽임을 당했던 것이야. 그뿐만이 아니었지. 80의 어머니와 8세의 명철이라는 아들까지 괜한 자백 강요하는 매에 못 이겨 한 많은 세상 하직했어. 얼마나 잔인한 일인지, 생각만 해도 끔찍해. 이를 선조 임금 보는 앞에서 송강은 태연히 저질렀어. 그렇다 보니 송강이 죽자 선조 임금은 간사하다고 하여 간철, 흉물스럽다고 하여 흉철, 독한 정철이라고 하여 독철이라고까지 했지. 우리 집안에서는 그렇게 멸문지화시킨 장본인 정철을 영원히 저주하기로 하여 지금까지 이어져 오는 풍습이 있어. 명절 등 제수 장만할 때 고기 다지면서 반드시 주문하는데 정철정철정철이라고 하는 것이야. 이미 죽은 몸이지만 난도질하는 것으로 하여 조상의 한을 풀어드린다는 염원으로 그렇게 하는 것이지. 그런데 여기서 비밀이 아닌 비밀을 털어놓아야겠네. 이발이란 분이 얼마나 인품 갖췄는지 느낄 수 있는 대목인데, 종은 상전의 아들 명철이 압송될 것을 예상하고 보통 사람으로는 상상도 못할 일을 했지. 상전의 도련님 명철과 자기 아들의 옷을 바꿔 입혔어. 나졸들은 조금의 의심도 없이 옷만 보고 잡아갔어. 그런 결과로 종의 아들은 명철이 되어 죽고 진짜 명철은 살아서 아들 낳은 덕분에 대가 이어졌지. 그러니까 이발 할아버지가 평소에 베푼 덕으로 종은 감화되어 금쪽같은 자기 아들을 사지에 몰아넣었던 거야. 덕분에 명철은 살았고, 그 후손인 내가 이렇게 태어나 조상의 억울한 죽음을 이야기하고 있게 되었지. 종까지 감화되어 어린 자식 희생물로 바쳤는데 정철은 정적이라고 하여 무자비하게 다뤘어. 한 집안을 아주 쑥대밭으로 만들었단 말이야. 그것으로 끝냈으면 좋았으련만 일반적인 상식으로는 도저히 있을 수 없는 일도 저질렀지. 전라도를 반역의 향으로 만든 것인데 자기의 뿌리와 같은 곳에 어찌 그렇게 독한 짓을 할 수가 있는지 모르겠어. 아무리 좋게 생각하려고 해도 좋지 않은 감정만 남네 그려. 정철 자신은 서울에서 태어났지만 전라도에서 공부함으로써 과거급제 하였잖아. 그 정도 되었으면 감사할 줄 알아야 하는 것이 인간인데 감사는커녕 원수로 갚은 것이 정철이야. 다시 한 번 살피면 정철과 교유한 사람들의 면목은 거의 대부분이 전라도에 기반을 둔 사람들이잖아. 그런데도 무슨 원한이 있어서 그렇게 맥을 잘라버렸는지 아무리 생각해도 이해가 안 돼."

"그래, 나도 그렇게 생각된다. 너희 집안이야 정적이니까 그럴 수도 있다고 할 수 있겠지만, 벼슬살이 떨어지면 향한 곳이 전라도 창평이잖아. 성산별곡까지 남겼으니 그것으로 보면 당신의 고향으로 여긴 것 같은데 반역의 향으로 만들었다? 조정에서 맥을 잘라야 한다고 생각할 때 쓰는 수단이잖아. 아무리 생각해도 앞뒤가 맞지 않아 도저히 이해가 안 되는 대목이었어. 그뿐만이 아니고 또 이상한 부분이 있어. 그분이 남긴 작품에 빠져들면 하나 같이 맑기만 하여 절로 고개가 숙여지지. 그렇게 맑은 작품은 순수한 정신이 아니면 나올 수 없는 것이거든. 너희들도 나를 알지만 내가 가사 전공했잖아. 다른 가사와는 다른 데가 있어 무엇이라고 꼭 짚어 말할 수는 없지만 읽을수록 신선해지는 느낌이 들어 가슴이 훈훈해지거든. 그런 작품을 쓰신 분이 4대사화에 버금가는 기축옥사 꾸민 것도 모자라 숙청에 직접 가담했다는 것은 도저히 이해가 안 되더라고. 생각할수록 아리송하여 신열이 난 적도 있었어."

상진이 자기 조상의 내력을 말하면서 형민의 조상인 송강을 난도질하고 있었다. 아버지는 입만 열면 송강 할아버지 송강 할아버지 하면서 높이 말씀하셨는데 그것과는 정반대였다. 정말 생경하고 엉뚱한 말을 이런 자리에서 듣게 될 줄은 몰랐다. 무슨 말이든 해야 할 것 같은데 끼어들 만한 건더기가 전혀 없으니 꿀 먹은 벙어리 행세할 수밖에 없었다. 처음 보는 사람으로부터 봉변당하는 것이 심했지만 반박할 자료가 하나도 없어서 삶은 가지가 되어가고 있었다. 이를 측은히 생각한 일태가 도와주는 말을 한 것인지 아니면 자기 생각을 한 것인지는 모르지만 형민에게는 천군만마와 같은 말이었다. 축 처진 어깨가 측은하다 못해 비참할 지경이었는데 일태의 그 말 한마디로 조금은 생기가 들어가는 것 같았다. 송강 자손에게는 그런 것조차 묵인하지 못하겠다는 양 상진은 다시 쐐기를 박으려고 말을 이어나갔다.

"일태, 너 상당히 순진하구나. 나도 송강가사를 다 읽어 보았는데 그 숨겨진 속에는 지저분하기만 하더라. 먼저 장진주사는 술타령군의 넋두리일 뿐이더라. 송강은 술을 먹고 취하면 미친 짓을 예사롭지 않게 저질렀다고 하는 것이 정설이잖아. 그것이 우리 할아버지에게 하는 짓에서 여실히 들어났지. 이발 할아버지께서 잔치 벌이면서 예의 갖춰 송강을 초대했는데, 송강은 취기가 오르자 일어나 추태를 보였고 이를 만류하는 주인의 얼굴에 침을 뱉고 사라졌지. 그런 사람이니 술타령 하자는 시를 읊을 수 있는 것 아니겠어?"

"야, 너 그것 하나만은 지나친 주장이다. 다른 것은 몰라서 할 말이 없는데 내 일찍이 그 장진주사에 빠졌었다. 그래서 알고 있는데 그 시에는 오묘한 뜻이 들어 있다. 사람이 죽게 되면 모두가 똑같아지는 것이라고, 그래서 죽기 전에 좋은 술 실컷 마시자는 그런 심오한 뜻이 나는 마음에 쏙 들어 술좌석에서는 곧잘 읊었다. 또한 술이란 것도 음식의 대명사이니 술주정과는 무관하고."

"언뜻 보면 그렇지. 그래서 송강은 겉과 속이 다르면서도 교묘하게 하나로 만드는 재주가 있다고 그래. 나도 송강의 술주정에 대한 것을 모를 때는 너처럼 생각도 한 적이 있었지. 그런데 진실을 알고 보니 모두가 말장난에 불과 하더라고. 그리고 사미인곡이라는 것도 그래. 조정에서 쫓아내자 임금이 다시 불러주기 기다리며 쓴 것 아니겠어. 그렇게 구걸해서 안 들어주면 그만해야지 치사하게 속미인곡을 다시 짓고는 항상 위만 쳐다보았지. 덕분에 벼슬은 했지만 그것을 기화로 하여 송익필과 공모하고 순진한 정여립을 꼬드겨 기축옥사 만들었잖아. 그 결과로 아무런 죄가 없는 사람을 그렇게 많이 죽였으니 아무리 생각해도 용서할 수 없는 인물이야. 하나만 더 말해야겠다. 관동별곡은 관찰사 직을 주니까 일은 하지 않고 유람이나 다녔으니 한심한 사람이나 할 짓이지. 정신이 바로 박혔다면 도저히 못할 짓거리야. 그렇게 마구잡이로 산 덕에 마지막엔 위리안치 되었잖아. 임진왜란만 아니었으면 강계에서 죽었을 텐데. 살려 놓으니까 사은사에 가서는 명나라와 광해군 옹립할 모의나 하고 말이야. 그래서 선조 임금이 그렇게 싫어했던 것 아니겠어.”

상진은 형민을 마음껏 두들기고 말을 끝냈다. 형민은 이건 아닌데 하면서도 반박할 거리조차 못 찾고 쥐구멍만 찾다가 헤어졌다. 생각할수록 분하고 억울해서 참을 수 없었다. 종로에서 뺨 맞고 한강에서 눈물 흘리는 것처럼 아버지에게 화풀이 식으로 말하고 말았다. 그러자 깜짝 놀라면서 휴 하는 한숨과 함께 이런저런 이야기해 주었다.

6. 뒷북

_아버지께서 땅을 치셨지만 형민도 마찬가지였다. 사실 아버지께서 말씀은 안 하셨지만 당신이 아시는 것을 알려 주려고 몇 번인가 시도하였었다. 그때마다 형민은 강하게 부정하면서 도망 다녔었다. 그러자 어쩔 수 없는 일이지 하시면서 하늘만 쳐다보았다. 어떤 사람은 멀리서 찾아와 듣고 가기도 했는데 왜 그렇게 알려고 하는지 모르고 그까짓 것 배워서 뭘 하게 하면서 등한히

했었다. 그렇게 살아야 하는 것으로 알다가 봉변당하면서 등줄기에 식은땀이 주르르 흐를 때서야 회환이 몰려왔다.

상진은 어찌 생각하면 정의 위해서 악역을 스스로 담당한 것도 같았다. 형민이가 그렇게 당하지 않았다면 영원히 제 잘난 맛에 살 수도 있었을 것이다. 자기 같은 자손이 즐비한 통에 송강은 유언비어에서 빠져나오지 못하고 있는 것 같다는 생각도 들었다. 생각이 그에 미치자 송구한 생각이 많이도 들었다. 상진과 같은 사람은 흔치 않아서 어디를 가나 송강 자손이라고 하면 그래 하면서 눈초리가 달라지는 것이 현실이었다. 그러니까 훌륭한 조상의 음덕을 보고 있는 것이 사실인데 조상 잘 둔 덕에 그런 대우는 당연한 것으로 여기며 살았다. 사실 따져들면 남의 이목 끌만한 구석이라고는 하나도 없으면서 부러운 눈초리 받았다는 것 자체가 특혜인데 형민은 그것도 모르고 지냈었다. 그뿐만 아니라 그렇게 받는 것은 당연한 것인 양 알면서 살아왔었다. 조상의 음덕이 그렇게 소중한 것이었고, 최선을 다하여 지키면서 감사해도 부족한 것을 전혀 느끼지 못하고 산 것이 퍽이나 송구하기만 했다.

상진에게 당하고 아버지에게 달려가자, 하나하나 알려주시는데 봉변당하면서 들은 내용과는 차이가 있었다. 아니 정 반대의 주장이라 귀를 의심할 정도였다. 게거품 문 것처럼 쏟아놓은 말은 일방적인 것에 불과하다는 것을 아시는 듯 아버지는 인과 따져 차근차근 알려주었다. 여러 가지 생각하여 종합적인 결론에 머리가 저절로 숙여졌다. 금과옥조여서 아버지처럼 그분의 피를 물려받은 자손으로서는 당연히 알아야 하는 것이었는데 지금까지 간과한 것이 민망하였기 때문이었다. 광산 이씨와 원한관계 가질 필요가 없으며 역사가 바로 선다면 오해는 자연스럽게 풀린 것이란 결론에서 앞으로 어떻게 해야 할 것인지가 보이는 것도 같았다. 그렇지만 아버지의 가르침을 자료에 입각하여 알아야 할 것 같았고, 이를 널리 전파하는 것이 급선무처럼 느껴졌다.

한시가 급한 것 같았다. 허리띠 졸라매었다. 그렇지만 우선 알아보아야 할 것이 있었다. 전파 매체의 영향력은 상상을 초월하는 것이 사실이었다. 인터넷에 들어갔다. 송강에 대한 기사를 검색하기 위해서였다. 하나같이 상진의 주장과 비슷한 것뿐이었다. 아버지 같은 주장은 눈을 씻고 봐도 없었다. 지금까지 이래서 송강을 멀리하기도 했지만 더 이상 외면할 수가 없는 것 같았다. 그런데 그 많은 글들이 근거 제시와는 무관하게 일방적인 주장이었다. 언뜻언뜻 선조실록이나 수정실록을 인용하기도 했지만 아버지께서 종종 말씀하신 것과는 거리가 있었다.

선조실록은 광해군 때 정권을 쥐락펴락하던 북인의 기자헌 등이 주관하여 집필했는데 그들은 정인홍의 제자였다. 그런데 그 정인홍은 송강을 가장 미워한 사람이었다. 그 정도가 어찌나 심했던지, 꼬투리 잡으려고 실눈으로 살피면서 실마리라 생각되면 봉소침대(棒小針大)는 예삿일이었다. 최종적으로 수하들을 시켜 상소하여 확정지으려는 치밀함도 보였다. 만약 송강이 조금이라도 구린 데가 있었다면 살아남지 못했을 것인데 너무 맑은 인물이었다. 털어 먼지 안나는 옷 없다면서 여기저기 쑤셔 만신창이로 만들었으면 일말의 양심이 작동하는 것인데 정인홍은 집요했다. 완전히 꺼꾸러뜨리지 못한 아쉬움에 대간에 오르자 직을 이용하여 송강을 마지막 결딴내겠다며 두 주먹 부르르 떨었다. 그리고는 이번에는 직접 상소하여 부관참시를 건의하였다. 선조 임금은 송강에 대하여 악의적인 건의가 있는 족족 받아주면서 칭찬은 물론 선물까지 곁들였다. 그런데 이대목에서는 선조 임금도 마음에 걸리는 바가 있었던지 가타부타 말이 없었다. 이런 최악의 소식이 송강의 후손들에게 알려졌다. 임금으로부터 그렇게 하시오 하는 말만 떨어지면 그만이었다. 나라에서하는 일에 이러지도 못하고 저러지도 못한 채 서로 얼굴만 바라보다가 누가 먼저랄 것도 없이 모두 산소로 향했다. 언제 어떻게 될지는 모르지만 만약에 못 볼 바를 겪는다고 할 때 가족이 곁에 있어야 할 것 같아서였다. 그런데 하루하루 피 말리는 세월만 흘러갔다. 그러다 정인홍이 대간에서 물러났다. 자연 그때 올린 상소는 흐지부지 되었다. 송강에게는 큰 고비 넘긴 셈이었다. 영원할 것 같던 선조임금도 천수를 다하였다. 그때까지 마음에 두었던 신성군을 세자로 바꾸지는 못했다. 자연스럽게 광해군이 임금이 되자 정인홍은 날개 단 것처럼 되었다. 그 이전에 동인은 남과 북으로 갈려 있었다. 정인 홍은 북인의 영수였다. 조정이 북인 일색으로 바꾸었다. 그런 가운 데 선왕의 일을 기록하는 큰 사업이 착수되었다. 직접 기록하는 사 관들에게 영수가 아무런 말은 안 해도 어떻게 해야 한다는 것쯤이야 짐작하고도 남았다. 그런 분위기에서 탄생한 선조실록이지만 본 문 중에 송강의 잘못은 하나도 없었다. 단지 송강에 대해 좋지 않 은 문구는 사관이 주관적으로 쓴 문장에서 악평으로 토해낸 것이었 다. 즉 어떤 항목에 송강이 나오거나 연관된 기사이면 으레 사관(당 시 집필자) 왈 하고는 마구 독을 쏟아놓았다. 그곳에 객관성이 증명 될 수 있는 내용이 있다면 그래서 이렇게 했구나 하겠는데 그런 것도 없었다. 오로지 사관의 생각을 기술해 놓았을 뿐이었다. 그런 형 식의 실록이어서 송강에 따른 기록은 중립성 잃은 기록이라고 할 수밖에 없었다. 너무 주관적으로 흐르며 심하게 중립성 해쳤거나 중 요한 사항이 빠져 역사가 호도될 수 있는 부분이 지나치자 인조반 정 후 바로 잡아야 한다고 생각하여 수정실록을 편찬하면서, 아주 심히 과장되었거나 이것만은 반드시 알아야 한다는 부분만 엄선하 여 최소로 보완시켰다. 그러므로 두 책 비교하여 보아야 당시 상황 바로 인식할 수 있는 것인데 뒤에 인용하고 싶은 사람들은 어느 한 쪽만을 보고 있는 것 같았다. 그러니까 수정실록이 중립성 확보한 것은 사실이지만 부분적이어서 그것만 가지고 어쩌고저쩌고 하는 것도 애매하기는 하였다. 그런데 인터넷에서는 작성한 사람이 주관적인 생각으로 어느 한쪽(대개 수정실록을 부정하는 측면으로 선조실록만 수용한 채)에서 마음에 드는 문장만을 색출하여 송강을 마음대로 평하고 있었다. 그러니까 송강에 대한 원한으로 악의적인 것을 인용하고 거기에 자기의 마음까지 덧보태어 최고조 달하게 만들었다. 덕분에 아니면 말고 식의 글이 되는데, 또 다른 사람이 이를 퍼 나르면서 다시 덧보태기도 하였다. 완진히 익의적인 내용이 눈덩이처럼 부풀어 있었다.

더 이상 보다가는 상진처럼 중립성 잃을 것도 같았다. 형민은 아무리 송강을 기리고 싶어도 없는 것을 있다고 하거나 있는 것을 없애고 싶지는 않았다. 만약 잘못한 부분이 있으면 솔직히 드러내놓고 역사적 평가 받으면 그만이었다. 송강도 인간임에는 틀림없기 때문이다. 49% 잘못하고 51% 잘하면 그 사람은 잘한 편에 드는 것이 인간이다. 49%의 잘못만을 가지고 평한다면 이 세상에 질타받아야 할 사람뿐일 것이다. 그래서 어느 한 사람을 들출 때 심하지 않으면 덮어주는 것이 상식이다. 그러니까 송강 같은 경우 기축옥사라는 큰 사건에서 악역을 담당했다면 그 부분에 대해서 질타하는 것이 옳다고 할 수도 있다. 하지만 송강은 피해 막으려다가 한 달 만에 직에서 해임되었고 그 후임자가 임금의 힘에 어쩌지 못하고 고분고분하면서 일어난 피해라고 아버지는 말씀하셨다. 그런 것을 바로 밝히는 것이 역사를 바로 잡는 것일 것이다. 그 진위 밝히고 싶은 형민이었다.

앞으로는 더 이상 뒷북 치고 싶지 않다는 생각으로 아버지 앞에 다시 나갔다. 아버지께 조금 더 배우고 싶어서였다. 귀를 쫑긋했지만 송강 형제분에 대한 것까지만이라는 단서를 붙였다. 전집에 부분적으로 조금씩 조금씩 기록되어 있어서 종합적으로 알려주는 게 좋을 것 같다는 말씀과 함께 하였다.

"송강의 아버지 판관공께서는 22살에 첫 아드님을 낳으셨다. 둘째 아드님은 24살, 이어 두 따님을 얻으셨다. 34살에 셋째 아드님을, 이내 셋째 따님을 보시며, 그렇게 6남매로 끝나려는가 했는데 42살에 생각지도 않은 아드님을 순산하였다. 그분이 송강 할아버지로 의외의 늦둥이셨다."

"송강 할아버지에 대한 것은 전에 들었습니다. 찬성공 할아버지 산소 천장하고 그 삼 년 후의 일이라는 말은 저도 이미 들었습니다."

"그래, 맞다. 천하의 명당에서 발복한 목숨인데 모든 복은 타고 나시지 않았던 모양이다. 명종 즉위년인 1545년 을사사화가 일어났다. 송강 할아버지의 나이 열 살 때였다. 그때 판공공의 첫째 아드님 자(滋)는 장원급제 한 후 이조정랑이었고, 둘째 아드님 소(沼)는 대과 준비 중이었다. 첫째 따님은 인종이 세자 시절 양제로 간택되었다가 중종 임금이 승하하시면서 왕으로 등극하시자 귀인으로 올랐는데 8개월 만에 승하하셔 친정으로 나와서 살고 계셨다. 둘째 따님은 월산대군의 손자 계림군 류(瑠)와 혼인하였고 밑으로 삼 남매는 어렸는데, 막 혼인한 사위가 을사사화의 수괴로 지목되어 화를 뒤집어썼다. 어찌 기별 받은 사위는 일단 화는 모면해야 한다고 피하면서 어디에 기별할 겨를도 없었다. 그렇게 피하자마자 우르르 달려간 금부에서는 닭 쫓던 개의 형국이 되었다. 일단 칼은 뽑았는데 맨손으로 돌아갈 수는 없다고 생각했나. 여세 몰아 저가로 득달같이 들이닥쳤다. 태평하게 있다가 영문도 모르고 판관공과 정랑공은 국문장으로 끌려 나갔다. 그때서야 상황을 어렴풋이 느끼면서 엉뚱한 불똥이 튀었다는 것이 어림짐작되었다. 처가에서는 어디에 숨었는지 알 것이라며 실토하라지만 신혼살림 차리자마자 환란 당한 딸 내외의 안위가 궁금하여 정말 답답할 뿐이었다. 이윽고 매에 못 이겨 고함만 지르고 말았다. 문초 중에 사위인 류가 잡히면서 판관공과 정랑공은 귀양살이로 결정되었다가 판관공은 이내 풀렸다.”

“혹시 정랑공을 염두에 두고 계림군을 그렇게 몰은 것은 아닐까요?”

“글쎄 그거야 모를 일이지. 그런 글은 어디에서도 못 봤으니까 확정할 수는 없는 일이다. 역사라는 것은 반드시 문헌에 따라야 한다고 할 수 있지.”

"예, 알겠습니다. 앞으로 조심하겠습니다."

"을사사화 2년 후인 1547년 양재역 벽서사건이 일어났다. 양제역은 지금도 서울 서초구에 있는 역이다. 그 벽에 실권자들의 실정을 적어 붙여놓은 사건이었다. 문정왕후 등 소윤들이 나라 망치고 있다는 내용이었다. '위로는 여왕, 아래로는 간신 이기가 권력 휘두르니 나라가 곧 망할 것이다.'라는 내용의 글이 사람의 왕래가 잦은 역사의 벽에 붙어 있어서 권력의 핵심부에서 쥐락펴락하는 한 분의 눈에 띄었다. 어찌 보면 그 문서 작성하고 붙인 입장에서는 그곳에 그분이 간다는 것을 미리 알고 있어 붙였을 것이다. 결과적으로 2년 전으로 거슬러 올라갔다. 그때 당한 사람들의 소행이 분명할 것이라며 다시 국문장으로 끌어 모았다. 이때 귀양에서 풀렸던 판관공과 귀양살이하던 정랑공이 압송되어 눈물겹게 해후하였다. 처음보다 강한 문초가 이어졌다. 어찌 보면 수괴로 몰린 계림군이 고문에 못 이겨 거짓 자백하는 것은 쉬웠지만 그때하고는 달랐다. 직접 작성자 입장에서는 순순히 내가 했소이다라고 할 문제가 아니었다. 이 고초 견디지 못하면 집안이 멸문지화 당할 것이 뻔했다. 자기야 고초 못 견뎌 죽을 수도 있지만 만약 자백하면 괜한 친척은 물론 외척과 처족까지도 화를 입었다. 무조건 견디려고 이를 깨물었다. 하여튼 누구의 짓이라는 것은 끝내 못 밝히고 흐지부지 되고 말았다. 당시 끌려 나간 모두는 심한 고문은 물론 죽임 당하기도 하고 어떻게 목숨 부지한 자는 새로운 귀양지가 결정되어 떠나야 하는 신세가 되었다. 그런데 판공공의 큰 아드님 정랑공은 장원급제 하였다. 각광받는 인재가 되어 승진도 빨랐다. 삼십이 넘자마자 인사권 손아귀에 쥐는 이조정랑의 자리에 올라 있었다. 몇 년 후에 판서 자리는 받아놓은 밥상이라며 여기저기서 입방아 찧는 소리도 들렸다. 정적을 제거하려고 사화를 일으킨 입장에서 보면 미래의 정적임에는 틀림없었을 것이다. 반드시 잘라야 할 싹쯤으로 여기기 십상이었다. 누구보다 심하게 다뤘다고 보아도 좋을 것 같다. 그 덕에 귀양지로 향하는 중에 심히 다룬 독이 퍼져 슬하에 딸 하나 둔 채로 한 많은 생을 마감했다.”

“참 아까운 인재가 그렇게 사라지셨군요.”

“그것이 개인의 운명이며 나라의 운명이다. 호사다마라는 말이 있다. 인재에게는 더 많은 시련이 따른다고 보아야 할 것이다. 그래서 스스로 생각하여 능력이 있고 큰일 하고 싶다면 각별히 조심해야 하는 것이 역사에 다반사로 나온다.”

“그렇군요. 역사에서 많은 것을 배워야 할 것 같습니다.”

“판관공은 가벼운 귀양살이여서 3년 만에 풀렸지만, 이를 본 둘째 아드님 소(沼)는 정치에 염증이 느껴져 남쪽 끝 바닷가로 내려가셨다. 뒤에 음직으로 벼슬이 많이도 내려졌으나 끝내 출사하지 않았다. 그분의 학문은 퍽이나 높았다고 한다. 오죽하면 조정에서는 그분의 지식이 필요하여 등원을 강하게 요구했다. 초야에 묻히기로 결심할 때 예사마음으로 했겠는가. 마음이 한결 같아 병을 핑계로 거부하면서 안질이 안 좋아 눈은 있으나 마나하다는 글을 올렸다. 조정에서는 확인이 필요하다고 생각되어 급기야 금부도사까지 급파했다. 임무 부여받은 입장에서는 물증이 필요했을 것이다. 아무도 모르게 그분의 신 안에 인분을 부어놓았다. 안에 있다가 밖에 나가려는데 발을 넣어야 할 곳에 오물이 있었다. 순간 상황이 그려졌다. 머뭇거릴 수는 없었다. 그냥 쑥 집어넣었다가 이게 뭐야 하고는 손으로 확인하는 촌극까지 벌렸다. 그렇게 하여 남쪽 바닷가에서 영원히 인생을 여유자적하며 지냈다."

그날 형민이 아버지께 배운 것은 여기까지였다. 앞으로는 스스로 익혀야 한다는 말을 덧붙이는 것으로 할 일을 다 하신 것처럼 모두 마쳤다. 이제부터는 네가 스스로 해야 한다는 말씀을 덧붙였다. 형민은 지금까지 들은 것만 해도 감지덕지한 일이었다. 아버지께 감사하면서 물러났다.

제
2
부

전집과 온라인

1. 유언비어

_송강은 정치가로서 누구보다 큰 업적을 남기셨지만 오물을 뒤집어 쓴 결과로 현재의 평가가 얼룩져 있는데, 문인으로서는 한 획을 분명히 그으신 분이시다. 그렇다 보니 현재 사는 사람들의 입에서 정치만 안 했다면 하는 가정의 말이 곧잘 나오기도 한다. 그도 그럴 것이 가사는 세계 유일의 문학이고 그 정점에 송강이 있다. 또한 한시를 살피면 그때까지 서정적으로 흐르는 송풍시를 위주로 읊었는데, 사암 박순(朴淳, 1523~1589)과 손 맞잡고 서사가 있는 당풍시로 바꾸었다. 그 이후의 시 흐름은 서사가 있어야만 시로 여길 정도가 되었으니 그 업적 말로 표현하기 어려울 정도이다. 또한 전해지는 말에 의하면 시를 즉석에서 짓고는 덮었다고 하는데도 율과 격이 최고 수준이라고 한다. 이에 대해서는 기회가 있을 것이고, 얼마나 이름이 날렸는가 하는 일화가 있어 소개한다.

송강이 함경도에 출장 나가서 시 한 수 읊고 임무를 마치고 돌아와 보고하려는데 그 시가 벌써 장안에 퍼져 인용되더라는 문구가 있다. 살아생전의 명성이 그렇게 자자한 분이셨으니 장례 치르는 동안에도 남긴 글을 모으고 묶어야 한다는 논의가 분분하였다. 그런데 큰일 치르자마자 분위기가 확 바뀌어 엉뚱한 방향으로 흘렀다. 재상의 장례 절차에 따라 임종 세달 후인 1594년 2월 부모님과 장자가 누워있는 밑에 자리 잡았다. 그런 절차 마치고 이내 임금의 마음이 뒤바뀌는 통에 땅 속에 편안히 있어야 할 분의 고초가 시작되었다.

송강은 사은사로서 임무 중에 이런저런 사건에 휩싸였는데, 그 첫째가 명나라의 정책 때문이었다. 명나라는 임진왜란에 참전하면서부터 나라가 흔들리기 시작하여 수습되지 못하고 결과적으로 뒤안길로 사라졌다는 것은 잘 알려진 사실이다. 그렇다 보니 명나라 조정에서는 위기감 느끼면서 최악의 상태 막으려고 파견된 군대를 철수해야 한다는 논의가 있었다. 여론이 분분한 가운데 송강을 정사로 한 사은사 일행이 도착하였고 상황에 대해서 알아보았을 것이야 당연한 일이었다. 그런데 어떻게 된 일이지 명나라에서 시답잖은 대화가 조선 조정에서 와전되어 심각한 분위기로 바뀌기 시작했다. 송강 일행은 일본군이 조선반도에서 철수했다고 하였다더라는 말이 떠돌다가 공론이 되기에 이르렀다. 얼통당토 않은 유언비어는 조선 조정을 발칵 뒤집었고, 급기야 국경 벗어나 임무 중에 있는 송강의 귀에까지 들려왔다. 송강은 등줄기가 서늘해짐을 느끼면서 해명해야 한다는 생각뿐이었다. 부랴부랴 붓을 들었다.

병부상서 석성이 송강을 보자마자 일본군의 동태에 대하여 물었다. 임무 부여받고 떠날 때인 1593년 오륙 월경의 상황까지만 설명하면서 그동안 어떻게 변했을지는 모르겠다고 할 수밖에 없었다. 당시야 교통과 통신이 발달하지 못하여 봉화 올린다거나 파발마 보내는 것으로 위기 알리는 체제였다. 사은이라는 임무 부여받아 움직이고 있는 일행에게 전장의 상황 알린다는 것은 상상할 수 없는 일이었다. 병부상서도 그런 것은 알고 있었으니 더 이상 묻지 않고 자기가 가지고 있는 정보라며 털어놓았다. 이미 철수했다는 보고 받았다는 말에 송강이야 고개 끄덕이면서 자연스럽게 입이 귀에 걸렸었다. 간절히 바라던 바였으니 기쁜 마음으로 서로 말을 나눴는데 이내 경악스런 소식 듣게 되었던 것이다. 가만히 있을 수 없는 일이었다. 즉각 상소문 써내려가면서 병부상서와 나눈 말과 분위기 그대로 알렸다. 그러면서 왜군의 철수설이 사은사 일행에게서 나왔다는 것은 천부당만부당한 유언비어임을 강조하고 글을 마쳤다. 그리고는 파발마 띄워서 조선 조정에 급히 보냈다.

두 번째 헛소문은 누구나 쉬쉬해야 하는 말이었다. 첫 번째 유언비어야 시쳇말로 이도 안 난 내용이었다. 이참에 송강을 완전히 매장시키고 싶은 세력, 그리고 막강한 권력을 가지고 있어서 자신은 절대로 피해가 없을 세력이 아니고서는 쉽게 입 밖으로 내보낼 수 없는 말이었다. 누가 어디서 어떻게 하는 것을 따져 묻기에 이르면 목숨 부지한다는 것이 쉽지 않은 내용이었기 때문이었다. 송강은 선조 임금을 폐하고 세자인 광해를 옹립하려는 생각으로 명나라 조정과 거래하고 있다는 말이었다. 건저의 일을 떠올리면서 일파만파 퍼져나갔다. 임금의 교체라는 말은 역적에게서나 나올 수 있는 말이었다. 확실한 증거가 있기 전에는 감히 입 밖으로 내보낼 수 없는 말인데도 당시 조정에서는 공공연한 여론이 되었다. 임금도 귀는 있었다. 자연스럽게 귀에 꽂히면서 어떻게 되었을지는 불을 보는 것처럼 명확히 그려진다. 그런 말을 들은 선조 임금은 펄쩍펄쩍 뛰었을 것이다. 송강을 눈엣가시로 생각하여 체찰사도 맡겼고 사은사라는 임무도 안겼다. 그런데 노독(路毒)에 쓰러졌다는 소식은 들리지 않고 명나라에 가서 사기 쓰러트릴 공작이나 꾸리고 있다는 말만 들렸다. 더 이상 참을 수 없다는 생각을 하게 되었다. 말은 참 빠른 것이라서 사은사 일행에게도 그런 말과 분위기가 알려졌다. 송강 자신은 나라 위한 일만 하는데 주위에서 엉뚱한 말 만들어 구렁텅이로 몰아넣고 있는 현실에 하늘이 노랄 뿐이었다. 사람들은 어찌 그러는 것인지 모를 일이었다. 건저의 일만해도 그렇다. 임금의 나이 많은데 후궁 소생뿐이었다. 다음 시대 위해서는 세자 책봉이 늦어도 많아 늦은 편이었다. 우상인 서애가 먼저 걱정하면서 삼정승이 함께 말씀드려 광해군으로 세우는 것이 좋겠다고 하였다. 같은 배 형인 임해군이나 다른 배이지만 한 살 많은 신성군보다는 임금의 자질이 더 있는 것으로 생각되던 광해군이었다. 옳은 생각이어서 좋다고 했는데 그 속에 공작이 있었다니. 꿈에도 몰랐었다. 그렇게 구렁텅이로 몰아넣은 것도 모자라 이제는 명나라와 함께 임금 몰아낼 계획이나 꾸미고 있다는 말이 조정을 벌집 쑤셔놓은 것처럼 만들었다. 또한 송강의 입장에서는 명종 임금이 미워하여 한직으로만 돌았었다. 그런 것을 선조 임금이 등극하자마자 발탁하여 요직에 써주었다. 사내는 자기 알아주는 사람에게 목숨 바치는 법이었다. 반대파들의 온갖 모략 막아주신 선조 임금이었다. 그 은공 어찌 잊겠는가? 오로지 분골쇄신하려는 자신에게 어찌 그런 공작만 난무하는지 알 수 없어 무심히 흐르는 구름만 바라보았다. 임무 완수하고 조정에 들어가면 어떤 일이 기다리고 있을지가 보였다. 해명할 수밖에 없는데 너무 중차대한 상황이어서 상소로는 어림 반 푼도 안 될 것 같았다. 자신이 직접 달려갔으면 좋겠는데 더 급한 것은 일행의 관리였다. 어떠한 일이 있어도 정사가 자리 비울 수는 없었다. 부득이 부사 유근(柳根, 1549~1627)을 잡고 늘어졌다. 앞서 달려가 처음부터 끝까지 같이 있으면서 어떻게 했는지에 대한 것을 알고 있는 대로 고해달라고 부탁했다.

부사가 탄 말발굽 소리가 멀리 사라졌다. 사은사 일행은 먹구름이 잔뜩 낀 상태에서 무거운 발길을 터벅터벅 옮겼다. 닭 모가지 비틀어도 날은 밝아오는 것처럼 세월 흐르자 그럭저럭하여 일행은 도성에 당도했지만 바로 입궐할 수가 없었다. 선릉 앞에 일행이 진 치자 궁에서 사람이 나왔다. 지금 분위기가 험악하니 우선 강화도로 들어가 기다리고 있으면 연락이 갈 것이란 말만 하고는 쌩하고 들어갔다. 그리운 집이 코앞인데도 멀리서 바라만 보고는 일행이 해산하기 기다렸다가 이내 강화도로 향했다. 퍽이나 힘든 길이었는데 누구에게 동행하자는 말도 못 하고 천근의 발길 움직였다. 귀양길에서는 금부도사 등 사람이 많이 따랐는데 아들 하나가 길라잡이 할 뿐이었다. 그 아들은 전란 중에 실시하는 대과에서 장원급제하여 일하다가 송강의 사은사 일이 터지면서 탄핵 입어 삭탈관작으로 야인이 되었다. 그런 아들과 둘이 섬 향하는 길은 정말 외롭고 쓸쓸할 뿐이었다.

강계에 위리안치 되었을 때는 도착하기 전에 고을 사또가 나와 있었다. 미리 가시울타리가 쳐진 곳이지만 그래도 거처할 곳이야 정해놓고 이끌었다. 또한 구차하지만 먹을거리도 마련되어 있었다. 그런데 강화도는 달랐다. 자기 발로 들어가는 형태였으니 누구도 반기기는커녕 코빼기도 안 보였다. 부자는 서로 위로하면서 허리 눕힐만한 곳을 찾아야 했고 허기 면할 방도도 모색해야 했다. 추수가 끝난 11월의 강화도는 삭막했다. 바다에 들어가면 먹을거리가 있을지 몰라도 부자에게는 그런 재주는 아예 없었다. 정말 막막하였다. 강화유수가 어떤 연락 받았는지는 모르지만 외면으로 일관하니 손 벌릴만한 곳은 보이지 않았다. 살기 위해서는 어디 건 손 내밀어야 할 처지였다. 믿을 만한 친구를 떠올렸다. 홍천에 살고 있는 이희삼(李希參, 1534~1594)이었다. 이 상황을 행장 지으면서 사계 김장생(1548

~1631)은 기록하여 놓았다. 송강전집 별집 연보에 수록되어 있어 소개한다.

"공, 여이희삼, 서왈, 복돈우강화, 사고, 무호구지지, 형, 수략조여하, 평일, 미감수열읍괘유, 금, 장파계재득, 지년, 노무여차수괴소심, 연, 친절오형략, 측, 심안, 다즉, 불감수이(公, 與李希參, 書曰, 僕遁于江華, 四顧, 無糊口之地, 兄, 須略助如何, 平日, 未敢受列邑饋遺, 今, 將破戒在得, 之年, 鹵莽如此殊愧素心, 然, 親切如吾兄略, 則, 心安, 多則, 不敢受耳. 공(송강)이 이희삼에게 한 편지글에서, 복종하여 달아나듯 강화에 왔는데 사방 돌아보니 입에 풀칠할 만한 것이 없습니다. 형께서 모름지기 간략히 도와주셨으면 하는데 어떠신지요? 평소에는 여러 고을에서 보낸 음식 감히 받지 못했는데 지금은 계를 파하려 하고 있습니다. 올해에 이르러 노무[1]함이 이와 같으니 소박한 마음에 부끄러워 죽을 지경입니다. 그러나 내 형과 같은 친절함이 있으니 범합니다. 그런 즉 마음이 평안하나 많은 것이라면 감히 받잡지 못할 뿐입니다)."

그 편지 쓸 즈음에 남긴 시가 있다. 당신의 생일날 아픈 마음 달래면서 있는 그대로 나타냈다. 그 시가 마지막 시가 되었다. 생의 마지막 태어난 날에 달랑 부자만이 끼니 걱정하면서 보냈다. 밤이 돌아

---

1) 노무鹵莽: 장자 잡편 즉양조의 군위정언물노무 치민언물멸열(君爲政焉勿鹵莽 治民焉勿滅裂. 임금이 정치하면서 거칠어 함부로 함을 말아야 하고 백성을 다스리며 없애려는 듯 찢어발기지 말아야 한다.)을 인용.

왔으나 허리 펴는 것이 사치처럼 느껴졌다. 이런 생각들을 적어나갔다. 제목에 '섣달 초엿새 날, 앉아 밤을 지새우며'라고 붙였다. 그렇게 보낸 후 열이틀 만에 송강은 한 많은 세월과 영원히 이별하였다.

臘月初六日夜坐 랍월초육일야좌
(섣달 초엿새 날, 앉아 밤을 지새우며)

旅遊孤島歲崢嶸 여유고도세쟁영
(나그네로 노니는 외로운 섬 산만 높고 높은데 세월은 가고)

南徼兵塵賊未平 남요병진적미평
(남쪽 경계엔 전쟁이 오래되었으나 도적을 다스리지 못했다네)

千里音書何日到 천리음서하일도
(천리 밖 소식의 글 어느 날 도착할까)

五更燈火爲誰明 오경등화위수명
(오경까지 빛난 등잔불 누구를 위한 밝음인지)

交情似水流難定 교정사수유난정
(만나는 정은 물처럼 이어지고 흘러가니 그쳐 머물기 어렵듯)

愁緖如絲亂更縈 수서여사난갱영
(우수의 실마리 실타래 같아 어렵사리 다시 얽히기만 하네)

賴有使君眞一酒 뢰유사군진일주
(믿음이 있어 그대로 하여금 술 한 잔 진실로 청하고는)

雪深窮巷擁爐傾 설심궁항옹로경
(눈 쌓여 막힌 골목에서 엎드려 화로만 품고 있다오)

구걸의 편지와 생일날 밤을 앉아서 지새운다는 두 문장은 많은 말을 하고 있어 지금도 들려오고 있는 것 같다. 그 음성 따라가면 송강은 먹을 것이 부족하였고, 강화에 들어가라며 언질 있을 것이란 궁중의 소식이 들리기를 간절히 기다렸었다. 바다 건너고 홍성이라는 곳까지 편지가 가서 먹을거리 보내려면 열이틀은 부족했을 것이다. 그렇다면 아무런 소식도 듣지 못하고 세상 떠났다고 보아야 한다. 그런 분위기와 환경에서는 강건한 젊은 사람도 견디기 힘들 것인데, 노구에 병까지 겹쳤으며 노독(路毒)이 심한 몸으로 견디기가 너무 버거웠기에 마지막 잡고 있던 숨 줄 놓고 말았을 것 같았다. 이를 본 아들은 곧장 단지(斷指)하여 피를 입에 넣어주자 잠시 눈 뜨고는 헛일했다는 말 마치자마자 영원히 잠들었다. 그러면서 너는 언제까지 같이 있자는 유훈을 남겼다. 그 유지 받들어 지금도 위 아래에서 영면하고 계신다. 하여튼 결과적으로 선조 임금의 뜻대로 되었다. 지금까지 앓던 이가 빠진 것처럼 시원했을 것이다. 그 기분에 제문 지었는지는 모르지만 그 내용을 보면 충신에게 최고의 예우를 다했고 그에 걸맞게 관까지 하사했다.

"오로지 령은 살필지어다. 하늘이 기운을 뭉쳐 영재를 낳았으니 그 풍채와 의표를 세상이 우러렀다. 강직하고 충청하니 그 덕이 능히 어질었다. 일찍이 과거에 수석으로 뽑혔으니 선조(先朝)에서 스스로 간택한 것이다. 행적과 성명은 백료 가운데 으뜸이었다. 내가 일으켜 세우니 백성이 이마에 손을 얹고 환영하였다. 나라의 일이 많은 때를 만나 역적 토벌하는 일에 오랫동안 수고하였다. 산하를 가리켜 맹세하면서 나라와 휴척(休戚)을 같이 하였다. 어찌 마음이 상하지 않으리오. 나라를 버리게 된 화가 박두하여 서관에서 서로 만나니 덕(德)이 더욱 새로웠다. 양호체찰 할 때 경이 아니고는 할 이가 없었다. 망극한 큰 은혜도 경에 의뢰해 감사의 인사 드렸다. 물 건너고 땅 달리는 사이 생리가 많이 손상되었다. 한번 병이 들자 일어서지 못하고 극도로 파리하여 돌아왔다. 길이 그 강론 들을 수 없으니 한갓 전형(典刑)만 생각되는 구려. 부조는 의식을 갖추지 못하고 예는 정의가 극진하지 못하도다. 애오라지 한번 제사하오니 내 성의에 흠향하기 바라오."

이렇게 예우했으면 모두 덮어두어야 하는 것이 원칙이련만 선조 임금의 생각은 달랐다. 적을 섬멸하지는 못했지만 어느 정도 안정되자 전쟁의 원인을 생각하게 되었다. 어디 한두 가지일까 만은 가장 먼저 떠오르는 것은 몇 년 전의 역옥이었다. 그때 필요 이외에 보인 과민반응으로 죄인들을 지나치게 다루면서 나라의 마음들이 모이지 못하여 사분오열 되었었다. 그런 원인으로 통신사 일행의 보고까지 나뉘었고, 정사 황윤길(1536~?)의 주장을 멀리한 결과로 전쟁 끌어들였다. 다시 생각하면 모든 것은 임금 자신의 낙관으로 오판이었으며 바른 말에 귀 막은 결과였다. 또한 충신을 멀리하고 간신만 가까이 두고 끼고 돈 덕이었다. 역옥은 오로지 임금 자신의 의지에 따랐었다. 송강은 역적은 단 한 사람일 뿐 임금의 신하들은 모두 나라 걱정만 한다며, 그와 친하였다고 하여 죄 물어서는 안 된다는 말을 하였었다. 그때 누구도 거들지 않는데 혼자서만 동분서주했었다. 정말 쓴 말이었지만 그 뜻을 받아들였더라면 하는 아쉬움이 깊어만 갔다. 이미 지난 일이었다. 뭇 백성에게 정말 엎드려 사죄해야 하는데 체면이 구겨지는 것 같아 차마 못하고 있다. 죄를 대신할 사람을 찾고 싶었다. 임금 자신과 버금갈 정도 인물이야 했다. 송강이 살아 있어서 부탁해도 나라 위한 일이므로 들어주었을 것 같았다. 그렇다면 망설일 필요가 없다는 생각이 들었다. 임금은 무릎 치면서 땅속에 묻혀 있는 송강을 적임자로 결정했다. 그리고 은근히 마음을 표했다.

정말 그 역옥에서 자유로울 사람은 단 한 사람뿐이었다. 송강은 임금이 지나치게 다루려는 것을 막아보고자 혼자서 여기저기 다니다가 힘에 부쳐서 어쩌지 못하고 손 놓아야 했다. 나머지 조정 대신들은 임금과 부화뇌동하며 자신에게 불똥이 튀지 않는 쪽으로만 몰고 가려고 눈치 슬금슬금 보았었다. 그렇다 보니 그것을 들추면 목숨 부지하는 것조차 어려울 지경이었다. 전쟁의 원인이 역옥으로 모아지는 것이 두려운데 자꾸만 한 방향인 자기에게 집중되고 있는 것 같았다. 어찌할 바 몰라 전전긍긍하는데 임금이 은근히 송강을 지목하고 나왔다. 활로가 트이는 것 같은 느낌에 한숨 몰아쉬었다. 자연스럽게 조정의 마음이 한 곳으로 모아졌다. 한 목소리로 송강을 성토하기 시작했다. 임금은 한 술 더 떠서 자기는 송강의 강압에 못 이겨 멀쩡한 사람들을 죽였다고 말은 하면서도 정말 후회하는 생각이 모아지자 눈물이 펑펑 쏟아졌다. 하염없이 흐르는 눈물의 효과는 대단했다. 마음을 다한 죽은 자 위한 눈물에 모두는 마음이 편해지면서 마음껏 움직였다. 그러면 그럴수록 송강은 만신창이가 되었다.

송강의 후손과 추종자들은 큰 별을 잃은 슬픔이 채 가시지도 않았는데 분위기가 확 바뀐 것을 감지하면서 당황하였다. 그렇다고 하여 어떻게 손 쓸 일도 아니었다. 모든 것을 하늘에 맡기고 단지 조마조마한 마음으로 무사하기만 빌 뿐이었다. 문집 모으고 엮어야 한다는 생각은 이미 뒷전으로 미룬 지 오래되었다.

2. 공작

_기축옥사에서 그것만 없었다면 하는 것이 있다. 절대 일어나서는 안 될 일이 발생했다는 것인데 첫째는 노모치자에 대한 것이고 둘째는 최영경(崔永慶, 1529~1590)이 옥중에서 병

사한 것이다. 팔십 노모와 여덟 살 어린 아들은 문초 자체의 대상에서 벗어난 것이 조선의 법도였지만, 선조 임금을 걸주임금에 비유한데서 분을 참지 못하여 파생된 일이었으니 신하된 입장에서는 어쩔수 없는 일이 되었다. 또한 환갑을 넘긴 선비가 초야에 묻혀 사는것에 대한 문초는, 정여립보다 위에 있었다는 길삼봉이라는 주모자가 최영경일지도 모른다는 말의 결과였으므로(길삼봉은 누구이며 실제인물인지 등 모두 미궁으로 끝남), 어찌 보면 군주주의에서는 일어날 수도 있는 일이었을 것이다. 정여립의 아들을 문초하는데 진주에 사는 길삼봉이 항상 윗자리에 있었다는 말이 나왔다. 그뿐만이 아니고 다른 입에서도 줄줄이 이어졌는데 어찌어찌 생겼다는 말까지 같았으니 의심의 여지가 없었다. 찾아야 한다며 모두가 눈에 불을 켰는데 의견이 한쪽으로 모아졌다. 불행히도 최영경과 비슷하다는 결론이 내려졌고, 여기저기서 제보가 잇따랐다. 그런 중에 전라관찰사 홍여순(洪汝諄, 1547~1609)에게 제원찰방의 밀고가 있었다. 관찰사 입장에서는 혼자만 듣고 말 일이 아니었다. 즉각 조정에 보고하는 한편 경상감영에 알렸는데, 경상감사 김수(金睟, 1537~1615)도 그런 말 들은 후여서 이미 체포하여 구금시킨 상태였다. 역적에 대한 것은 단호해야 한다는 당시의 분위기였으니 이내 압송되었다. 당시 위관이었던 송강은 피해자를 줄여야 한다는 생각으로 팔 걷어붙이고 일부에서 말리는데도 불구하고 입궐하여 위관 맡은 처지였다. 최영경의 경우는 말만 무성할 뿐 근거 하나 없자 송강은 방면하기 강력히 주장했다. 그렇게 하여 풀려났는데 언론기관인 삼사의 생각은 달랐다. 의심이 완전히 풀리지 않았다며 다시 문초해야 한다는 주장의 글이 빗발쳤다. 그러자 임금은 슬며시 다시 하옥하라는 명을 내렸다(그때 송강은 임금이 마구 척결하려는 것에 반대하다가 위관에서 전격적으로 교체된 후였음). 이러한 것을 말 만들기 좋아하는 사람들이 앞에서는 풀어주고 뒤에서는 잡아드리라고 충동질했다고 한다. 어디 증거가 있는 것도 아닌데 아니면 말고 식의 주장이 통하여 지금까지도 정설로 굳어져버렸다. 그러나 송강은 방면시켰는데 상소가 이어져 다시 잡혀와 하옥된 것이 끝내 불만이었다. 괜한 일이 다시 벌어진 형국이어서 국청이 열리기만 기다렸다. 임금을 어찌하던 설득시켜 방면시켜야 한다는 생각으로 건의문 작성하여 항상 품에 지니고 다녔다. 백사 이항복(李恒福, 1556~1618)도 안타깝기는 마찬가지였다. 백사는 송강 만나자 최영경의 일이 걱정되어 땅이 꺼지는 한숨부터 토해냈다. 그리고는 이를 어찌하면 좋은지 물었다. 송강은 너무 염려 말라며 언제 국청 열릴지 몰라 준비했다며 품에 간직한 글을 꺼내 보여주었다. 백사는 내용 살피고는 안심되었다. 귀가하여 일기에 기록하였다. 하지만 최영경의 운명은 살아서 돌아갈 팔자가 아니었던 모양이었다. 하루하루 미뤄지는 가운데 병이 들어 옥에서 그만 운명하고 말았다. 최영경에게는 불행한 일이었지만, 대수롭지 않은 일로 치부되고 말았다. 병들자 이내 유명을 달리했기 때문이었다. 오래 누워 있었다면 이래저래 조치가 따랐을 수도 있었겠지만 그런 시간조차 못 갖고 이내 숨이 넘어갔다. 대수롭지 않은 일이 일어나서 조정의 누구도 관심 두지 않았다. 자연 흐지부지 처리되고 말았는데 생각지도 않은 일로 부활되었다. 임진왜란 발발 원인의 단초 가운데 하나로 여기게 되면서 갑자기 누워 있던 최영경이 벌떡 일어났다. 그리고는 아니면 말고 식으로 마구 부풀렸다. 여느 때 같으면 꼼꼼히 따져 걸렀지만 키울수록 좋아할 때였다. 선조 임금은 피라미가 용이 될수록 송강이 망가진다고 생각했다. 잘한다고 부추기면서 작위만 하사하면 그만이었다. 이발 등 다른 사람의 커지는 과정은 이미 보았었다. 어차피 부풀리는 것 이왕이면 넉넉히 키우는 쪽에 섰다. 용으로 승천하면서 마구 웃고 싶었다. 선조 임금은 마음껏 키우라며 부채질하기 바빴다.

정말 믿었던 송강이었다. 그런데 하루는 인빈 김씨가 눈물로 호소했다. 송강이 자기와 아들 신성군을 죽이려는 계획이 세워졌다는 말이 파다하다는 것이었다. 처음엔 괜한 소리라며 웃어 넘겼는데 볼 때 마다 살려달라며 애원하였다. 선조 임금이 긴가민가하여 망설이자 마지막 작전으로 들어갔다. 최종적으로 영상 이산해(李山海, 1539~1609)를 사용하라는 귀띔 때문이었다. 영상은 아주 잘 알고 있다고 들었습니다. 한번 물어 보시지요라고 했다. 선조 임금은 퍽이나 혼란스러웠다. 오직 나라와 백성 위하는 송강이 딴 마음먹을 리 없다는 생각이었는데 마구 흔들렸다. 혹시 낭설이라면 남세스러운 일이었다. 망설인 끝에 지나가는 말로 영상에게 운 떼자마자 기다렸다는 듯 풀어놓았다. 송구스럽다는 말이 이례적으로 끝나기 무섭게 쏟아내는 것이 듣기 민망할 정도였다. 봇물 터지듯 콸콸 흘러나오는 소리는 귀가 의심되었다. 송강의 계획은 주도면밀하면서 완벽하다고 했다. 먼저 광해군을 세자로 옹립해야 하고, 가능하면 속히 용상에 앉혀야 하며, 이복인 신성군이 건재하면 후환 내재하므로 싹은 잘라낼 때 튼튼한 왕권이 될 것이다. 영상이 말한 것 요약하면 이러하였다. 그런데 완벽한 계획에 선조 임금이 직접 거론되지 않았지만 실질적으로는 자기의 문제였다. 순조로우려면 양위가 먼저 되어야 했다. 상왕이 되거나 곧장 죽어야 가능한 것이었다. 아니면 찬탈하려는 계획인가? 여기까지 생각한 선조 임금은 아차 싶었다. 영상이 알고 인빈이 안다면 임금인 자신만 모르는 것 같았다. 사실이라면 끔찍한 일이었다. 그렇다면 어떤 낌새는 있을 것 같았다. 하여튼 알아보기로 했다. 신성군의 장인 신립 장군과 사돈지간 이라는 것이 한편엔 든든했다. 은밀히 불렀다. 쥐도 새도 모르게 송강과 가까이 하는 사람 알아보고, 무슨 일 벌어지고 있는지 잘 감시하라고 일렀다. 장군은 오랫동안 생사 같이하여 믿는 장졸만 골랐다. 척후 활동에 능수능란한 사람들이었다. 척하면 아는 사람들이 송강의 거처

멀찍이에서 부터 배치되었다. 어떤 큰일이 있다면 빈번히 드나들 것으로 알았는데 가끔가다 개인적인 드나듦뿐이었다. 그 가운데 사계 김장생이 있었다. 그는 송강 맏며느리의 오라버니였다. 누님 보려고 찾을 수 있었겠지만 그 뒤를 밟게 했다. 그런데 송강의 집에서 나와 본가로 들어가고는 적막강산이었다. 아무리 눈에 불을 켜고 바라보았지만 특이한 바가 전혀 없었다. 임금은 장군의 보고 받으며 힘이 쏙 빠지는 기분이었다. 영상에게 다시 묻지 않을 수 없었다. 그러자 영상은 기다리고 있으면 세자 옹립의 문제가 송강의 입에서 나올 것이라고 했다. 그보다 더 확실한 증거가 없지 않느냐는 것이었다. 송강의 입에서 과연 그런 말이 나올 것인지 궁금했다. 하루하루 초조히 기다렸다. 그러던 어느 날 세 정승이 함께 입조했다. 영상이 아프다며 코빼기도 안 보였는데 같이 들어왔다. 무슨 할 말이 있구나 하고 기다리는데 좌의정 송강만이 입 열어 건저문제를 들고 나왔다. 양쪽에 영상과 우상이 있었지만 고개만 푹 숙이고 있었다. 영상의 예언대로 송강이 세자 옹립의 문제 거론하고 있는 것이었다. 그 말 듣는 순간 모두가 확실해지는 것 같았다. 믿었던 도끼에 발등 찍히는 기분이었다. 송강의 성격은 대쪽이었다. 한번 한다고 마음먹으면 어떠한 일이 있어도 해내고 말았다. 그래서 좋아했는데 그 칼을 자기에게 들이밀고 있었다. 등골이 오싹해졌다. 자기도 모르게 버럭 소리가 질러졌다. 그러자 말하던 송강은 순간 놀라면서 납작 엎드렸다. 죽여야 마음 놓고 살 수 있을 것 같은데 증거라는 것이 몇 마디의 말뿐이었다. 그것으로 단죄하려다 빠져나갈 틈 줄 것도 같았다. 완벽히 처리하고 싶어 전전긍긍하는데 송강이 석고대죄하고 나섰다. 때가 왔다는 듯 삼사에서 죄 물어야 한다는 상소가 무더기로 쏟아졌다. 그런 건의에 못 이기는 척 귀양 보내기로 했다. 그런 과정에 영상은 깊숙이 관여했다. 귀양길이 험하면 견디기 힘들어하다가 스스로 쓰러지기 바랐다. 진주에서 강계로 가는 중에 금부도사가 큰일이라도 날 것처럼 상소할 때까지는 기대했는데 감감무소식이었다. 영상이 확실히 엮는다고 하여 기다리는데 임진왜란이 일어났다. 그대로 두면 왜군이 해결해줄 것 같아 빙긋이 웃었는데 민심의 아우성으로 무산되었다. 어쩔 수 없이 방면시키자 불안이 더해만 갔다. 민심까지 얻은 사람이 자기에게 들이대면 꼼짝하지 못할 것 같았다. 그래서 전장의 일선으로 내보냈고, 이어서 강건한 사람도 견디기 힘든 사은사로 지목했다. 병이 심한 것을 알기에 이내 쓰러질 줄 알았는데 어찌된 일인지 그 힘든 여정까지 모두 견뎌냈다. 그런 강인함이 더욱 무서워졌다. 꼭 오뚝이 같았다. 정상적으로는 목적달성이 어렵다고 생각되었다. 영의정의 지모가 발휘되었다. 아무도 모르게 마지막 칼 꽂기로 했다. 강화도에 가서 기다리면 소식 주겠다는 말로 유배 아닌 유배 보내면 좋을 것 같았다. 누구도 눈치 못 채게 송강에게 언질만 주었다. 어떻게 가건, 어찌 먹고 살건 일체 관계

않기로 했다. 추수 끝난 엄동설한이었다. 오래 버티지 못하고 한 달여 만에 오매불망 기다던 소식이 왔다. 앓던 이가 빠진 것 같았다. 이왕 이렇게 된 것 철저히 마무리 짓고 싶었다. 기축옥사의 화 모두 안기면 영원히 사라질 것 같았다. 자기 끌어내리고 세자 앉히려고 한다는 말이 무성한데 증거가 없어 지켜보는 동안 피가 말랐었다. 송강의 망령이 언제 다시 나타날지 모르므로 발본색원하고 싶었다. 반역의 향으로 지정한 것은 퍽이나 잘한 것으로 생각되었다. 영원히 수면 밑으로 가라앉기 바라면서 장례 끝나자마자 은근슬쩍 마음 비쳤다.

　기축옥사 당시 조정에서 힘 쓴 사람은 누구나 자유스럽지 못한 것이 사실이었다. 지나친 것 알면서도 지켜본 것도 죄는 죄였다. 또한 정여립이라는 인물이 나름대로 친화력이 있어서 많은 사람들과 교유하면서 지냈었다. 벼슬 천거했다가 문제가 발생하면 그에 대한 책임 묻는 것이 관례였다. 그렇게까지 큰일 낼 줄 모르고 좋게 평하기도 했고, 적당하다고 생각된 직책에 추천하기도 한 증거가 쌓여있었다. 선조 임금은 조금만 먼지 묻었다하면 가차 없이 철퇴 내렸다. 흐름의 분위기 보면 누구든 털기만 하면 꼼짝없이 당해야 할 처지였다. 그런 판에 임금이 송강을 은근히 지목하고 나왔다. 더 이상 좋은 기회가 없는 것 같았다. 그렇게 정리만 된다면 발 뻗고 지낼 수 있다는 생각이 절로 들었다. 임금과 신하가 한 몸처럼 생각하면서 송강에게는 더 이상 말할 수 없는 불행이 시작되었다. 그렇게 되는 사이 지리산 밑에서만 놀던 최영경이 화려하게 중앙무대로 나섰다. 하찮은 일 키우고 키우는 사이 최영경은 점점 거인이 되면서 그 상대에 송강이 서게 되었다. 다윗과 골리앗처럼 맞선 격이었다. 최영경이 날개 달면서 송강은 모든 검불 뒤집어쓰고 나락으로 떨어져야 했다. 사람이 아무리 철저하게 꾸민다고 해도 어딘지 표는 나게 되어 있었다. 최영경이 최고의 인품 갖춘 학자라며 영웅으로 만드는 과정이 완전할 수 없어 이런저런 냄새가 여기저기에 널려있었다. 인터넷 뒤지는 가운데 최영경의 '생애 및 활동'이란 문구가 들어왔다. 읽는 사이 재미있는 사항들이 마음 사로잡았다. 자세히 들여다보기에 이르렀다.

"어려서부터 학문에 재질을 보였으며, 여러 번 초시에 합격했으나 복시(覆試)에서 실패하였다. 학행으로 1572년(선조 5) 경주참봉에 제수되었으나 나가지 않았다. 이듬해 주부에 제수되었으나 역시 나가지 않았고, 연이어 수령·도사·장원(掌苑) 등의 관직에 제수되었으나 모두 나가지 않았다. 당시 안민학(安敏學)이 자주 찾아와 정철(鄭澈)을 칭찬하고 만나볼 것을 권했지만, 단호히 거절하였다. 1575년 선대의 전장(田庄)이 있는 진주의 도동(道洞)으로 은거하였다. 마침 나라에서 사축(司畜)에 제수하고 그를 부르자, 잠시 나가 취임했다가 곧 그만두었다. 정구(鄭逑)·김우옹(金宇顒)·오건(吳健)·하항

(河沆)·박제인(朴齊仁)·조종도(趙宗道) 등과 교유하며, 절차탁마(切磋琢磨)하였다. 1576년 덕천서원(德川書院)을 창건하여 스승 조식을 배향하였다. 이듬해에는 외아들 최홍렴(崔弘濂)이 죽는 불행을 겪었다. 1581년 사헌부지평에 임명되었으나 사직소를 올리고 나가지 않았다. 이 상소에서 붕당의 폐단을 논하였다. 1585년 소학·사서(四書)의 언해를 위한 교정청낭청(校正廳郎廳)에 임명되었으나 나가지 않았다. 1590년 정여립 역옥사건(鄭汝立逆獄事件)이 일어나자 그는 유령의 인물 삼봉(三峯)으로 무고되어 옥사(獄死)하였다. 당시 정적 정철과의 사이가 특히 좋지 않아 그의 사주로 죽은 것으로 의심받았다. 그러나 1591년 신원(伸寃: 억울하게 입은 죄를 풀어줌)되어 대사헌에 추증되고, 사제(賜祭)의 특전이 베풀어졌다. 1611년(광해군 3) 산청의 덕천서원에 배향되었다."

신원되었다는 1591년을 따져들면 아귀가 안 맞는 것을 확연히 알 수 있다. 하긴 선조 임금이 내린 제문에는 1591년 사헌부 지평 제수했는데 나가지 않고 사직서 올리고 입궐하지 않았다고 한다는 내용 등 있다며 이를 비문에 새겼다고 했다. 거기에는 분명 1589년 기축옥사가 시작되었다고 쓰여 있다. 그러니까 제문을 지었다고 하는 해에는 2차 국청이 열려 피가 튀는 가운데에 있었으니 신원은 생각지도 못할 때인데도 그렇게 기록되었다. 그렇지만 그것은 오기(誤記)로 여기면 그만이다. 언제인가보다는 문구를 살피는 것이 바람직할 것 같다. 학문에 재주 보였는데 초시에는 여러 번 합격하면서 복시에 실패했다는 첫 문장에서부터 이상한 냄새가 풍긴다. 재주가 있다면 복시에 낙방할 이유가 없다. 둔재로 소문난 김득신(金得臣, 1604~1684)은 환갑 넘기고 대과에 응시하여 붙은 것만 보아도 알 일이다. 그런데 대과에는 여러 번 응시했다는 문구는 없고, 초시에 그런 문장이 있다. 원래 초시란 복시 치르기 위한 자격 갖추는 것이므로 여러 차례 응시할 필요가 없는 것이 상식이다. 단 초시에 떨어지면 재응시할 수는 있는데 그런 경우라면 학문에 재주 보였다는 문구가 허구이다. 하여튼 사람은 개성이 다르므로 상식 초월한 행동은 얼마든지 할 수는 있다. 최영경이 진사가 되었는데도 다른 사람이 안 하는 초시 보고 또 보다가 복시에는 의외로 단 한 번으로 끝낸 것을 가지고 왈가왈부할 수는 없는 일이다. 하지만 다른 경우와 대비할 때 역시 아리송한 것은 사실이다. 경주 최 부자 집 같은 경우는 대대로 벼슬에 뜻이 없었다. 그러면서도 초시에는 반드시 응시하여 통과하였다고 한다. 초시에 합격해야 선비의 자격이 주어졌기 때문이다. 그 경우 말고라도 초시만 목표로 하는 경우가 많아서 일상적으로 다루기도 한다. 그런데 대과인 경우에는 벼슬살이의 자리 메우기 위한 시험이었다. 유학은 군주 보필하여 나라와 백성을 바로 이끌기 위한 학문이라고 할 수도 있다. 그 학문이 무르익으면 대과에 거의 도전하는데 원체 자리가 적다보니 합격하는 것이 하늘의 별 따기와 같았다. 보통 3년에 한 번 있는 대과에 도전했다가 낙방하면 허탈하기 이를 데 없었을 것이다. 그런 것이 싫어 한 번으로 족하다며 물러날 수는 있다. 벼슬살이는 하고 싶지만 운이 안 따라주기에 포기하는 경우가 다반사이기 때문이다.

그런데 벼슬살이 나가는 길이 꼭 대과에 합격하는 것만은 아니었다. 학행이 높으면 음직으로 벼슬을 내려주었다. 그런 경우에는 엉덩이춤이 절로 일었을 것이다. 음직으로 나가서도 정승판서까지 오른 분이 많은 현실이어서 가문의 영광이었다. 그런데 최영경은 물리쳤다고 했다. 그러다가 정말 하찮은 것 같은 사축(司畜)은 받아들였다. 그 이야기는 조금 후로 미루고 그 문장 자체가 특이하다는 생각이 자꾸만 들었다. 제수되었다는 '경주참봉' '주부' '수령' '도사' 같은 경우는 고유명사가 아닌 일반 명사여서 그런 직첩이 어떻게 내려졌을까 하는 생각이 들었다. 정말 일을 맡기기 위해서는 어느 곳이라는 것이 명시되어야 한다. 일반 명사 앞에 부서나 위치가 확실히 붙여 고유명사가 되어야 나가서 복무할 수 있다. 그래서일 것이다. 조선시대 직첩을 보면 반드시 어느 부서라는 것이 명기되어 있다. 즉 경주참봉이 아니라 경주의 어떤 능의 참봉 등으로 기재된 것이 당시의 관례였다. 물론 그 얼마 지나 임진왜란이 일어난 후 돈만 내면 품계가 내려지기도 하여 그냥 '도사'라고 해도 되었음 직하다. 그런데 최영경은 임란 전의 인물이다. 그런 경우와는 다르다고 할 수 있다. 단지 4세기 전의 일이어서 모르는 사항이 있을지 몰라 마음이 답답할 뿐이다. 그런데 '도사'를 다시 돌이켜보면 현재의 부지사의 직책이어서, 소나 말을 제외한 가축에 관한 업무에 종사하는 사축과는 다르다. 그런데 최영경은 좋은 직은 마다하다가 미관말직은 마침내 받아들였다. 지금의 눈으로 볼 때 주어진 음직 중에 선호도가 가장 낮을 것 같은데도 그렇다. 정말 아리송하기만 한데 문구 자체서도 혼란이 왔다. 사축을 잠시 했다 그만둔 뒤에서는 직책 내린 것을 제수가 아니라 임명이라고 했다. 왜 그렇게 어휘가 바뀌었는지는 알지 못하겠지만 임명이 현재의 느낌상으로 보면 강한 것 같다. 단지 당시의 문장에는 거의 보기 힘들어 후대의 용어인 것 같다는 느낌이다. 사헌부 지평에 임명되자 붕당에 대한 상소와 같이 반려했다고 했다. 그런데 그 벼슬은 고위직 감찰 기관이라서 내직의 노란자위 직책으로 겨우 사축에 머문 낙향 선비에게 주어지기에는 쉽지 않았을 것인데 내쳤다고 했다. 아리송한 생각이 꼬리를 문 끝에 공작일 가능성에 마음이 모아졌다. 만약 벼슬살이를 직접 했다면 어떤 문헌에서 건 남게 되어 있다. 그리고 그 문장이 현재 작성된 것이 아니고 최영경이 죽고 얼마 안 된 상태에서 확정된 것이니 벼슬살이 거짓으로 했다고 할 수는 없는 일이었다. 그렇지만 직첩이 내려졌는데 나가지 않았을 경우는 그렇게 자질구레한 일을 따져들 필요까지야 없었을 것이다. 그런 틈을 이용하여 인품 높이기 위한 작전 같은 느낌이 자꾸만 드는 것은 왜일까? 선조 임금이 제문 하사했고 이를 비석에 새겨 진주에 서 있다고 하는데 그곳에는 최영경이 죽은 다음 해에 사헌부지평의 벼슬이 내렸다고 되어 있다. 사후에 추증되었음을 말하고 있는 것이다. 최영경은 대사헌의 직책을 추증받았다고 위 기록에서 말하고 있다. 그렇다면 사후 받은 직첩을 살았을 때로 슬쩍 바꿔 미화시킨 것은 아닌지 모르겠다.

다음 문장으로 들어가 보기로 한다. 안민학(安敏學, 1542~1601)이 최영경에게 송강을 칭찬하며 만나기 권했는데 외면했다는 짧은 문장도 이상한 생각만 들었다. 안민학은 율곡의 문인이다. 송강과 교유가 있는 것 같기는 하지만 같이 어떤 일을 했다거나 특별한 인연이 있었다는 문구는 아직까지 발견하지 못했다. 그리고 안민학은 이 글에서는 안 나타나지만 그런 말을 한 후 먹혀들지 않자 돌아서 그쪽 사람과 대립각 세운 인물이라고 했다. 그렇게 보면 각별한 인연은 아니고 그저 평범한 관계일 뿐으로 보였다. 그런 처지라면 깊이는 모를 것인데 제삼자 만나보기 권하기는 쉽지 않았을 것이다. 또한 최영경보다 안민학은 자그마치 13살이나 적다. 그런 나이 차이라면 쉽게 접근한다는 것 자체가 불가능하다. 살다보면 서로 만남이 이뤄질 수 있는데 그런 때 아랫사람은 인사만 드리고 나오는 것이 예의이다. 선비들은 목숨보다 중하게 여기는 것이 예도라서 이를 무시한다면 사람으로 살기 포기할 때뿐이다. 어떤 특별한 관계라면 오래 앉아 대담하면서 묻는 말에 대답하는 정도일 것인데, 자주 찾아 뵙고 상대가 싫다는 건의까지 했다고 했다. 관연 진실일까 하는 생각이 자꾸만 들었다. 또한 송강은 둘의 중간 사이에 끼여 있는 격이다. 안민학은 음직으로 지방 수령은 여러 곳 맡았었다. 연령 차이와 직위의 차이가 나면 서로 교류한다는 것이 결코 쉽지 않은 법이다. 가까이 지낼 때 상대 알 수 있고 자기가 알고 있는 바를 누군가에게 전파하는 것이 사람의 일상이다. 일반 상식으로는 누가 누구에게 누구를 만나기 권할 수 있는 그 어떤 조건도 안 갖춰진 세 사람의 관계이다. 그리고 어떤 특별한 사정으로 일어난 일을 가지고 글을 남겼다면 이에는 분명한 이유가 있게 마련이다. 숨겨진 비밀이라도 있다면 찾아야 할 것이다. 하나 같이 무시하고 뜬금없는 문장만 살아 춤추고 있는 것은 아닌지 모르겠다. 무슨 특별한 상황이 아니면 있을 수 없는 글인데 여기서는 마지막 문장을 쓰기 위한 전초전으로 보였다.

"당시 정적 정철과의 사이가 특히 좋지 않아 그의 사주로 죽은 것으로 의심 받았다."는 내용이 그것인데 최영경이 정치적으로 어떤 수완이 있어 정적이 되었는지는 모르겠다. 정치라는 것은 중앙의 일선에 있을 때 역량이 생겨 커지는 것인데 최영경은 서울에서 태어나 진주에 내려갔다고 했다. 낙향할 때는 모든 역량 내려놓는다는 계산이 설 때만 가능한 일이다. 그러니까 산속에 사는 선비에게 역량이 있으면 얼마나 있었겠는가 하는 말이 나오게 된다. 반면 송강은 위관이 되었을 당시 내려놓았던 모든 힘을 되찾은 상태였다. 임금은 자신에게도 할 말은 하고야 마는 성미라는 것을 알고 있으면서도 힘을 실어준 상태였다. 선조 임금이 송강을 어떻게 보았는지에 대한 것은 문헌에 있다. "완새 가운데 한 마리의 독수리요, 전당 위의 사나운 범이다."라고 하였다. 뒤에 임금이 정적으로 여길 송강인데 지방에서 청어 몇 두릅 받아먹는 그런 역량을 정적으로 여겼다면 너무 편파적으로 평가한 것이다. 그런데 아무런 죄가 없는 고명한 선비를 송강이 사주해서 죽인 것으로 의심하고 있다고 했다. 지금 그런 상황을 모르는 처지에서 그럴 듯한 주장이 될지는 몰라도 여러 정황 따져 사실을 바로 들여다보고자 하면 웃음이 절로 나올 뿐이다.

3. 무조건 춤만 추면

_선조실록에 대한 시비는 앞으로도 계속될 것이다. 실록이 객관적인 글이어야 하는데 주관적으로 쓸 수밖에 없었기 때문이다. 몽진 중에 절대 해서는 안 될 일, 즉 사초가 불태워지는 일이 발생했는데 이를 안 송강은 큰 역정을 냈었다. 그 당시로 거슬러 올라가기 위해서 사계 김장생이 쓴 행록 속으로 들어가기로

했다(송강 전집 별집 권4 . 365쪽).

임진, 대가차박천, 문적봉도패강, 창황이폐, 향만상, 사관박정현, 임취정, 김선여, 조존세등, 번사초도거, 공역신척지이, 차피배원공임심(壬辰, 大駕次博川, 聞敵鋒渡浿江, 蒼黃移蹕, 向灣上, 史官朴鼎賢, 任就正, 金善餘, 趙存世等, 焚史草逃去, 公力言斥之以, 此彼輩怨公益甚 임진년, 대가가 박천에서 머무는데 적의 칼날이 패강을 건넜다는 소리가 들려왔다. 창황히 움직이려고 길을 열면서 용만〈평북 의주 일원〉을 향할 적에 사관 박정현, 임취정, 김선여, 조존세 등이 사초를 불사르고 도망갔다. 공은 이를 힘 있는 말로 지척하자 이로 인해 저 무리들은 공을 원망하는 것이 더욱 심하였다).

천인공로할 일을 저지른 그들은 그 후 어떤 삶을 살았을까 궁금했다. 온라인상으로 들어가자 인물백과 사전에 살아서 많은 것을 말해주고 있었다. 생애와 활동을 보니 퍽이나 화려한 가운데 사초 불태웠다고 당당히 밝혔다. 그에 따라 탄핵받았고 삭탈관작되었지만 얼마 안 되어 복직되어 영화까지 누렸다. 많은 생각이 오가면서도 어찌 표현해야 될지는 까마득할 뿐이었다. 우선 간단히 살필 뿐, 독자에게 맡기는 것이 좋을 것 같다는 생각이 들었음은 다행한 일일지도 모르겠다. 하지만 한마디만은 꼭 남긴다면, 역사적으로 어찌되었건 선조 임금의 체증이 확 내려가게 했을 것은 분명하였다.

① 박정현: 1588년(선조 21) 알성 문과에 병과로 급제하였다. 1592

년 주서(注書)로 임금과 함께 서쪽으로 피난 갈 때에 사관 조존세(趙存世)·임취정(任就正) 등과 함께 선조가 즉위하던 해인 1567년부터 1591년까지 25년간의 사초(史草)를 불태우고 안주에서 도망쳐, 이로 인하여 계속 탄핵을 받았다. 1601년 정월 예조좌랑이 되어, 3월에 서장관(書狀官)으로 명나라에 다녀왔다. 1616년(광해군 8) 강원도관찰사가 되고, 1618년 동지중추부사를 거쳐 상사(上使) 신식(申湜)과 함께 명나라에 다녀왔다. 그 뒤 공조참판을 지내고, 1625년(인조 3) 사은사 겸 진위사(謝恩使兼陳慰使)로 부사 정운호(鄭雲湖), 서장관 남궁경(南宮檠) 등과 함께 다시 명나라로 가려고 할 때 도중에 도망칠 염려가 있으니 가지 못하게 하라는 탄핵을 받았으나 인조의 신임으로 북경에 다녀왔다. 1627년 3월 무과의 시관(試官)이 되고, 1632년 형조판서·지중추부사를 역임하였다. 광해군 때 박승종(朴承宗)의 족당이었다.

② 임취정: 1589년(선조 22)에 증광문과에 병과로 급제하여 주서가 되었으나, 1592년 임진왜란이 일어났을 때 사관(史官)이었던 주서 박정현(朴鼎賢), 검열 조존세(趙存世)·김선여(金善餘) 등 4인과 모의하여 사초(史草)를 불태우고 도망한 죄로 관직을 삭탈당하였다. 선조가 환조(還朝: 본궁으로 돌아옴)한 뒤에 관직에 나가기 위하여 애를 썼으나 겨우 외직에 수차 임용되었을 뿐 크게 쓰이지 못하였다. 그 뒤 1599년 병조좌랑·병조정랑을 거쳐 1604년 서산군수를

지냈다. 1608년(광해군 즉위년) 원주부사에 임명되었고, 광해군 재위 때에 그의 형 수정(守正)의 첩의 딸을 후궁으로 들여보내 왕의 총애를 받으면서 1613년 형조참의, 1616년 좌승지, 1620년 이조참판·동지경연(同知經筵), 1621년 예조판서 등 요직을 두루 거쳤다. 1623년에 인조반정으로 파직되었으며, 그 뒤 1628년 임경후(任慶後)·박동기(朴東起)·이종충(李宗忠)·오현(吳玹)·이후강(李後崗)·안대홍(安大弘)·고경성(高景星) 등과 함께 광해군의 복위를 모의하다가 죽임을 당하였다.

③ 조존세: 1582년(선조 15) 생원시에 합격하고, 1590년 증광별시에 병과로 급제하였다. 1592년 예문관봉교 겸 춘추관기사관이 되어 『명종실록』 찬수에 참여하였다. 그해 임진왜란이 일어나 선조가 평양으로 몽진하자 왕을 호종하였으나, 왕이 평양을 떠나 의주로 간다는 말을 전해 듣고 동료 네 사람과 밀의하여 사초(史草)를 불태우고 그 곳에서 탈출하였다. 환도 후 그 죄과로 인하여 예문관검열직에서 파직 당하였다. 그 뒤 1599년 예문관대교에 복직되었고, 1604년 선천군수로 재직시에 평안감사로부터 포상대상자로 상신되었다. 2년 후 성균관사예를 거쳐, 1609년(광해군 1) 이이첨(李爾瞻)의 그늘에서 한성부우윤·동지의금부사·오위도총부부총관·장례원행판결사를 지냈으며, 1618년에는 공조참판이 되었다.

④ 김선여: 1590년(선조 23) 증광 문과에 을과로 급제, 다음 해에

대제학 유성룡(柳成龍)의 추천으로 이조좌랑 이유징(李幼澄)과 함께 독서당에 들어갔다. 이어서 예문관검열이 되었는데, 1592년 임진왜란이 일어나자 사관으로서 선조를 호종하였다. 1599년 검열·대교(待敎)·봉교(奉敎) 등을 역임하고 예조좌랑에 이르렀으나, 1602년 옹진현령으로 좌천되었다. 자신까지 3대가 모두 급제하고 사가독서(賜暇讀書)를 하는 등 문명을 떨쳤다.

김선여는 유성룡의 추천으로 가문의 영광으로 여기던 사가독서에 들었다. 그것도 문과에 급제한 바로 다음해였다. 이는 획기적인 일이라고 할 수밖에 없는 일이었다. 이런 은혜를 입었으니 어떠한 관계라는 것은 말하지 않아도 될 것이다. 사초 불태우는 일에 가담한 것이 우연은 아니란 생각이다. 그렇게 모든 증거 인멸하고 자신의 글로 전쟁 전부터 뜨겁게 된 것을 마무리하였다. 그것이 『징비록』일 것이다. 우선 그 책을 펴내면서 서문으로 활용하고 이를 번역하면서 쓴 내용부터 보기로 한다.

"'징비'는 중국 고전 '시경'에 나오는 '스스로를 미리 징계해서 후환을 경계 한다'는 의미의 '여기징이비후환(予其懲而毖後患)'이라는 문장에서 따왔다. 방비를 하지 못하여 전국토가 불에 타버린 참혹했던 임진왜란의 경험을 교훈 삼아 다시는 이런 일이 없도록 경계하자는 뜻에서 책의 제목으로 사용되었다. 이 책은 1599년 2월 집필하기 시작하여 1604년에 마친 것으로 알려져 있다."

말이나 글은 한 자만 바꾸면 그 의미는 확확 달라지는 법이다. 『징비록』이라는 제목 붙인 것에 대한 이유가 고전은 그대로인데 번역이 두루뭉수리하면서 느낌이 달라지게 한 것 같은 생각이다. 뜻글자인 한문이라서 어떻게 보느냐에 따라 달라지는 법이기는 하지만 이 문구는 그런 여지가 없는 데도 그렇게 하였다. 즉 여기징(予其懲)의 번역이 아리송한 것이다. 이를 살피면 기(其)를 '미리'로 번역했는데 '그때' '그 일' '그때의 그 일' '지난 그 일' 정도로 번역하는 것이 옳다고 본다. 그 글자는 뒤의 징(懲) 자를 수식한 글자이기 때문이다. 이런 주장이 있기까지 시경의 원문을 많이도 살폈다. 그것을 다시 한 번 보는 것이 좋을 것 같았다.

밑의 시에서 '징전비후(懲前毖後, 지난 일을 징계하여 뒷날의 근심을 피하다.)'가 유래했는데, 이는 주(周)나라 성왕(成王)의 이야기에서 비롯한 말이다. 성왕은 무왕(武王)의 아들로, 무왕의 뒤를 이었을 때 아직 나이가 어렸으므로 숙부인 주공(周公)이 섭정했다. 주공의 형제인 관숙(管叔)과 채숙(蔡叔)은 주왕의 아들인 무경(武庚)과 결탁하여 주공이 왕위를 찬탈하려 한다는 유언비어를 퍼뜨렸다. 어린 성왕이 차츰 그 말을 믿어 주공을 의심하게 되자, 주공은 의심을 피하기 위하여 성왕의 곁을 떠났다. 주공이 없어지자 관숙과 채숙 등이 반란을 꾀하였다. 성왕은 그제야 자신이 속았다는 것을 알고 급히 주공을 다시 불러들였다. 주공이 돌아와 반란을 진압하고 관숙과 채숙 등을 징벌하였으며, 다시 섭정하다가 성왕이 장성하자 물러났다. 나중에 성왕은 이 일에 대하여 깊이 반성하면서 여러 신하들 앞에서 말했다. "나는 지난 일을 경계하여 뒷날의 근심을 피하리라(予其懲而毖後患)." 여기서 유래하여, '징전비후'는 지난날의 과오를 교훈으로 삼아 다시는 잘못을 되풀이하지 않도록 경계하는 것을 비유하는 말로 쓰이게 되었다.

여기징이비후환, 막여단봉, 자구신칩, 조윤비도충, 변비유조, 말감가다난, 여우집어요(予其懲而毖後患, 莫予蛋蜂, 自求辛螫, 肇允彼桃蟲, 拚飛維鳥, 未堪家多難, 予又集於蓼 나의 지난 그 일을 징계하여 뒤에 올 환란의 근심을 피하리라. 나는 새알이나 벌처럼 모색하며/ 스스로 구하고 혹독하게 움츠렸는데/ 비로소 저 뱁새가 쫓아와/ 오직 새처럼만 날고 춤추더라./ 집안에 환란이 많아 견디기 어렵거늘/ 내가 또 다시 여뀌처럼 모여만 있으랴).

의역되어 유통되고 있는 문장을 직역하여 보는 것이 좋을 것 같았다. 그런데 가장 중요한 문장인 '여기징이비후환'은 시의 제목처럼 보였다. 글자의 수자가 6이라는 것이 그렇고, 중간에 문장을 연결하는 어조사 이(而)가 놓인 것도 시문(詩文)보다 산문(散文)의 형식이기 때문이다. 제목의 특성상 원문을 함축하고 있다. 여기서도 작가 자신이 지난 그때의 잘못을 반성하면서 징치하여 경계한 것으로 뒤에 오는 환란에 대비한다고 했다. 그리고 원문인 시에서는 그 과정이 나열되었다. 하여튼 시어들은 많은 뜻을 가지고 살짝살짝 숨어 있었다. 이 시를 지은 성왕은 그때 잘못을 알았다는 것이다. 그래서 반성하면서 앞으로는 새로운 삶을 살려는 다짐을 한다. 그때의 삶을 보면, 새알이나 벌처럼 소아적으로 작게 살 것으로 작정하고 스스로 구하며 혹독하리만큼 움츠리자 조그만 뱁새조차도 약소한 것이 눈에 들어오고 오로지 먹이 활동으로 생각하여 날아와 춤추었다. 자연히 집안에 환란이 많을 것은 당연한데 내가 또 다시 집단적으로 있어야 힘있는 여뀌처럼 움츠릴 수만 있느냐며 의지를 다지고 있었다.

유성룡은 이 문구를 보면서 자기의 삶을 반성했을 것이다. 그의 삶을 들여다보면 항상 움츠리면서 살았다. 임금에게 잘못 보일까봐 눈치 보았고, 자기의 뜻을 밝히면 반대에 부딪힐까봐 조심에 조심을 더하며 살았다. 그런 덕분에 순탄한 삶도 살았지만 집필을 시작할 즈음에 북인으로부터 탄핵받아 귀양살이도 하였다. 1598년 유성룡이 탄핵받았을 때 자기가 송강을 탄핵할 때의 문구를 그대로 쓴 것이야 어쩔 수 없다지만 한 문구가 더 들어 있는 것에는 고개가 떨어졌다. 그렇게 당하고 나자 스스로 어떠한 처지라는 것을 알 것도 같았다. 그래서 사람들을 만나면 후회하면서 송강과 비교한 말을 서슴없이 하였다. 탄핵받고야 깨달아 한 말은 반성일 것이 분명하다.

"시인수모질계함유불감가이탐비지방아직불여계함가지야(時人雖

媚嫉季涵猶不敢加以貪鄙之謗我則不如季涵可知也, 시절 사람들이 비록 계함[2]을 질투하고 미워는 하였으나 오히려 탐비하다는 비방은 감히 가하지 못했는데, 나는 곧 계함과 같지 아니함을 알만 하구나)."

송강이 어떠하다는 것을 잘 알고 있는 서애이지만 살고 싶었다. 어차피 반성문은 권력자의 마음에 들어야 했다. 임금이 좋아하는 문구를 골라서 써야 흔쾌히 받아들일 것이다. 진실 어쩌고저쩌고 하다가 송강처럼 혹독한 처지로 전락될지도 모를 일이었다. 두 눈을 질근 감고 사실은 뒷전으로 미루기로 했다. 있지도 않고 되지도 않은 말로 도배한다 해도 뒤에 밝혀질 일은 전무하였다. 당시의 기록을 모두 불태웠다는 것은 퍽이나 다행한 일이었다. 덕분에 그 하나만이 남았다. 모두가 진실처럼 되어 인용하기 시작했다. 논리적으로 보면 허무맹랑할 뿐이지만 그래서 역사는 붓으로 쓰인다는 말이 만들어졌을 것이다.

글 쓰는 데 재미를 붙인 서애는 인물에 따른 전(傳)을 지었는데 송강과 최영경에 대한 것이었다. 마찬가지로 진실은 저 멀리 있는 상태에서 임금이 좋아하는 어휘들을 골랐다. 송강은 술만 좋아하고 일은 하지 않으면서 자기가 바른 말로 충고하자 포악하게 변하더라는 것으로 결론지었다. 반면 최영경에게 갖은 미사여구를 동원하여 큰 선비인 인물로 만들었다.

---

2) 계함은 송강의 字.

그런데 그 주장대로 최영경이 큰 선비였다면 반드시 있어야 할 시가 문집에 7편뿐이어서는 곤란한 것 아닌가? 시는 학문의 꽃이다. 대과를 치를 때 시문이 가장 큰 역할을 하는 것 하나만 보아도 알 일이다. 여러 정황을 참작하면, 최영경은 시를 못하는 짧은 학문이어서 초시만 여러 번 보았다는 문구가 나왔을 것이다. 그것도 수차례 떨어졌기에 합격하려고 기를 썼다고 하는 것이 옳은 해석이다. 이런 인물을 내세워 송강을 구렁텅이에 몰아넣었다. 화가가 그림을 그리듯 서애는 붓끝을 놀렸다. 덕분에 최영경은 큰 선비로 탈바꿈하였고 송강은 그에 따라 나락으로 떨어졌다. 한 사람의 엉뚱한 글이 역사를 좌지우지 하는 것을 어떻게 바라보아야 할지 생각만 무성하게 일었다.

또 자기를 합리화시킨 글이 있어 다시 생각하게 만들었다. 서애 유성룡의 생애와 활동이라는 글 가운데 뜨거운 감자 격인 기축옥사의 위관에 대한 글이 남겨져 있었다. 서애는 어찌하던 빠져나가고 싶은 마음에 쓴 글이었을 것이다. 그런데 꾸민 글에는 여기저기에 문제가 남아있게 되어 있었다. 이 글에서도 그랬다.

"기축옥사 당시 정철이 가장 먼저 추국청 위관으로 정여립 역모사건을 3년간의 기축옥사로 확대하였고, 3년 동안 이양원과 유성룡 등이 이 죄인을 심문하는 추국청 책임자 위관을 맡았었다."

말장난이 눈에 확 드러나므로 구체적으로 따지지는 않기로 하겠다. 단지 이 글이 얼마나 허구인지는 밝혀야겠다. 위관의 시작이 송강이라 했는데 그 앞에 정언신이 있어 2~3개월 국청을 관장하였다. 그러다가 정여립과 연루된 것이 탄로 나면서 곧장 죄인의 몸이 되었다. 그는 송강의 변론에 힘입어 목숨을 부지했고 그 은혜를 못 잊어 강계에 위리안치 되었을 때 아들을 보내기도 했었다. 그렇지만 송강이 나락으로 떨어지면서 말이 확 바뀌었는데 이를 감안한 서애는 송강부터 시작했다고 했을 것이다.

기축옥사 전 과정에서 위관 맡은 순서를 보면 정언신→정철→유성룡→정철→유성룡→이양원→최흥원 순이었다. 송강의 처음은 한 달 만에 임금이 지나치게 하려는 것에, 그렇게 하면 아니 됩니다. 라고 간언하자 화가 난 임금은 그 자리에서 파면시키면서 서애를 임명했다. 이를 본지라 예예 하는 사이 임금은 하고 싶은 것을 마구하였다. 그렇게 하여 1차 추국이 끝나자 난은 평정되었다고 하여 1590년 2월 1일 평난공신록을 작성하였다.

모든 것이 끝났는가 했는데 전라관찰사의 보고가 올라왔다. 역적과 부화뇌동한 자가 있다는 것이었다. 이때 송강은 좌의정이었고 서애는 우의정이었다. 임금은 신임하는 송강에게 위관을 맡기고 죄인을 심문하는 과정에서 폭군인 걸주에 비견한 시가 나왔다. 그러자 화가 머리끝까지 치솟은 임금은 일어나서는 안 될 노모치자까지 잡아들이라 명했다. 위관인 송강은 그 지경에서 말리지 못하고 지켜볼 수밖에 없었다. 우선 진정시키려고 법에 따라 심문하면서 시간 끌다가 건저문제가 일어났다. 1591년 2월 송강이 자리에 물러나자 서애는 좌의정으로 오르면서 위관도 맡았다. 그때부터 다시 국청은 피바다가 되었다. 5월 늙은 어미는 서애 앞에서 말년을 비참하게도 눈 뜨고 마감했다. 이어 위관을 맡은 자들은 어린 아들을 다뤘는데 실질적으로 종의 아들이어서인지 아무리 혹독하게 다뤄도 목숨이 부지되었다. 이를 본 임금은 짜증까지 내었다. 더 이상 살아 있다는 것이 고통만 안긴다는 생각이 들었다. 위관은 어쩔 수 없는 현실에 가슴 아파하면서 목을 꺾으라는 눈짓을 보냈고, 그렇게 하여 결과적으로 젖 떨어지고 얼마 안 된 어린애는 꺾이고 말았다.

　2차 추국청이 열린 날짜에 대한 기록은 없지만 조대중의 시문에 따라 송강이 위관이 된 것은 1590년 3월이었다. 좌의정에 오른 지 한 달 만이었다. 송강은 1589년 11월 8일 처음 위관이 되었다가 12월 12일 면직되었으니 4개월 만에 다시 위관이 된 것이었다. 그 4개월 동안 역량 있는 선비들의 죽음이 줄줄이 이어졌었다. 그리고 다시 연 국청에서는 지루하게 1년도 넘게 끌었지만 전라도사 조대중 외에는 이름이 알려진 인물로는 노모치자 뿐 나머지는 그저 그런 일반 백성이었다. 하여튼 송강은 백성을 살리고 싶은 마음에 1년여 질질 끌다가 직에서 물러나고 처음처럼 서애에게 자리가 물려졌다. 그러자 1차처럼 임금은 마음대로 화풀이하였다. 그렇게 3년 동안 이어진 기축옥사에서 송강이 맡은 위관은 총 1년여인데, 서애는 모든 것을 벗어나고 싶은 마음에 술수 부려 애매모호한 말로 장난질해 놓았다. 실질적으로는 자기 앞에서 그 많은 사람들이 울부짖다가 끝내 숨 거두는 것을 보았으면서도 위리안치 된 송강에게 모든 화를 떠넘겼다.

4. 중인

    _인류 역사를 보면 산업혁명 전까지의 동력은 가축과 인력에서 얻었다. 그렇다 보니 시키고 시킴 당하는 자가 확실히 구분되어 있었다. 영국의 뉴커먼(1663~1729)에 이은 스코틀랜드의 발명가 와트(1736~1819)가 개발한 증기기관 전까지는 힘이 필요하면 인력에 의존해야 했기 때문이었다. 조선에 언제 기계적 동력이 들어왔고 사용되었는지에 대한 문헌은 고종 황제부터라고 한다. 물론 수원 화성 쌓을 때 도르래의 힘을 이용하였다지만 그 힘의 원천도 가축과 인력이었던 것은 어쩔 수 없는 일이었다. 그러니까 시키고 시킴 당하는 이원화 체계가 조선시대에 쭉 이어졌다는 것을 말하고 있는 것이다.

 인류가 문명을 쌓으면서 필연적으로 거대한 역사에서는 백성의 희생이 따랐었다. 권력자가 필요하다고 느껴 아랫사람들이 동원되면서 개인의 계획된 생업은 뒷전으로 밀리기 예사였다. 그에 따른 희생은 자연 발생적일 수도 있어 더 큰 희생을 막으려는 획책이었으니 모두 따라야 했다. 또한 앞으로 조금이라도 더 잘살려는 방책이기도 하였다. 백성들 처지에서 불만만 가질 수는 없었다. 당연히 따라주면서 희망에 부풀기도 했었다. 그렇게 하여 인류의 문명은 차곡차곡 쌓였다.

　조선이 세워지고 한양에 도읍이 정해지면서 도성 등이 축조될 때, 그에 따른 잡다한 일이야 오죽 많았을까? 명령 떨어지기 바쁘게 움직일 수 있는 조직은 필수적이었다. 힘의 논리로 강압적이었다면 한숨과 눈물이 따랐을 것이고, 온당하고 합리적이었다면 입에서 단내가 나도 웃음이 따랐을 것이다. 혁명이 성공한 후 새 술은 새 그릇에 담아야 한다며 도읍지 새로 정하고 도성 등 축조하는 일의 감독에 직접 나선 정도전(鄭道傳, 1342~1398)은 폭정에 힘들어하는 백성들의 편에서 혁명 일으켰다. 생각한 이상 사회를 그리면서 힘든 일 자청한 데는 이유가 있었다. 백성들 편에서 일한다는 것을 몸소 보여주고 나서 앞으로 이런 방식으로 전개될 것임을 알려주고 싶었다. 도성의 축조는 끝났으나 그는 정적에게 죽임 당하여 뜻은 접어야 했지만, 이방원(李芳遠, 1367~1422)은 집권 후 정적인 정도전이 구상한 것을 바탕으로 조선 사회를 이끌었다. 그런 이유로 분권화

된 권력 체계에서 위나 아래 어디에서건 자기 할 일만 묵묵히 하면 웃을 수 있는 사회가 되었다. 조선은 신권과 왕권이 나누어져 조화 이룬 나라였다. 그러니까 위에서부터 아래까지 각자에게 주어진 역할이 있었다. 직분에 따라 열심히 일하는 가운데 행복이 쥐어졌다. 그런 사회였으니 어찌 보면 조선은 인류역사 이래로 가장 이상적인 사회였다. 그래서 500년이라는 장구한 시간을 한 체제로 유지될 수 있었다.

조선 사회를 층위별로 나누며 사농공상이라고 한다. 이는 하는 일에 따른 분류이다. 이를 더 크게 나눈다면 관리 집단과 실행 집단이 될 것인데 사(士)인 선비 집단은 관리를 맡았고, 백성은 농공상(農工商)에 속해 직접 생산에 종사하였다. 또한 조선 사회는 신분 사회라서 위의 분류보다는 좀 더 세밀하게 살피는 것이 좋을 것 같다.

① 왕을 비롯한 최측근, ② 왕을 보좌하는 사대부, ③ 중간 관리를 맡은 중인, ④ 직접 생산을 담당하는 뭇사람들 즉 백성, ⑤ 권력자에 속해 있는 종, ⑥ 정착조차 못하는 천민. 조선은 이렇게 6단계의 사람들로 이뤄졌었다. ①에서 왕을 제외한 측근은 ②에 포함시키기도 하였다. 그리고 ③까지는 한문학을 배우고 익히면서 그에 따른 삶을 살았다. 또한 ⑥의 경우는 소수이기 때문에 그냥 묻어가기도 하였는데, 이 부류에 대해서는 뒤에 자세히 살피기로 한다.

조선의 신분은 모계(母系)에 따른다는 법령이 있다. 왕비 소생은 대군과 공주라고 했는데 후궁의 소생은 군과 옹주라고 했다. 또한 양반과 양반의 소생은 양반이 되었지만 양반과 서민의 소생은 중인이 되었다. 즉 중인은 사대부에서 파생된 사람들이었다. 양반이라고 하는 사대부가에서 서민을 취하여 얻은 자녀를 서출 또는 서얼 혹은 얼자라고도 하는데 보통 서자의 표현이 많았다. 즉 사대부가가 아닌 서민이라는 것이었다. 그렇지만 일반 서민보다는 한 층의 위에 있었다. 「홍길동전」에서 길동의 아버지는 판서이고 어머니는 종이었다. 신분은 어미 따른다는 법령으로 종의 신분이었지만 아들을 종으로 삼을 수는 없었다. 신분 상승시키는 방법이 있었다. 자기 씨를 품은 여인을 종의 신분에서 일반 백성의 신분으로 만들면 되었다. 이를 면천이라고 했다. 홍판서는 자기의 씨를 품은 종을 면천시켜 서민의 신분이 되게 하였다. 그러니까 홍길동은 태어나면서부터 중인으로 그에 따른 일에 종사하며 살아야 할 운명이었다. 소설에서는 극화하면서 아무 일도 할 수 없다고 했는데 이는 고위직의 벼슬살이는 하지 못하다는 것을 그렇게 표현했다. 즉 중인은 지방관까지는 할 수 있었다. 단지 사대부만 오를 수 있는 중앙 관리로 갈 수 없었을 뿐이었다. 그렇다보니 그에 맞는 일을 찾았다. 중인들은 하급 관리, 역관, 의원, 등을 선호하였고 학문이 높으면 후학 가르치는 일도 맡았다. 「홍길동전」의 저자 허균(許筠, 1569~1618)의 스승은 이달(李達, 1539~1612)인데 그도 중인으로서 후학을 가르쳤다. 허균의 입장에서 보면 이달의 학문이 높아 이를 온 백성 위해 펼친다면 좋겠는데 제도에 따라 어쩌지 못하고 코흘리개나 가르치는 것이 안타까웠을 것이다. 스승 이달을 생각하며 「홍길동전」 집필하였다고 한다. 큰 뜻을 바로 펴지 못하는 것을 아무것도 할 수 없다고 했을 뿐이었다.

앞에서도 잠깐 거론되었는데, 역사를 호도하는 사람들은 기축옥사의 원인을 따지면서 언제나 부르짖는 소리가 있다. 송강과 송익필(宋翼弼, 1534~1599)의 공모가 그것인데 정말 허무맹랑한 주장이다. 그 말도 안 되는 실체를 송익필이라는 인물을 살피면서 우선 온라인상의 인물 백과사전을 드려다 본 후에 하나하나 점검하기로 한다.

"본관은 여산(礪山). 자는 운장(雲長), 호는 구봉(龜峯). 할아버지는 직장(直長) 송인(宋璘)이고, 아버지는 판관 송사련(宋祀連)이다. 어머니는 연일 정씨(延日鄭氏)이다. 생애 및 활동 사항을 보면, 할머니 감정(甘丁)이 안돈후(安敦厚)의 천첩 소생이었으므로 신분이 미천하였다. 그러나 아버지 송사련이 안처겸(安處謙)의 역모를 조작, 고발하여 공신에 책봉되고 당상관에 올라, 그의 형제들은 유복한 환경에서 교육받았다. 재능이 비상하고 문장이 뛰어나 아우 송한필(宋翰弼)과 함께 일찍부터 문명을 떨쳤고, 명문자제들과 폭넓게 교유하였다. 초시(初試)를 한번 본 외에는 과거를 단념하고 학문에 몰두하여 명성이 높았다. 이이(李珥)·성혼(成渾)과 함께 성리학의 깊은 이치를 논변하였다. 특히 예학(禮學)에 밝아 김장생(金長生)에게 큰 영향을 주었다. 또 정치적 감각이 뛰어나 서인 세력의 막후 실력자가 되기도 하였다. 그러나 1586년(선조 19) 동인들의 충동으로 안씨 집안에서 송사를 일으켜, 안처겸의 역모가 조작임이 밝혀지고 그의 형제들을 포함한 감정의 후손들이 안씨 집의 노비로 환속되자 그들은 성명을 갈고 도피 생활에 들어갔다. 그러나 1589년 기축옥사로 정여립(鄭汝立)·이발(李潑) 등 동인들이 제거되자 그의 형제들도 신분이 회복되었다. 그 때문에 기축옥사의 막후 조종 인물로 지목되기도 하였다. 뒤에 또 조헌(趙憲)의 과격한 상소에 관련된 혐의로 이산해(李山海)의 미움을 받아 송한필과 함께 희천으로 유배되었다. 1593년 사면을 받아 풀려났으나, 일정한 거처 없이 친구·문인들의 집을 전전하며 불우하게 살다 죽었다. 1586년 안씨의 송사 전까지는 고양의 귀봉산 아래에서 크게 문호를 벌여놓고 후진들을 양성하였다. 그 문하에 김장생·김집(金集)·정엽(鄭曄)·서성(徐渻)·정홍명(鄭弘溟)·강찬(姜澯)·김반(金槃)·허우(許雨) 등 많은 학자들이 배출되었다. 시와 문장에 모두 뛰어나 이산해·최경창(崔慶昌)·백광훈(白光勳)·최립(崔岦)·이순인(李純仁)·윤탁연(尹卓然)·하응림(河應臨) 등과 함께 선조대의 8문가로 불렸다. 시는 이백(李白)을 표준으로 했고, 문장은 좌구명(左丘明)과 사마천(司馬遷)을 위주로 하였다. 자신의 학문과 재능에 대한 자부심이 강하여 스스로 고대하게 행세하였다. 또한 아무리 고관·귀족이라도 한 번 친구로 사귀면

'자(字)'로 부르고 관으로 부르지 않았다. 이러한 태도가 송익필의 미천한 신분과 함께 조소의 대상이 되었다. 저서로는 시문집인 『구봉집(龜峯集)』이 전한다. 시호는 문경(文敬)이다."

세조의 눈에 유자광(柳子光, ?~1512)이라는 인물이 들어왔다. 그는 서얼인데도 불구하고 스스로 발휘한 능력으로 임금의 눈에 들어 높은 관직에 올랐지만 신분의 벽 때문에 무척 힘들었다. 뒷배 든든히 받쳐주던 임금이 승하하자 극복하기 위한 수단으로 무오사화까지 일으켜 그럭저럭 견뎠지만 영원히 이어지지는 못했다. 기존 세력들은 자기들과 출신 성분이 다르다는 이유로 집중적으로 공격하였고, 열 번 찍어 안 넘어가는 나무 없는 것처럼 말년엔 결과적으로 곤두박질치고 말았다. 중종반정에 참여하여 1등 공신이 되었지만 삭탈관작되는 것은 물론이고, 그 후로 서얼이 조정에 진출하는 것까지 제도적으로 완전히 차단하는 계기가 되었다. 그런 배경 하에서 송익필을 살폈을 때 위 문장들은 이해가 안 가는 부분이 꽤나 있었다. 어떤 결론 내기 위한 말들이 포진되어 있다는 느낌만 들었다. 당시의 현실을 짚어보려는 입장에서 적이 당황되기도 하지만 그럴수록 차분히 점검해야 할 것 같았다.

하여튼 위 글에 따르면 송익필의 할머니는 천첩 소생의 딸이어서 감정은 서얼 출신이었다. 그녀와 배필이 된 송린에 대한 신분의 명기가 없지만 다른 글에서는 양민으로 되어 있었다. 그러니까 사대부가가 아닌 중인이었음을 말해주고 있다. 서로 격이 맞아 혼인했는데 둘 사이에 태어난 송사련은 미천하다고 했다. 종의 신분을 우회적으로 지칭한 표현으로 보였다. 그렇다면 감정의 어머니가 종의 신분이었다는 것이다. 그에 따른 소까지 한 입장에서 송익필의 외증조모는 일반 천첩이기 이전에 종이었다는 것인데, 감정의 아버지는 마음에 드는 종을 첩실로 들이면서 면천시켰을 가능성이 있다. 그런 과정을 거쳤다면 감정은 그냥 서얼 출신일 뿐이었다. 그랬으니까 그녀의 아들 송사련은 양민 즉 중인이 담당하던 감상감 판관의 녹봉이 주어졌을 것이다.

안씨 집안에서는 결과적으로 소장을 접수시켰는데, 그 배경과 과정을 우선 살피기로 한다. 송린의 처 감정은 안씨 집안의 종이었다. 종의 자식은 종이 되어 그 주인의 명에 따라야 했다. 주인이 면천시켜주어야만 신분이 달라졌다. 종의 아들 송사련이 벼슬한 것으로 봐 어떤 과정을 거쳤던 간에 면천되었음이 분명했다. 할머니와 아버지가 면천되었음으로 아들인 송익필은 중인으로 살면서 학식을 쌓아 조선 예학의 일인자가 되었다. 사계 김장생과 그 아들 신독제 김집(金集, 1574~1656)이 그 문하생인 것 하나만 보아도 학문이 얼마나 높았다는 것을 짐작할 수 있다. 조선은 예학의 나라라고 해도 지나친 말이 아니었다. 예학이 통하면 모든 것에서 막힘이 없는 사회였는데, 그 일인자가 중인이라는 것에 집권층은 식상했던 모양이다. 그래서 이발은 안씨 집안을 충동질하여 소를 올리게 했다. 그러자 그들은 1586년 드디어 칼을 뽑아들었다. 송익필 형제를 원래대로 종이 되게 하여 달라는 소를 올렸다. 송익필의 아버지와 할아버지는 관상감 등에서 근무한 경력이 있어, 비록 노비라도 2대 이상 양역(良役, 노비가 아닌 비 양반 신분이 할 수 있는 일)을 한 집안의 자손은 노비를 면한다는 법에 따라 소의 사건이 아닌 것을 알면서도 이발 등에게 등 떠밀리자 어쩌지 못한 채 아니면 말고 식으로 갈 데까지 가기에 이르렀다. 주류의 힘이 미친 판결은 이미 결정된 것이나 다름이 없었다. 장례원 판결사가 여러 번 바뀐 끝에 마지막엔 퇴계 이황의 제자로 문과 장원을 한 인재였지만 동인의 외곽지원 인물이 된 정윤희(丁胤禧, 1531~1589)가 그 재판을 맡았다. 그는 1586년 7월 송사련의 후손 송익필 형제와 그 자손들은 원래대로 안씨 가의 사노비로 한다는 판결을 내놨다. (1593년 사면으로 송익필은 중인 신분으로 환원되었다고 되어 있는데, 다른 글에서는 죽을 때까지 종의 신분이어서 숨어 살았다고 하였다.) 중인 신분이었던 송익필 형제의 가족은 하루아침에 종이 되자 변성명하고 모두 몸을 피했다. 이때 송익필은 낙향한 송강을 찾아가자 두 말도 않고 받아들여주었다. 그렇게 숨어 살았는데 정여립의 역모사건이 터졌다. 그때 송익필은 어디에 어떻게 있었는지에 대해서는 정확한 기록은 없다. 앞의 기록으로 봐 담양에 있었을 것이라는 추측은 할 수 있을 뿐이었다. 정여립의 난이 발각된 그해 8월 송강은 큰아들이 요절하여 장례 치르기 위하여 고양에 와 있었다. 만약 집안의 우환이 없었다면 담양에서 그대로 있었을 것인데 궁궐과 인근에 있으면서 나라의 환란에 모른 체 할 수 없어 입궐했다가 위관이 되었다. 그러면서 잃었던 힘을 다시 거머쥐었다. 그런데 기축옥사를 송강과 송익필의 작품이라고 하는 사람들은, 송강의 막강한 힘으로 송익필의 뒷배를 봐 주어서 정여립 찾아가 꼬드긴 끝에 모반 일으켰다고 했다. 종이 된 것이 억울하여 복수하려고 절치부심한 끝에 일으킨 사건이라는 것이었다.

다른 글에서는 안씨 집안은 후덕하여 적서를 안 따졌다고 했는데 그 농도가 어느 정도였는지는 모를 일이다. 조선은 열린 사회였다. 어느 한 집안이 독특한 행동으로 다르다면 이목이 집중되는 것이 조선 사회였다. 그뿐만이 아니라 국법에 벗어난 낌새라도 보이면 여기저기서 난리법석 떨었다. 특히 상층에서는 모범 보여야 하였으므로 엄격한 기준에 따라야 했다. 적서라고 하는 것의 제도적으로 마련된 장치에 안 따르고 특별함으로 일관한다면, 사대부들은 양반으로 살기 포기하라고 으름장 놓아서 도저히 견디지 못할 일이었다. 또한 형조에서는 사회 혼란시킨다며 체벌하였다. 그런 분위기였으니 서출인 당사자가 알아서 처신하게 되어 있었다. 즉 송사련의 입장에서 이종사촌들이 격의 없이 대해주었다고 하더라도 어느 정도 간격을 두고 살았을 것이다.

그런데 그 글에서는 송사련의 외가에서는 내외종간에 적서와 무관하게 덕을 베풀었는데, 배은망덕하게 무고하여 그 집안을 망하게 했다고 했다. 그뿐만이 아니고 외가의 재산을 상으로 모두 물려받았고 당상관에 올랐으며 공신까지 되었다고 하는데 이는 과장된 문장처럼 보였다. 고발하면 당하는 쪽은 멸문지화 당할 수 있다. 그러나 역모사건의 고발에는 그러한 조항이 있기는 하지만 안씨의 세를 보면 힘이 미약하여 나라가 뒤바뀔 정도는 아니었다. 그러니까 말이 역모이지 실제적으로 의미가 거의 없는 획책이었을 뿐이었다. 그저 잔물결이 인 정도라고나 할까. 그렇지만 좌시할 수만은 없었을 것이다. 법에 따른 처벌이야 당연히 따랐다. 그런 정도의 조그마한 고발 하나 했다고 해서 그렇게 많은 것을 주지는 않을 것 같았다. 멸문지화를 당하여 공중에 뜬 것과 같은 재산은 차지할 수 있다고 하지만 획기적인 벼슬과 공신이 되었다는 문구는 과장의 냄새가 풍겼다. 공신록에 남겨질 정도의 공신이 되면 상이 따랐는데 어마어마했다. 정여립의 반란에 대해서 고발한 박충간, 이축, 한응인은 1등 공신이 되면서 고을 사또에서 일약 형조참판, 공조참판, 예조판서가 되었다. 또한 부원군의 작위도 받으면서 그에 따른 토지와 전답은 물론 노비까지 딸렸었다. 송사련도 그런 상이었다면 직책이 있어야 했다. 그런데 당상관이라고만 하여 빈 강정 같았다. 정3품을 기준으로 이상을 당상관, 이하를 당하관라고 했다. 정확한 직책이 안 주어진 벼슬은 벼슬이라고 할 수 없다. 부원군작위처럼 말이다. 어찌하든 위 문장은 두루뭉수리하다. 이는 실제가 아닌 말을 만들었기 때문일 수 있다. 하여튼 송사련은 넉넉하게 살았던 모양이다. 아들들을 잘 가르쳐 놓았는데 그만한 재력이 있었기에 가능했을 것이다.

위 글에서 '초시를 한 번 본 외에는 과거를 단념하고'라는 문장이 있다. 다른 글에서는 과거를 보려다가 이해수(李海壽, 1536~1599)에게 발각되어 막혔다고 했다. 이런 문장들도 관계들을 따져들면 아리송하기만 하다. 과거는 벼슬을 전제 조건으로 하는 사대부가만 응시할 수 있었으므로 무자격자가 응시했다가는 응분의 대가를 받았었다. 그것을 모를 리 없는 송씨 부자였을 것이니 처음부터 무모한 짓을 하려고 했겠는가. 벼슬살이하는데 신분은 철저하여 세탁은 거의 불가능한 것이 조선 사회였다. 보학이라고 하여 집안마다의 내력을 자세히 공부하였었으니 누가 어떠하다는 것은 멀리서 까지 알고 있었기 때문이었다. 그리고 이해수는 송익필보다 두 살이 적었다. 특별하지 않았다면 2년을 뛰어넘기는 예사로운 일은 아니다. 희대의 천재라고 하는 송익필을 월등히 능가해야 가능했는데 과연 그랬을까 하는 생각뿐이었다. 만약 송익필이 사대부이어서 초시와 복시에 응시하였을 경우 두 살 적은 이해수가 같이 보았다면 그 하나만으로 우쭐해졌을 것이다. 그런 것이 사람의 마음이다. 그런데 송익필이 응시할 때 감독관으로 서류 심사하면서 발견하여 막았다고 한다면 이는 획기적인 일이라 할 수 있다. 그러니까 이런 문장들은 현실적으로 도저히 이해 안 될 뿐이었다. 단지 송익필의 무모한 도전을 말하고 싶은 마음에 그런 글로 꿰맞췄다고밖에는 더 이상 다른 생각은 안 떠오르는 이유가 무엇인지 모르겠다.

'정치적 감각이 뛰어나 서인 세력의 막후 실력자가 되기도 하였다.' 어찌 보면 중인에게는 해당되지 않는 문장이다. 정치와는 무관한 삶을 살아야 하기 때문이다. 하지만 이런 글이 남겨졌을 때는 어떤 이유가 있었을 것이다. 그런 것은 알아볼 필요는 있다. 사람을 사귀면서 돈과 권력 즉 코앞에서 발생할 잇속을 따진다면, 정치가 입장에서는 힘을 발휘할 수 있는 사람을 고르기 십상이다. 하지만 뜻이 바른 사람은 다르다. 그 사람의 됨됨이를 먼저 보아야 한다. 그런 면에서 송익필은 양면성을 다 가지고 있었다. 지적인 수준으로 본다면 빠지는 데가 조금도 없었다. 아니 월등했다고 해야 할 것이다. 송익필은 천재였고 학식이 높았다. 마음이 열린 사람의 입장에서 거리 두어야 할 이유가 하나도 없었다. 송강 정철, 율곡 이이, 우계 성혼은 벗으로 여기며 스스럼없이 지냈기에 송강의 지기를 꼽을 때는 율곡·우계·구봉이라고 한다. 이를 속 좁은 사람들은 현실의 이익을 쫓는 사이 멀리한 것에 따른 배가 아팠다. 자연 악의적인 말을 만들어 유포하기에 이르렀다. 송익필을 서인의 막후실력자로 둔갑시켰다. 해도 참 너무한다는 말은 이런 때 써야 할 것 같았다.

서인 운운했는데 당시에 동인들은 세를 가지고 움직였지만 송강의 벗이라 칭한 분들은 결집은 어디에도 흔적이 없었다. 송강은 조정이 갈라지는 것을 보면서 발을 동동 굴렀다. 이를 막으려고 안간힘 쓰다가 결국 미치지 못하여 4차례나 낙향하였다(낙향 자체가 세를 구축하지 않았다는 증거이기도 하다. 붕당 막으려고 심의겸과 김효원을 외직으로 보낸 것이 이를 증명하고 있다). 임금이 안타깝게 생각하기도 하였고, 어떤 특별한 계기가 있어 조정에 다시 들어왔지만, 지지세 구축하여 입고 일하지 않았으며, 언제나 혼자서 나라 위해 전심전력하였을 뿐이었다. 또한 사심을 배제하면서 정의 앞세웠기에 선조 임금의 표현대로 전당의 한 마리 호랑이었다. 동인들은 세를 구축하고 집단적으로 움직인 흔적이 뚜렷하지만 서인이라 칭해진 분들은 그 반대에 있으며 견디지 못하면 보따리 챙겼었다. 그러니까 지금 위 문장도 동인 측에서 자기들의 주관적 생각을 밝혀놓은 것일 뿐이다. 확실한 근거 가지고 작성된 글이어야 신빙성이 있는데 자기 합리화 위하여 이런저런 내용을 그럴 듯하게 나열하였다. 글의 깊이를 모르면 혹하기 쉽게 만든 덕에 사회가 온통 그 화를 안고 있음은 안타까운 일이다.

정치라는 것이 감각이 뛰어난다고 해서 하는 것은 아니다. 혼자하는 것이 아니기 때문이다. 또한 정치는 일선에 뛰어들었을 때만 행할 수 있는 것이지 막후에서 조정만 할 수 있는 일도 아니다. 아무리 혜안이 있다고 하지만 일선의 분위기까지 느낄 수 없어서 오발탄 날리기 십상이다. 율곡이나 송강이 벗인 구봉의 옳은 의견 받아들여 반영시킬 수는 있다. 그 예가 성혼은 조정에 들어가 있지 않았다. 시끄러운데 휩쓸리고 싶지는 않았지만 바로 잡고는 싶었다. 그때마다 율곡이나 송강에게 자기의 뜻을 밝혀 관철시켰다. 이를 친하였기 때문이라고 한다면 정치를 하나도 모른 사람일 뿐이다. 건전한 의견이야 하찮은 사람이 내더라도 받아들일 것은 받아들여야 하는 것은 당연하다. 바른 의견 과감히 수용하는 것이 관리자의 자세이기 때문이다. 이런 것을 가지고 막후 실력자가 되기도 했다고 하는 표현이라면 이는 악의적이다. 즉 반대의 입장에서 누군가의 무능과 흠집을 드러내 보이기 위한 표현인 것이다.

그런데 위 문장을 파헤쳐 보면 그 밑바탕에 송강이 있다. 기축옥사에서 송익필이 막후 조정하고 송강은 그저 꼭두각시처럼 행동했다는 것을 말하고 싶은 게 역력하다. 그러면서 송익필이 종으로 전락된 분풀이를 했다고 한다. 또한 송강도 정치적으로 밀린 한풀이였다는 것이다. 그것을 입증이라도 하려는 듯, 어떤 곳에서는 송강의 집에서 같이 기거하면서 조종했다고도 한다. 글쎄 수세기 전의 일을 어찌 알랴 만은 사람의 심리는 비슷하다. 오죽하면 권력은 나누려 하지 않는다는 말까지 있겠는가. 누구나 할 것 없이 자기가 가진 권력은 스스로 행사하고 싶어 한다. 송강이 아무리 둘도 없는 친구이라고 하더라도 이러라고 하면 이렇게 하고 저러라고 하면 저렇게 하지는 않았을 것이다. 만약 그렇게 했다고 하면 생각이 전혀 없는 사람이다. 하여튼 모든 것은 심증일 뿐이지 확증일 수는 없다. 둘이서 무슨 말을 했고 어떻게 반응했는지는 아무도 모른다. 이를 가지고 이런저런 말이 만들어지고 있는데 이를 다시 짚어볼 심산이다. 허무맹랑하다는 것을 보여주고 싶기 때문이다.

기축옥사가 일어났을 때 송익필은 숨어 살아가는 신세였다. 발각되면 안씨 집으로 끌려가 종살이해야 할 신세였다. 잡혀 끌려가서 주인이 시키는 대로 안 할 경우 몽둥이찜질당할 수도 있었다. 만약 그렇게 되면 폐인이 되기 십상이다. 그래서 가장 믿을 만한 벗인 송강을 찾아와 의탁하였다. 그런 처지였으니 출입은 자제하는 것이야 당연했다. 송강도 조마조마하기는 마찬가지였다. 이러건 저러건 국법 무시한 처사야 확실하였다. 악법도 법이라고 했다. 송사에서 결정된 판결 무시하고 종이 된 사람을 감싸고도는 것에 대한 문책이 따른다면 아무 말 못하고 당해야 할 처지였다. 그렇잖아도 시기질투가 심하여 조정에서 더 이상 버티지 못하고 낙향한 신세였다. 그런 일에는 조심이 첫째였다. 둘이는 그것을 알아서 근신하고 있었을 것이다.

당시 송강은 직에서 물러나 4년이나 되었다. 나라가 돌아가는 낌새가 야릇했다. 생각 같아서는 달려가 바로잡고 싶었지만 모든 것이

막혀있는 상태였다. 그저 지켜보고만 있다가는 혼란이 더욱 커질 것 같았다. 무언가 조금이라도 대비해야 한다는 생각으로 「사미인곡」과 「속미인곡」을 지었고 아울러 「장진주사」도 완성시켰다. 이에 대해서는 뒤에서 짚어볼 것이다. 하여튼 그렇게 소일하고 있는데 대과 준비하던 큰아들이 요절했다는 기별이 왔다. 부랴부랴 여장 차려 상경하였고 부모가 편안히 계신 곁에 영원히 잠들게 했다. 자식은 가슴에 묻는다는 말이 있다. 쓰리고 아린 심정 삭히고 있는데 나라의 변고가 들렸다. 야심가 정여립의 역모가 발각되어 조야가 발칵 뒤집혔다는 것이었다. 송강은 선조 임금의 뒷배에 힘입어 나라와 백성을 도모하였었다. 못마땅하게 생각하는 뭇사람들의 공격이 있을 때마다 막아주었다. 그러면서 반대하는 것을 무릅쓰고 예조판서와 형조판서의 중책까지 맡기셨다. 임금의 상처가 클 것인데 좌시할 수만은 없었다. 예를 갖추기 위해 찾아가면서 야심가의 성품과 앞으로 그가 어떻게 움직일 것인지에 대한 생각을 적었다. 그리고 임금에게 바치면서 이러저러 했으면 좋겠다는 말을 곁들였다.

여기서 잠간 쉴 겸하여 예지력(豫知力)이 남달랐던 사례를 보는 것도 좋을 것 같다. 2차 대전이 치열하게 공방전을 벌리고 있을 때였다. 아이젠하워는 육군사관학교 출신인데 진급이 퍽이나 늦었다. 잘나가는 동기는 벌써 별을 두 개나 달고 있었는데 중령의 계급으로 만족해야 할지도 모를 지경이었다. 더 이상의 진급은 물 건너간 것처럼 주위에서 말하기도 하였다. 그런데 하나의 사건이 벌어졌다. 유럽의 전세를 분석하면서 나름대로의 방안을 내놓았다. 많은 사람들은 별 시답잖은 작전쯤으로 치부했는데 단 한 사람이 관심을 드러냈다. 영국의 수상 처칠이었다. 아이젠하워가 내놓은 구상과 같은 생각을 하고 있었는데 누구를 시켜서 수행할 것인지 선뜻 떠오르지 않아 입맛만 쩝쩝 다시고 있을 때였다. 이를 알기라도 한 듯 미국의 중령에게서 그 방안이 나왔다. 처칠은 불문곡직 워싱턴으로 날아갔다. 미국 대통령 루스벨트를 만났다. 아이젠하워에게 연합군 사령관의 직책을 맡기자고 했다. 독일의 패권주의에 대항하여 같이 전쟁 치르는 국가수반의 제의였다. 거절할 아무런 이유가 없었다. 문제는 연합군 사령관은 별 다섯 개가 필수적이었다. 하루걸러 계급이 바뀌었다. 드디어 오성장군이 되었다. 그리고 유럽 전장의 모든 책임을 맡겼다. 아이젠하워는 자기의 구상대로 척척 이행했다. 그래서 2차 대전을 승리로 이끌었다.

 아이젠하워의 유럽 정세판단처럼 송강이 정여립을 보는 눈은 정확했다. 단지 그것을 알아보는 사람은 하나도 없었다. 송강의 혜안에 혀만 내두를 뿐이었는데 나중에는 어찌 그리도 딱 맞아떨어지는가를 생각하다가 엉뚱한 결론을 내렸다. 사전에 알기 전에는 이런 일이 일어날 수 없다는 것이었다. 그런 끝에 누군가의 머리에서 천재라고 소문난 송익필을 떠올렸다. 그의 각본에 의해서 송강이 연출하였으며 정여립은 아무것도 모르고 각본에 의해서 움직였다는 설을 내놓았다. 그런 말이 나오자 송강과 구봉을 눈엣가시처럼 여기던 사람의 입장에서는 눈이 번쩍 떠졌다. 순식간에 사실처럼 떠돌아다니게 되었다.

　당사자의 입으로는 밝힌 것이 없으므로 어떤 일이 어떻게 벌어졌는지는 본인들이나 알 뿐 아무도 모른다. 그런데 정설처럼 말하고 있다. 하지만 모든 일이라는 것이 일어나려면 여러 가지 조건이 갖춰져야 하는데 요모조모 따질수록 아귀가 안 맞을 뿐이었다. 앞에서도 밝혔지만 송익필은 발이 묶어 있는 상태였고 송강은 담양에서 있다가 사건 터지기 2달 전에 아들을 잃었다. 행동해야 하는 정여립과 생각을 맞출 겨를이 없었다. 설령 어떻게 짬을 내었다고 하더라도 송강과 정여립 또는 송익필과 정여립은 사이가 결코 안 좋은 관계였다. 정여립은 현실의 이익이 뚜렷하게 보일 때 움직였다. 어느 누구의 말을 순순히 듣는 성격도 아니었다. 순간 잘못하면 멸문지화를 당하는 일이었다. 아무리 가까운 사이라고 하더라도 들어줄 말과 멀리할 말이 있었다. 어찌하던 한 시대를 풍미했고 많은 사람이 따랐던 인물이었다. 또한 혁명가에게 그런 말을 하여 격을 떨어뜨릴 필요도 없는 것인데 송강 하나 이상한 인물로 만들고 싶은 마음 끝에 말을 지어냈다. 그런 것을 지금까지 정설처럼 알려지고 있음은 매우 가슴 아픈 일이다.

정여립은 율곡의 제자였다. 스승이 살았을 때는 공자에 비유하며 추켜세웠는데 죽자마자 공개적으로 헐뜯고 다녔다. 이미 사라진 썩은 동아줄을 잡고 있다가 세 구축이 확실한 측의 공격만 받을 것 같다는 판단 때문이었다. 새로 들어간 그 조직에 보탬 되기 위해서는 전위대 역할이 우선이었다. 그 어려운 일을 자청하고는 어디서건 그들의 입이 되었다. 임금이 있는 자리에서조차 스승을 욕했다. 이를 보다 못한 선조 임금은 해도 너무한다고 꾸짖었다. 그러자 그 자리에서 사죄와 더불어 정5품의 수찬 벼슬에서 물러나 향리로 내려가 대동계를 조직했다. 그리고는 임금의 씨가 따로 있는 것이 아니라며 군사를 모으고 조련하였다. 그렇게 개성이 강하며 뚜렷하고 목적을 위해서는 돌출 행동도 서슴없이 하는 인물이니 남의 말에 따라 행동했다는 것은 성미에 안 맞았다. 또한 송강과는 물과 기름 같은 사이었다. 그런 사이에 송강이나 송익필의 뜻을 전달하여 움직인다는 것은 상상을 못할 일이다. 그러니까 정여립이 남의 장단에 춤추어야 할 이유가 전혀 없는 데도 그런 설에 현혹되어 정설로 굳었다는 것이 왜인지는 모르겠다.

　정여립이 최종적으로 교류한 사람들은 동인이었다. 송강을 퍽이나 싫어하고 미워하여 평소에 엉뚱한 짓을 서슴없이 하였었다. 그뿐만이 아니었다. 불충스럽게도 임금에 대해서는 좋지 않은 말들을 서로 나눴다. 그 증거가 편지였다. 정여립을 체포하려다 자살로 끝나서 실패했지만 가택 수색한 압수물을 임금에게 바쳤는데 그 안에 불충한 내용들이 상당하였다. 증거를 들이대며 심문하는 가운데 숨이 넘어갔다. 그러니까 기축옥사의 화는 어찌 보면 필화(筆禍)사건이었다. 처음 취조하다 요절한 사람들은 모반에 직접 가담한 사람들이었고, 그 후에는 편지로 임금을 헐뜯은 사람들이었다. 이들의 면모를 보면 이렇다. 이기, 황언윤, 방의신, 신여선, 이진길, 이발, 이길, 이급, 백유양, 유덕수, 정개청, 이황종, 김빙, 최여경 등이다. 그러니까 이들은 어찌 보면 죽을 짓을 한 사람들이었다. 이들에게는 퍽이나 다행스럽게도 송강에게 모든 죄를 덮어씌우면서 하나같이 죄가 묻어짐은 물론이고 충신으로 환골탈퇴하였다. 그런 과정에서 그들을 신원시킨 사람들은 송강이 많은 인물들을 엮었다고 주장하였다. 그들을 부추긴다고 선조 임금은 자기는 그들이 원래부터 충신인 것을 알고 있었지만 송강이 위관으로서 개인 감정대로 마구하는 것을 막지 못했다고 했다. 편지글을 읽으며 몸을 부들부들 떨 때와는 아주 딴판이 되어 죽은 원혼을 달래주는 것은 물론이고 벼슬을 후하게 하사하며 사죄하였다. 그렇게 하여 임금이 지은 모든 죄는 묻어버렸다. 덕분에 전혀 무관한 송강만 덤터기를 뒤집어쓰고 지금까지 눈을 못 감고 있다.

5. 알면 실천한다

　_송강은 일찍이 글을 써서 아들들에게 주었다.

"편화불기지어옥면, 옥면불기지어구마, 기계후사지의지의(鞭靴不
己至於玉帛, 玉帛不己至於裘馬, 其戒後嗣之意至矣, 가죽 채찍과 신
을 몸에 거부하지 아니하면 비단에 구슬을 박으려 하고, 비단에 구슬 박은 몸
을 거부하지 아니하면 부유의 상징인 갑옷과 말을 찾게 되는데, 이들을 경계
한 후에야 이어지는 뜻을 이룰 수 있다)."

　이 글을 아들들은 금과옥조로 여기면서 하나하나 경계하였는데
송강 자신도 철저하게 그에 맞는 삶을 살았다. 그러다 보니 직위가
올라갔거나 힘이 있다고 하여 이를 남용하지 않았다. 순수한 인간
으로 살려고 무진 애를 썼던 것이다. 또한 공직에 임하여서는 나라
와 백성을 생각할 뿐이었다. 소탈하기 이를 데 없었지만 결정적인 순
간에는 과단했다. 그리고 그에 따른 이해득실은 전혀 개의하지 않았
다. 이런 것이 여기저기 보이는데 그 예를 몇 가지만 찾기로 했다.

　1562년 3월 21일 별시 문과가 있던 날이다.

"상감마마 우의정 납시었습니다."

"듭시라고 하시오."

"상감마마 별시의 답안지를 모두 거두었습니다. 내려주신 주제를

보고 의외라 생각하여 적이 당황하는 자도 있었는데, 모두 소신껏 제출해서 가지고 왔습니다. 미리 하나하나 살펴보았는데 대체로 비슷한 내용의 문장이었고, 그중에 특이한 게 하나 있었습니다. 신유 진사 정철은 송나라 주희의 글을 인용하여 천하의 근본은 백성에게 있다고 하였습니다. 이어지는 글이 좋을 뿐만이 아니라 정사에 받아들인다면 유익할 듯하였습니다."

"그래요. 그렇다면 정철을 장원으로 하면 되겠군요. 우상의 소신 대로 하시구려. 그런데 정철이라면 형님이신 인종의 귀인 정 씨의 아우 아니던가요?"

"그렇습니다. 을사사화에 화를 입은 정유침의 아들입니다. 그의 형 이조정랑 정자는 고문의 장독(杖毒)이 퍼져 귀양지에 가던 도중 죽었지요. 아까운 인재 한 사람을 잃은 형국이 되었습니다."

"그래요. 내가 생각한 그 사람이 맞구먼 맞아. 정철이 맞아. 아! 그가 장원을 했구먼. 장원을 했어. 원체 영민한 사람이라 이제나 저 제나 했는데 이렇게 소식 듣게 되다니! 이게 꿈은 아닐 터, 춤이라도 추고 싶소이다."

"……."

"우상 그 사람은 내 어릴 때 소꿉친구였다오. 피붙이같이 지낸 친구였다오."

"그런 일이 있었습니까!"

"어찌 변했는지 달려가 보고 싶지만 참아야 하겠지요."

"……."

"우상. 부탁 말씀을 해야 할 것 같소."

"……."

"다름이 아니고 장원급제자 수여식을 지금의 장소가 아닌 다른 데서 했으면 하오. 내가 볼 수 있는 곳에서 말이오. 그리하면 멀리 서나마 소꿉친구의 장원을 볼까하오. 배려해 주시오."

"그리 어려운 일도 아니니 그리 조치하겠습니다."

"고맙소. 그리고 말이오, 하나 더 있는데……."

"……."

"잔치 베풀 음식을 하사했으면 하오."

"마마 장원 급제자에게는 원래 하사하게 되어 있습니다."

"압니다. 알고 있습니다. 그것은 공식적인 것이고 지금 말하는 것은 내 소꿉친구에게 마음을 보내고 싶다오. 특별히 준비해서 보냈으면 하오. 이리 기쁜데 가만히 있으면 되겠소? 그래서 부탁하는 바이니 들어주시구려."

"마마의 뜻이 그러 하시다면 하는 게 마땅한 일이지요. 돈령부에 알리겠습니다."

"그리해 주신다면 고맙겠습니다. 넉넉히 보내시기 바랍니다."

이렇게 하여 하사된 것을 송강은 임금에게 누가 된다며 사양하였다. 정해진 것으로도 과분하여 황송하다는 말에 주위에서 혀를 내둘렀다.

재산 탐한 경양군 이수환(李壽環)이 처조카를 죽였다. 경양군은 성종 임금의 아들인 이성군 관(慣)의 장자여서 상감과 사촌 사이었다. 평소 돈독하게 지냈는데 임금으로서는 상상조차 할 수 없는 일이 발생한 것이었다. 당시 법으로는 죽음을 면치 못할 지경이었는데 임금은 어찌하던 살리고 싶은 마음이 들었다. 이런저런 궁리 끝에 소꿉친구였던 정철이 머리에 떠올랐다. 누구보다 쉽게 말할 수 있을 것 같았고, 어릴 때 정을 생각하여 부탁하면 들어줄 것도 같았다. 그런데 정철은 이제 막 과거에 급제하여 성균관 전적 겸 지제교로 일하고 있었다. 정철이 힘쓸 자리도 아니고 처지도 아니었다.

상감은 정철을 사헌부 지평의 자리로 옮긴 후 부탁하기로 했다. 그리고 곧장 조처하였다. 정철이 성균관에 들어가 일하려다 보따리 챙겨 사헌부로 갔다. 옮기기 바쁘게 경양군 사건 처리의 주무자가 되었다. 경양군 사건은 종친이 저지른 사건이라 세인은 물론이고 대소 신료와 궁중의 모든 사람이 초미의 관심 사항이었다. 일각을 지체할 수 없어 정철은 밤을 낮 삼아 일하는데 하루는 밤이 이슥한데 임금이 슬며시 나타났다. 일이 거의 마무리되어 내일쯤 결과 보고하려던 참이었다.

"아니, 마마께서 어인 일로⋯⋯! 늦은 이 시각에 납시니 몸 둘 바를 모르겠습니다."

"무슨 말이오. 신하가 늦은 시각에 일하는데 임금이 편안히 있을 수 없어 둘러보다 왔을 뿐이오. 지나는데 불이 켜 있었고 경이 일할 것 같아 발길이 이끌렸다오."

일부러 찾아왔으면서도 불빛에 이끌려 왔다고 말했다. 자연스레 풀고 싶은 마음에서였다.

"소신이 심려 끼쳐드린 것 같습니다. 용서만 바랄 뿐입니다."

"무슨 말씀을, 그리 서 있지만 말고 이리 앉으시구려. 오랜만에 회포나 풉시다."

"무슨 그리 황공한 말씀이신지? 저는 오직 신하일 뿐인 것을."

"오랜만에 어릴 때 다정히 지내던 시절의 이야기나 합시다. 벌써 수십 년 지난 것 같군요. 공과 손을 맞잡고 산속을 헤집고 다니던 것이⋯⋯."

"그런 말씀은 거두어 주십시오. 제가 어떻게 마마와 손 맞잡았던 것을 다시 말할 수 있겠습니까?"

"아니오. 아니오. 지금 이 자리는 왕과 신하가 있는 게 아니오. 단지 어릴 때 소꿉친구가 지난날을 회상하는 자리일 뿐이었으면 하오."

"천부당만부당한 말씀이십니다. 저는 오직 전하를 모시는 신하입니다."

"허어 참 매정한 성격이구먼. 어릴 때가 그리워 말하는데 이리 뿌리칠 수가 있는 거요. 공과 같이 있을 때가 참 좋았었지요. 공을 이리 해후하기 전에도 가끔 생각나 무척 그리웠다오."

"황공무지로소이다."

"그런데 말이오. 이번 사건에서 경양군의 목숨만은 살려주었으면 하는데……."

"마마 무슨 말씀이신지 소신은 모르겠습니다."

"……."

"소신이 알기로는 법은 만인에게 공평한 것입니다. 어떤 사안에 누구는 살리고 누구는 죽이는 것을 담당자가 결정한다면 법은 있으나 마나 합니다. 그래서 소신은 지평으로 있는 한 법전의 기록에 따라 처리할 심산입니다."

"계함! 그리 완강한 생각은 버리고 조금은 여유 가지고 처리해 주시오. 임금이기 이전에 하나의 사람으로 정이 앞서는 것을 막을 수가 없구려. 그래서 부탁인데 사건을 유야무야 시켰으면 하는 것도 아니고 단지 목숨만은 붙여주고 싶은 게 이 사람의 심정이라오."

"마마, 법은 위에서부터 지켜야 합니다. 사사로운 정에 이끌려 가감하다 보면 유명무실한 법으로 전락되기 십상입니다. 법전의 적용이 들쑥날쑥하다 보면 기강이 해이해져 나라 지탱하기 힘들어집니다. 마마를 위해서 철저히 지켜져야 한다는 게 소신의 생각입니다.

헤아려 주시기 간절히 바랍니다. 마마!"

"……."

임금은 확답을 받고 싶었으나 정철은 원칙을 주장하며 한 치의 양보도 할 기미조차 보이지 않았다. 답답함이 더해지는 것 같았다. 운만 띄워놓고 가면 생각이 달라지겠지 하는 기대는 그대로 두고 발길 돌렸다. 혼자 남은 정철은 고뇌에 젖었다. 어릴 때를 생각하거나 이제 갓 임관한 신하에게 상감이 은근히 속내 들어 낸 것을 생각하면 어떠한 부탁도 들어주어야 하지만 나랏일이었다. 사사롭게 이랬다저랬다 할 일이 아니었다. 답답한 마음에 하늘만 쳐다보았다. 더 이상 망설이면 마음만 흔들릴 것 같았다. 또한 임금께서 다른 데 알아볼지도 모를 일이었다. 사전에 막아야 할 것도 같았다. 미어지는 가슴 짓누르며 국법에 따르는 길을 택하기로 했다. 죄인이지만 사람임에는 틀림없을 터, 사람 살리는 일에 동참하지 못하는 것은 가슴 찢어지지만 직분이 그런 것을 어찌하겠는가!

정철은 대과에 응시하면서 임금을 힘껏 보필하여 성군으로 이름이 길이길이 남을 수 있게 한다고 다짐하고 또 했었다. 백성을 먼저 생각하는 정사가 펼쳐질 때 그리 될 것이다. 사사로운 정에 이끌린다면 절대 못 할 일이었다.

경양군 부자는 힘이 부족한 처조카가 가진 재물을 빼앗으려다 마음대로 안 되자 금수처럼 죽이고 말았다. 힘이 미약한 백성은 부지

기수, 그들이 기댈 곳은 나라뿐이다. 법에 쫓아 살고 있는 백성이라 힘이 많은 임금 곁에 있는 종친이 인면수심으로 저지른 사건에 촉각이 곤두서 있었다. 이런 때 유야무야 처리한다면 믿을 곳이 없다고 생각하기 십상이다. 백성의 마음이 떠나는 것은 한 순간이다. 이래저래 법을 쫓아야 한다는 생각으로 정철은 마음 굳히면서 뜨거운 눈물을 펑펑 쏟았다.

정철이 피눈물 쏟으면서도 소꿉친구를 성군으로 만들겠다는 신념 하나만은 변함이 없었다. 임금은 우선 아플지 몰라도 세월 흐르면 뜨거운 마음을 이해할 날이 있을지도 몰랐다. 아니면 영원히 감춰질 수도 있었다. 이렇든 저렇든 임금을 위한 일임으로 그저 묵묵히 행하기로 했다. 이왕 집행할 것 곧장 하는 게 좋을 것 같았다. 미적거리면 이런저런 말이 오갈 수 있고, 누군가 입장 난처해지는 일이 일어날지도 모를 일이었다. 내일 날이 밝으면 집행하는 쪽으로 정철은 가닥을 잡았다.

경양군 부자를 살려준다는 말은 듣지 못했지만 뜻이야 전달했으니 무언가 달라지겠지 하며 임금은 귀를 쫑긋 세우고 있었다. 그런데 다음 날 처형했다는 보고를 들어야 했다. 정철의 마음을 몰이해한 임금은 섭섭한 마음이 우선 앞섰다. 소꿉친구라면 스스로 알아서 처리했어야 하는데 찾아가 은밀히 부탁한 것조차 매몰차게 거절했다. 아무리 생각해도 괘씸할 뿐이었다. 즉각 인사 조치하기로 했다. 정철은 4월에 한 등급 낮은 정 6품의 형조좌랑이 되었다. 3월 21일 별시에 장원급제한 후 세 번 째 자리로 이동한 것이었다.

임금은 섭섭한 마음을 두고두고 간직하고 있었다. 한 자리에서 지긋이 일하는 것조차 싫어졌다. 7월 예조좌랑으로 조치했다가 8월 보령현감이란 외직으로 내몰려고 작정했다. 그리고 얼핏 생각할 때 고을 사또가 되어 편안히 지낼 것 같았다. 괜히 불편한 심기가 들어 곧 바로 내직인 전적의 교지를 내려 주저앉혔다가 9월 다시 예조좌랑으로 복귀시켰다.

그리고 한동안 잊고 지낸 듯 예조좌랑의 직에서 15개월 동안 머물게 한 다음 해 12월 정철을 같은 직급이지만 그보다 낮다고 생각되는 공조좌랑으로 전보발령 했다. 임금의 마음이 풀릴 기미가 보이지 않는 가운데 7개월 후 병조좌랑이 되었다가 한 달 후 다시 공조좌랑의 직을 맡았다. 뚜렷한 것은 아니지만 요직을 맡기지 않은 좌천의 길을 걸으면서도 정철은 묵묵히 해내었다. 그래도 다행인 것은 늦게나마 승진시켜 준 것이었다. 공조좌랑으로 복귀된 지 한 달 후인 1564년 8월 정5품인 공조정랑이 되었다.

강원관찰사 시절이었다. 송강은 민생을 살피려고 자주 나갔다. 하루는 연곡천에 갔는데 식사 때가 되어 민초들이 끓여주는 물고기 찌개의 새로운 맛에 밥 한 그릇을 게 눈 감추듯 비웠다.

장마철이었다. 자기들의 생활상을 달라지게 만든 관찰사가 갑자기 나타났다. 잔치라도 벌리고 싶은데 일기 불순하여 며칠 동안 고깃배가 나가지 못해서 염반을 내놓아야 할 정도였다. 민초들은 송구한 마음에 머리 맞대었는데 한 사람이 의외의 제안을 내놓았다.

"우리는 바다에서 고기를 잡아먹는데 저어새는 연곡천에서 고기를 잡아먹습니다. 바닷고기만 고기가 아닐 것입니다. 민물고기도 고기일 것입니다. 우리 그것을 잡아서 대접하면 어떨까요."

"우리도 먹지 않는 고기를 어떻게 관찰사께 올린단 말인가? 그게 맛이라도 없다거나 잘못하여 알려진다면 물고 받을지도 모를 일 아닌가."

"정 관찰사는 다른 분하고는 다릅니다. 우리를 이다지도 생각하시는 분인데 그렇기야 하겠습니까? 제가 이리저리 듣자니 소탈하시기 이를 데 없는 분이라고 합니다. 무엇이든 가리지 않아 지금까지 먹는 것으로 문제 삼은 일이 한 번도 없다고 들었습니다."

"그래, 그렇다면 한 번 해봄 직한 것도 같구먼."

"아무래도 염반보다야 나을 것 같습니다. 대접이 소홀하다며 물고 내려 한다면 무엇을 올려도 마찬가지일 것입니다. 한번 해보는 것도 좋을 같습니다."

처음에는 안 된다는 의견이 지배적이었는데 이번 관찰사는 다른 사람하고는 다르다는 데 의견을 같이 하면서 한번 해보자는 쪽으로

5. 알면 실천한다

기울었다. 그렇게 하여 모두 발 벗고 연곡천으로 들어갔다. 바다에서 큰 고기만 잡던 손으로 보잘 것 없이 작은 것을 잡으며 시답잖아지지만 자기들이 받들고 싶은 관찰사의 반찬으로 쓰일 것이라 온 정성을 기울였다.

찌개가 끓여져 백성들이 돌아가며 맛보았을 때 먹음 직했다. 소탈한 분이라면 아무 탈 없이 잘 넘어갈 것도 같았다. 상 들여보내고 조마조마하게 지켜보았다. 별 다른 기색 보이지 않고 잘 먹는 것을 보고는 가슴 쓸어내렸다. 그런데 식사 마친 관찰사는 소리쳐 불러놓고는 말했다.

"처음 먹어보는 찌개 맛인데 참 맛있구려. 그 고기 이름이 무엇이오."

자기들도 먹지 않았던 것을 지엄하신 관찰사에게 올린 게 께름칙하였는데 그런 것을 따지려는 것 같아 진땀이 절로 나왔다. 자기도 모르게 사죄부터 했다.

"관찰사 나리, 죄송합니다."

맛이 좋아 치하하고 싶은 마음에 물었는데 죄송하다는 말을 하는 것이 이상한 송강이었다. 말귀가 막힌 게 아닌가 싶어 되물었다.

"탕이 일품이던데 그 고기 이름이 무엇이오."

일품이라는 말에 적이 마음이 놓였지만 이름조차 모르는 것이라 송구할 뿐이었다. 달리 할 말이 없어 같은 말을 되풀이했다.

"나리, 죄송합니다."

"아니, 왜 그러시오. 나는 맛있게 먹고 다음에 다시 먹고 싶어 고기 이름 기억하려는 것인데 죄송하다는 말만 하니 듣기 민망하구려."

"나리! 실은 저희도 그 이름을 모릅니다."

"무슨 말을 하는 것이오. 여기서 잡아 끓인 것 아니오. 그런데 이름을 모른다니……."

"장마철이고 바다가 거칠어 며칠 동안 바다에 나가지 못했습니다. 이런 때 납시었으니 저희들은 대접할 게 하나도 없었습니다. 부득이 연곡천에 있는 조그마한 물고기를 잡았는데 사실을 말씀드리면 저희들은 그 물고기를 누구도 먹지 않았습니다. 그래서 이름을 모릅니다. 송구할 뿐입니다."

"그랬구려. 처음 먹는 것이지만 맛이 일품이던데, 하여튼 잘 먹었소. 그 물고기 보았으면 좋겠는데 볼 수는 있는 것이오."

"지금 여기엔 없지만 연곡천에 나가면 됩니다."

"그래요. 그렇다면 한번 나가 봅시다."

연곡천에 나가자 저어새가 부리를 집어넣고 다니면서 꾹 집어 잡아먹고 있었다. 지천으로 있는 듯 연신 입속으로 들어갔다. 이를 보고 있던 관찰사 송강은 그 고기 이름을 '꾹저구'로 했으면 좋겠다고 했다. 물고기가 이름을 얻는 순간이었다.

전라관찰사가 된 송강은 초도순시에 들어갔다. 남쪽 끝의 고흥군에 갔을 때 백성들이 심한 기아에 고통당하고 있는 것을 목격하게 되었다. 수행원에게 이유를 묻지 않을 수 없었다.

"지난해 한발(旱魃)이 극심하여 농작물 흉작으로 이어졌습니다. 백성들은 가난하여 곡식을 쌓아놓고 먹는 처지가 아니니, 지금까지 어찌어찌하여 연명했을 테지만 벌써 떨어져 저렇습니다. 매년 보릿고개가 무섭다고 하는데 올해는 더욱 심한 것 같습니다. 앞으로 몇 달은 더 버텨야 하는데 길이 막막할 뿐입니다."

"환곡(還穀)은 어떠한가?"

"그것도 바닥난 지 이미 오래되었습니다."

"그렇다면 저 사람들은 어떻게 하란 말인가?"

"……"

"저 사람들 굶어 죽게 생겼는데 손을 놓고 있어야 한단 말인가?"

"……"

"이거 안 되겠구먼. 군창미(軍倉米)를 써야겠구먼."

"그것은 전쟁이 일어났을 때 군인들이 먹어야 할 곡식입니다. 어명이 있다면 모를까……."

"알고 있네. 어명 기다리다 하늘같은 백성 모두 죽으면 무슨 소용이 있단 말인가. 백성 살리는 게 관찰사의 일일세."

"그렇기는 하지만 조정에서 알면 가만히 있지 않을 것입니다. 깊이 생각해 주시기 바랍니다."

"아무렴 깊이 생각해야지. 음. 음. 음. 아무리 생각해도 저 사람들 굶어 죽게 할 수는 없어. 책임은 내가 질 터이니 사또에게 곧장 연락해서 가져다가 먹이도록 하게. 다른 수령에도 연락하여 조금이라도 도우라 하면 좋을 것 같네."

관찰사 송강은 말도 안 되는 것으로 탄핵을 입자 모두 버리고 낙향했다. 임금의 특명에 의해 관찰사가 되었으면서도 전혀 개의하지 않고 백성은 살려야 한다는 일념으로 과감히 결정했다. 덕분에 고흥의 백성들은 아사(餓死) 직전에서 벗어날 수 있었다. 가을 추수 마치고 여유 찾게 되자, 자기들이 살아남았다는 게 꿈만 같이 생각되었다. 모두 죽었어야 할 몸이 살아 숨 쉬고 있음은 관찰사를 잘 만났기 때문이었다.

그뿐만 아니었다. 들쑥날쑥하던 각종 세금이 공평히 부과되어 스스로 팔을 걷어붙였고, 부역까지도 균일하게 이뤄져 백성은 마음 편안히 지낼 수 있었다. 전에는 생각지 못하던 일이었는데 정 관찰사를 만나자 요순시대에 사는 것 같았다. 전라도 백성 몇 사람만 모이면 영원했으면 좋겠다는 말이 자연스럽게 나왔는데 하늘같이 믿었던 분이 일 년의 임기도 다 못 채우고 내직으로 자리를 옮겼다. 심히 안타깝지만 나라에서 하는 일이었다.

새로운 관찰사가 부임하고 얼마 되지 않아서부터 정 관찰사가 시

행하던 공평한 세금이 예전처럼 들쑥날쑥해졌다. 또한 시도 때도 없이 부역이 이뤄지고, 원체 자주 차출되는 부역이라 약한 사람이 더 떠안았다. 그럴수록 송강을 칭송하는 소리가 여기저기서 나왔다. 그러던 차에 고흥 누구의 입에서인지 모르게 영원히 잊지 않게 징표를 세우자는 말이 나왔고 모두 고개 끄덕이게 되었다.

"우리 정 관찰사를 영원히 안 잊을 영세 불망비를 세웁시다."

"그렇게 합시다."

"집집마다 놋그릇이 있을 섭니다. 하나씩 거두어 녹여 만들면 좋을 것 같습니다."

"그거 좋은 안입니다."

"거둔 것으로 각 고을마다 만들면 어떨까요."

"그것도 좋은 생각이네요."

"그렇게 합니다."

그리 결의하여 놋그릇 모으기 시작했다. 여유 없는 사람은 수저 부러진 것이라도 들고 나왔다. 쌓인 그릇이 산을 이루어 11개 큰 마을에 각각 영세 불망비를 건립하였다. 그런데 일본 제국주의 시대에 전부 철거하여 군수공장으로 들어가 흔적(痕迹) 없이 사라졌다. 오직 남면의 석비(石碑)만이 남아 있어 그 당시를 말해주고 있다. 어떻게 그 석비로 바뀌었는지는 알 길이 없어 안타까울 뿐이지만.

송강에게는 가보처럼 여기는 주전자가 있었는데 실수로 깨트리고 말았다.

하루는 멀리서 손들이 찾아왔다. 술상 차리면서 평소에 퍽이나 아끼는 주전자에 담아오기를 당부했다. 웬만하면 쓰지 않는 주전자이나 어려운 걸음을 한 벗임으로 특별히 생각한 나머지였다. 친구들도 그런 주전자를 볼 수 있고 그에 담겨진 술을 마실 수 있다는 것에 기대 부풀어 있는데 어처구니없는 일이 벌어졌다.

여자아이가 술상 들고 나오다 돌부리에 발이 걸려 넘어졌다. 주전자 깨지며 벼락 치는 소리를 내었다. 모두 놀라 이구동성으로 말했다.

"저런 저런 저저 주전자 어쩌지"

그런데 주인인 송강의 입에서는 생판 다른 소리가 나왔다.

"예야, 네 몸 다친 데는 없느냐?"

"죄송합니다. 죽을죄를 지었습니다. 용서해 주십시오."

"몸 다친 데는 없는가 보구나. 몸만 괜찮으면 되었다. 그깟 주전자는 깨질 수도 있는 것 아니냐! 너무 마음 쓰지 말거라."

곁에서 지켜보고 있던 사람들은 송강의 말에 혀를 내둘렀다. 그리 애지중지한 것이라면 잃게 된 것에 무의식적으로 화나는 것인데 전혀 그런 기색이 없었다. 평소에 보물처럼 생각하던 것과는 달리 일언반구 없다는 것은 상상을 초월한 언사였다. 사람을 보물보다 사랑하는 마음이 투철한 데서 그리 되었을 것이란 생각에 절로 숙연해졌다.

6. 시묘살이와 연공서열

　　_한직으로만 돌던 송강은 선조 임금이 등극하여 신바람이 났다. 사람은 자기를 알아주는 사람을 만나면 목숨 바쳐도 즐거운 법이다. 임금의 신임이 두터워지자 콧노래가 절로 나오는데 부친상을 당하였다. 나랏일이 더 크다는 명분으로 시묘살이 안 할 수도 있었는데 알면 반드시 실행하는 송강은 임금의 제가를 얻었다. 삼년상 마치고 복귀하자마자 모친께서도 부친을 따라가셨다. 다시 무덤 밑의 움막으로 들어갔다. 그런데 그에 따른 후유증이 어마어마했다.

　시묘살이 하는 동안의 정치 공백 5년은 퍽이나 컸다. 그동안 동서가 분당되어 송강은 발만 동동 굴러야 했고, 연공서열에 밀려 이산해(李山海, 1539~1609)보다 처지면서 건저사건까지 당했다. 그 사건으로 인하여 선조 임금은 정적으로 삼았다. 그런 일만 없었다면 왜곡된 상태로 기축옥사의 화를 떠안지도 않았을 것이다. 동서로 나뉜 근본적 원인에 대해서는 설이 많지만 송강의 성격과 당시에 임금의 신임 등을 감안하면 미리 막을 수도 있었을 것이다.

　이산해는 송강보다 3년 연하였지만 과거는 1년 빨랐다. 하지만 장원급제하고 병과 급제는 하늘과 땅의 차이였다. 장원급제자는 정5품으로 시작하고 병과급제자는 정6품도 잘 풀릴 때 가능했다. 병과 급제한 경우는 대개 지방 수령하다 끝내는 경우가 허다한데 이산해는 외교문서 담당하는 부서인 승문원에 등용되었다. 그 직급에 대해 확실히 밝혀 있지 않았는데 정6품 교검이나 정7품 박사였을 것이다.

하여튼 이산해는 남달랐다. 송강이 시묘살이와 낙향하는 동안 연공서열이 정지하고 있을 때 추월하여 송강이 좌의정일 때 영의정이었다. 그리고는 그 직위를 이용하여 임빈 김씨의 오라버니 김공량(金公諒, ?~?)에게 거짓 정보 흘리면서, 신성군의 생명을 담보로 하여 줄타기하였다. 그 공작이 얼마나 철저하였던지 임빈 김씨는 만약을 생각하여 송강과 평소 가까이 지내던 분들을 골아 통혼하였다는 설까지 있다. 만일 이산해의 말이 현실로 되었을 때 생명 유지하기 위한 방편이었다고 하니 얼마나 철저했는지를 알 수 있을 것 같다.

만약 송강이 눈앞의 이익만 쫓았다면 시묘살이는 물론 낙향하지도 않았을 것이다. 양친의 삼년상 모두 마치고 다시 조정에 들어 간 지 5개월 만인 1575년 11월 사직서 올렸다. 분위기 너무 바뀌어 바른 일할 여건이 차단되었기 때문이었다. 이를 본 임금은 특별히 생각하여 제안하였다. 앞으로 중책 맡길 터이니 그대로 있어 달라는 당부였다. 아무리 임금의 신임이 두텁다고 해도 일할 수 있는 여건과는 무관하였다. 임금의 제의 거절하고 1차 낙향하고 말았다. 어찌지 못한 임금은 낙향 중의 송강에게 조정에 복귀하라며 하사한 벼

슬이 숱하게 많았다. 부응교, 사성, 집의, 선공감 정, 응교, 종묘서
령, 상의원 정, 군기시 정, 집의, 내첨시 정, 직제학, 장악원 정, 교
서관, 판교, 직강, 제용감 정, 등이었다. 한 가지 직을 몇 번 내리기
도 했으나 모두 응하지 않았다.

그러다가 집안에 큰일이 생겼다. 을사사화에 연루되어 죽임 당한
계림군의 부인인 막내 누님이 1577년 11월 돌아가셨다. 장례 모시
려고 귀경하였다. 까마귀 날자 배 떨어진다는 말이 있다. 때를 맞
춘 듯 인종의 정비인 인성 왕후께서 돌아가셨다. 국상 당하여 지적
에 있는 신하가 궁에 들어가는 것이 당연했다. 문상차 들어간 궁중
에서 임금과 마주했다. 그 자리에서 직첩 내리는 것을 사양만 할 수
없어 43세 되는 1578년 1월 다시 벼슬살이에 들어갔다. 그러나 그
벼슬살이도 그리 오래 가지 못했다. 여전히 바른 일할 여건이 안 되
었음은 물론 탄핵까지 입어 도저히 버틸 재간이 없었다. 어쩌지 못
하고 1년 반 만에 사직서 올리고 낙향했다. 임금도 송강의 처지가
이해되었다. 내직에서 버티기 곤란하다는 것을 알고 2차 낙향한 3
개월 만에 강원관찰사를 맡기셨다. 당시 임기는 1년이었는데 1개월
더 한 13개월 후에 내직으로 불려들어 갔는데 다시 탄핵이 빗발쳤
다. 또 6개월 만에 3차 낙향하자 4개월 후 전라관찰사를 맡기셨다.
그리고 10개월 후 내직으로 불러들여 3년 동안 선조 임금은 바람막
이 역할을 단단히 했으나 쏟아지는 탄핵으로 4차 낙향하고 말았다.

연공서열상 파격적인 인사라는 평을 받으면서 예조판서와 형조판서를 거친 상태였다. 강원, 전라, 함경 감사를 마쳤다. 다시 외직 맡길 수는 없었을 것이다. 그렇다고 하여 정승의 서열은 안 되었다. 어쩌지 못한 듯 방치된 채 4년을 보냈다. 그런 공백기가 있는 동안 이산해에게는 기회가 되어 송강 위에서 군림할 수 있었다.

또한 정치적으로 이산해와 같이 했던 유성룡은 송강보다 6살 연하이고 벼슬살이도 6년 늦었다. 그도 장원급제자는 아니었다. 그러므로 이산해와 비슷하게 시작하였을 것인데 송강이 스스로 택한 공백기를 이용하여 서열이 같아지자 정적으로 생각하고는 송강을 구렁텅이에 몰아넣었다. 그 외에 정적으로 변한 이발은 8세 연하이고 대과는 12년 늦은 장원급제자였다. 모두가 송강과 차이를 연공서열 공백기에 만회하였으니 그런 것을 생각했다면 시묘살이는 물론 사직서는 안 올렸을 것이다. 이 하나만을 보면서도 송강의 성품을 알 수가 있어 옷깃을 여미지 않을 수가 없었다.

지금까지 살핀 것과 차원이 다른 사항이 있다. 누차 말하지만 붕당과는 무관한 송강인데 그것까지도 덮어씌우고 있어 동서분당에 대해서 살피려고 한다. 역사에 가정은 없다고 하면서도 조선에 당파가 없었다면 하는 말이 쉽게 들리는 것이 사실이다. 그러면서 송강을 그 중앙에 놓고 이런저런 가정하에 늘어놓는 경우가 허다하다.

그래서 말인데 알면 반드시 실천했던 성품으로 시묘살이 하셨을 것 같은데, 만약 많은 사람들처럼 출세가 최우선적으로 생각되어 효행은 뒷전에 두었다면 하는 생각까지 해보았다. 송강께서 하신 것을 보면 내직에 있을 때 붕당이 시작되었다면 어찌하던 막았을 것이다. 그랬다면 역사가 바뀌었겠지만 송강은 연이어 시묘살이 마치고 5년 후 조정에 들어왔을 때는 이미 물 건너간 뒤였다. 하고 싶은 말을 가슴에 담아놓고 있지 못하는 성미에 되돌리려고 할 때마다 신진사류의 눈엣가시가 되었다. 결과적으로 못 견디고 낙향했는데 그 붕당의 설이 가지가지여서 그 가운데 하나를 사계 김장생은 송강의 행록 지으면서 기술하였다. 아마 그 당시도 붕당의 책임이 송강에게 있는 것처럼 말했기 때문이었을 것이다. 지금까지 일반적으로 알고 있던 사항과는 다르므로 먼저 살피는 것이 순서일 것 같다. 그런데 그 내용이 상당히 난해하여 풀이하는 것으로 했다.

인종 임금이 즉위 후 8개월 만에 붕하고 명종 임금이 즉위했는데 이때 인종의 위패를 어디에 봉안할 것인지에 대해서 의견이 나뉘었다. 명종은 인종의 아우로서 아버지를 이은 왕과는 다르다는 의견과 형제간은 맞지만 대를 이었다는 의미는 아들이 된 셈이라는 의견이 맞섰던 것이다. 하여튼 당시에는 아우라는 의견이 우위에 점했는데, 그 대립이 수면 아래로 가라앉았다가 명종 임금이 붕하면서 다시 대두되어 이번에는 아들이 된 셈이라는 의견이 더 우세해졌다.

선조 임금 2년인 1569년 5월, 송강은 지평으로 경연에 참여하였다. 이때 전 호조 및 형조판서 김개(金鎧, 1504~1569)는 특진관(特進官)으로 참여하여 기묘명현 조광조를 헐뜯었다. 이는 명종을 형제 지간으로 봐야 한다는 신진사림을 이끄는 전 영상 이준경(李浚慶, 1499~1572)의 뜻을 받아들인 것이었다. 이는 기묘명현을 거론하여 박순, 박응남, 기대승 등 17인을 겨냥하였고, 이어서 이황에게까지 영향 미치려는 발언이었다. 이에 송강은 곧장 반박했고, 이어서 삼사의 논박으로 삭탈관작되자 분에 못 이겨 죽음에 이르기까지 하였다.

그 즈음 이황(李滉, 1501~1570)이 기대승(奇大升, 1527~1572)에게 보낸 편지가 있다.

"우리들이 국사를 뜯어고치고 정법을 바꿔 혼란시키며 나이 많은 옛 선비를 쫓아내려하고 이편 당만을 끌어들이려고 한 일이 없는데 저들이 억지로 없는 말을 꾸며대고 전날 무함한 바를 끌어다가 지금 지척하는데 증거삼아 반드시 그물과 함정에다 밀어 넣으려 하고 있다."

이렇듯 양쪽으로 나뉘어 있었는데 이것이 동서분당의 조짐이었다. 그런데 일은 항상 눈덩이처럼 커지는 습성이 있는 것이라는 양 엉뚱한 곳에서 나타났다. 불씨가 남아서 은근히 이어가다가 진주의 한 여인에게 마침내 피어올랐다.

조식(曺植, 1501~1573)의 손위 동서인 진주의 진사 하종악(河宗嶽)은 초취를 잃자 다시 장가들었는데 장수하지 못하고 28세의 꽃다운 아내 함안 이씨를 남겨두고 졸했다. 이씨는 생산도 못한 채 청상으로 늙어야 하는 처지였는데 모함 당하기까지 했다. 전실 딸이 계모를 고발했다. 종과의 염문이 파다하다는 것이었다. 경상관찰사에게 올린 소장을 해당 고을의 원에게 인계했다. 사또는 집안의 종은 알 것이라며 집안의 종 모두 잡아들였다. 실토하라며 취조하는 가운데 5명이나 죽었지만 끝내 밝히지 못하고 결국 무죄 선언했다. 조식의 생질녀가 한 고발이었다. 조식은 관아에서 못 밝힌 것에 대한 불만이 극에 달했다. 문도를 시켜 이씨가 사는 집을 부수고 마을에서 쫓아냈다.

그런데 그 전에 이씨의 인척인 이정(李禎, 1512~1571)과 교유를 맺었었다. 이정은 조식이 살고 있는 곳으로 이사하고 싶은 마음에 먼저 집부터 지었었다. 그러한 관계에서 조식은 이정에게 이씨의 문제를 논했다. 이정은 관아에서도 밝히지 못한 것을 따지는 것은 지나치다는 의견을 제시했다. 조식은 자기의 생각에 거슬린 발언에 발끈하여 입주도 아니 한 집도 부수고 절교의 서신을 보냈다. 자연 송사로 이어졌다. 그 불씨가 지방 관아에서 조정으로까지 번졌다.

퇴계와 남명은 영남의 남북에서 학문의 조종이었다. 그러나 둘의 생각은 물과 기름이었다. 같은 주자학에 입각하면서도 퇴계는 학문의 폭을 넓게 보았고 남명은 더 이상의 학문은 없다면서 철저하게 지켜야 한다는 쪽이었다. 그러니까 퇴계가 모든 것을 원만한 쪽으로 이끌려 하는 것을 남명은 원칙주의자의 입장에서 두루뭉수리하다고 꼬집었다. 그뿐만이 아니고 철저한 행동이 따라야 한다는 남명은 여인네의 일에서도 과감하게 처리하자 조정의 중론은 지나치다는 쪽이었다.

선비가 아녀자의 소소한 일에 개입한 것이 우습다는 평이 본인인 남명에게까지 들어갔다. 과격한 성격의 남명에게는 귀에 가시가 꽂히는 말이었다. 남명은 크게 노하면서 그 주장에 앞장선 기대승을 지칭하며, "나를 잡아다가 문초하려는 것이구나." 했는데 이때 김효원(金孝元, 1542~1590)이 듣고는 말했다. "지금 사람들은 명색이 사류라고 하면서 외척에 붙어 있는데 그것이 옳은지 모르겠습니다."라고 하였다. 이 말은 기대승을 비롯한 사람들이 심의겸(沈義謙, 1535~1587)에게 아부한다는 뜻이었다. 남명은 이 말을 듣고 크게 기뻐하고는 믿으며 권장하였다. 그러다가 이조전랑인 문도 오건(吳健, 1521~1574)에게 후임권을 김효원을 위해 쓰게 했다. 이조전랑은 병조를 제외한 인사권을 거머쥐는 자리였다. 오매불망하던 직이었는데 천거받았지만 심의겸의 반대로 뜻을 못 이뤘다. 퍽이나 씁쓸한 일이었다. 절치부심 2년 후 끝내 거머쥐었다. 이것이 동서분당의 원인이었다.

심의겸은 명종의 비 인순왕후(仁順王后)의 동생이다. 송강과 같이 1562년 별시문과에 응시하여 을과급제 하였다(이때 송강은 장원급제 하였다). 척신(戚臣)은 분명했으나 척신의 전횡을 비판하고 사림을 옹호했다. 외삼촌 이량(李樑, 1519~1563)이 중용되자 농단을 일삼았고, 사화(士禍)를 일으켜 사림의 숙청을 꾀하자 심의겸은 국왕을 찾아가 밀고하고는 밀지를 받아들었다. 그리고는 대제학 기대항(奇大恒, 1519~1564)을 찾아갔다. 외삼촌 이량의 농단을 더 이상 볼 수 없다며 앞장설 것을 부탁했다. 기대항은 상소하여 일파를 축출하는 데 성공하였다.

당시의 상황을 다시 보면, 명종 임금은 왕비 외삼촌 이량을 중용하여 어머니인 문정 왕후(文定王后)와 외삼촌인 윤원형(尹元衡, 1503~1565)의 횡포를 견제하였다. 이량은 임금이 신임하자 이감(李戡)·신사헌(愼思獻)·윤백원(尹百源) 등과 당을 만들어 횡령을 일삼으며 정치를 농단했다. 사림들의 비판이 일자 잠시 평양감사로 내보냈다가 1563년 이조판서로 등용하여 왕권을 강화시키고자 했다. 그러자 이감·권신(權信) 등과 더불어 사화를 일으키려고 했다. 이를 감지한 심의겸은 임금에게 밀고한 끝에 밀지 받아들었고 대제학을 시켜 외삼촌을 끌어내려 귀양 보냈다.

심의겸은 사인(舍人)으로 영의정 윤원형의 집에 품(稟)하기 위해 갔었다. 그때 사위의 방에서 김효원의 침구를 보았다. 김효원이 장원급제 하기 얼마 전의 일이었다. 당시의 법도에 따르면 선비가 대과 앞두고 세력가 집에 다니는 것은 금하였다. 만약 그때 고발했다면 응시 자격이 박탈될 수도 있었지만, 이름이 있는 선비가 이러면 안 되는데 하고 말았다. 그런데 장원급제가 되었고 신진사류의 후광을 얻어 이조정랑 오건이 물러나면서 후임으로 천거하자, 심의겸은 일찍이 윤원형의 집에 기거하면서 아부했다고 하여 임명에 반대했다. 그렇지만 몇 년 후 김효원은 전랑에 올랐고 1575년에 심의겸의 아우 충겸(忠謙, 1545~1594)이 이조정랑에 천거되자 이번에는 거꾸로 김효원이 반대했다.

16세의 하성군은 어느 날 갑자기 용상에 앉았다. 그는 중종의 서자 덕흥군의 아들이었다. 덕흥군의 어머니이며, 선조 임금이 된 하성군의 할머니 창빈 안씨는 궁녀 출신으로 성은을 입어 후궁이 되었기에 어떤 친정의 배경도 없었다. 후사를 두지 못하고 갑자기 승하한 명종 임금을 이을 대상을 물색하는 문정 왕후의 입장에서 외척이 미미한 것이 마음에 들었다. 새로운 왕이 권력을 잡은 이후에 외척이 강하면 입김이 작용하기도 하였다. 기존의 어떤 권력과 대립각 세워 사화가 된 적도 있었다. 문정 왕후도 을사사화를 일으켜 힘을 강화시킨 것을 생각하면 씁쓸했는데 그럴 염려가 없을 것 같다는 등이 장점처럼 느껴졌다. 그런 정치적 부담에서 해방될 것도 같았다.

선조 임금은 영민하였다. 문정왕후의 섭정이 칠 개월여 만에 끝났다. 어린 왕의 친정 체제로 들어섰다. 권력을 마음대로 할 수 있다는 것보다는 좋은 임금이 되어야 한다는 부담감이 앞섰다. 옳은 신하 바로 쓰기 위해서 안간힘 썼다. 새로운 인재들을 등용하면서 돌파구 찾았다. 그럭저럭 많은 사람들이 입각하였다. 그 사람들이 자기들끼리 뭉치면서 신진사림이 되더니 후배(後輩)라고 했다. 자연 그 반대편에 있는 자들은 전배(前輩)가 되었다.

조선의 임금은 철저한 가르침을 받은 후 등극하였다. 27세의 영인군은 경종 임금이 후사 둘 기미가 안 보이자 아우로서 대통을 잇게 되었다. 조선 최초 세제(世弟)로 책봉되었다. 세자를 가르치던 기관의 여러 사람들이 팔을 걷어 붙었다. 지금까지 배웠던 것과는 무관하게 이런저런 수업을 다시 받아야 했다. 그렇게 임금의 자질을 높이기 위한 제도에 따라 열심히 3년을 지냈을 때 경종이 승하하셨다. 옥좌에 올라 영조 임금이 되었다.

선조 임금은 왕으로서의 특수한 교육을 받지 않고 곧장 등극했다. 이를 극복한다고 경연(經筵)을 활용하기는 했지만 2인자로서 받는 교육과는 달랐다. 전문 교육이기보다는 일반적인 강론에 머물렀다. 임금의 자질을 높이는 데는 크게 기여하지 못한 경연장이었다.

임금은 나라의 모든 것을 생각하여 아울러야 했다. 그런데 선조 임금은 뒷배가 허약하다는 것에 무언지 모를 허전함을 느꼈다. 기라성 같은 신하들이 은근히 겁날 때도 있었다. 그런 사이에 국사를 대승적으로 판단해야 하는데 임금 자신을 위해 소아적으로도 흘렀다. 서로 치고받는 것이 예사롭지 않은 것을 보면서도 구태여 관계하고 싶지도 않았다. 그들이 합해지면 용상이 흔들릴 것 같기도 하였다. 신하들끼리 힘쓰면서 서로가 헐떡이는 동안은 자기 자리가 안전할 것도 같았다. 임금은 조정이 갈라지는 것을 어찌하던 막아야 하지만 전·후배 사이에서 조종하는 사이 왕권이 강화되는 느낌이었다. 그냥 지켜보면서 이쪽과 저쪽을 나누어 주었다 뺐었다 하는 동안 절대 권력이 되는 것 같았다.

이상이 동서분당의 배경이었는데 송강은 어느 경우와도 무관하였을 뿐만이 아니고 조정이 잘라지는 것 자체를 큰일로 보았다. 만약 시묘살이 5년의 공백이 없었다면 선조 임금에게 강하게 주장하였을 것이고, 왕의 뒷배가 허전함조차 막았을 것이다. 역사에 가정은 없는 것이라서 그런 기회를 공백기로 훌쩍 보내고는 그 모든 화를 오롯이 떠안은 격이었다. 세상 돌아가는 것이 묘하기만 한 것이었다.

7. 늦은 시작

_선조는 광해군보다 나이가 한 살 많은 신성군

169

을 마음에 두고 있었다. 임금의 뜻에 따랐으면 좋은 이미지로 남았으련만, 송강은 여러 왕자 가운데 광해군이 왕의 자질로 가장 높다고 판단되었다. 사사로운 감정보다는 나라의 백년대계를 위한 것이 세자 책봉의 일이었다. 임금의 생각은 애써 외면하고 나라와 백성 위하여 광해군이 세자로 책봉되기 바랐었다. 혼자만의 생각도 아니었다. 당시 우상이었던 서애 유성룡 등도 같은 생각이었다. 단지 그런 국가적인 대사를 개인적으로 이용하는 간악함으로 선조 임금의 노여움 사기에 이르렀을 뿐이었다. 그로 인해 송상의 노초가 시작되었으니 어찌 보면 광해군이 시발점이라고도 할 수 있을 것이다. 그렇다면 광해군이 등극하는 순간 모든 것이 확 풀릴 만도 하련만 현실은 더욱 각박해졌다. 아무리 생각해도 아리송한 일이었다. 송강을 가장 미워한 인물이 정인홍인 것을 광해군이 몰랐는지 아니면 알고도 그랬는지는 모르겠지만, 그와 추종자들을 신임하면서 정사를 같이 펼쳐나갔다. 송강에게는 첩첩산중이 되어 지하에서 바들바들 떨어야 했다. 정인홍 일파들은 상식 초월하는 일을 예사로 행했다. 선조의 비이며 광해군의 계모인 인목 대비를 폐서인시키고 배다른 동생 어린 영창 대군과 친형인 임해군까지 죽였다. 정상적인 생각으로는 못할 일이 벌어지자 민심의 동요가 일기 시작하더니 나중에는 들끓었다. 자연 발생적으로 인조반정이 일어났다.

인조 임금은 인빈 김씨 소생의 정원군 아들이었다. 할머니가 그렇게 싫어 경계한 것을 생각해서인지 송강의 신원은 꽤나 더디게 진행되었다. 그때까지 매듭이 잘못 맺어진 것들이 일괄적으로 풀리면서도 송강에 대한 것은 애써 외면했다. 반정 후 곧장 벼슬길이 풀린 아들들이 아버지는 억울하게 삭탈되었다며 환원시켜주십시오 하고 올리는 소에는 으레껏 하는 소리가 있었다. 쉽게 결정할 일이 아니라는 것이었다. 지리하고 조마조마한 시간이었다. 보다 못한 사계 김장생은 인조 임금의 면전에서 송강의 일을 거론하자 점차 그렇게 하겠다고만 했다. 타들어가는 가슴을 누르며 아들들은 다시 상소하자 1624년 5월 22일 드디어 어렵기만 하던 말이 떨어졌다. "정철의 일은 경솔히 의논하기 어려운 듯하였다. 다만 정철이 생존 시에 이미 유배의 극형을 입었다가 곧 나라의 큰 변란으로 인하여 죄안을 씻어주고 다시 대신(大臣)의 반열에 두었는데, 그 죽은 후에 이르러 또 다시 그 일로 하여 관작을 추탈하였으니 너무 심한 듯하다. 이제 그 아들 종명(宗溟, 1565~1626) 등이 진달한 소장을 살피니, 용서할 만한 바가 있는 듯하다. 대신들은 공의(公議)에 따라 조치하도록 하라." 인조반정은 1623년 3월의 일이었다. 14개월 동안 마음 졸인 끝에 얻은 결과였고, 삭탈된 지 49년 만에 제자리에 서게 되었다.

둘째 아들 종명(宗溟)은 몽진 중인 의주 행궁에서 치러진 대과에서 장원급제하였다. 병조좌랑과 예조좌랑을 역임했으나 모함으로 물러나 아버지와 같이 강화도에 있었다. 송강의 장례 마치자마자 삭탈관작되는 것에 항의하다가 같이 삭탈되었다. 1611년 광해 3년의 실록 기사이다. 낙안군수로 낙점되자 사간원에서 계를 올렸다. "낙안군수 정종명은 간신 정철의 아들입니다. 선왕께서 매우 미워하여 통절하게 물리치고 '독종'이라고 하교까지 하셨습니다. 그런데 지금 의관의 반열에 끼어 백성을 다스리는 관직에 임명되었으니, 세상 돌아가는 형편에 아니 놀랄 수 없어 탄식하고 있습니다. 그 이름을 사판에서 삭제하라 명하소서." 이렇게 핍박받던 아들은 반정에 복권되어 강릉부사의 임무 중에 순식했다.

넷째 아들 정홍명(鄭弘溟, 1582~1650)은 송강의 나이 47세에 얻었다. 늦둥이인 셈이었다. 광해조 8년에 문과급제 하였으나, 입각하는 것 자체가 벽에 부딪혔다. 벼슬살이를 접고 낙향하여 후인 양성에 심혈을 기울였다. 그러다가 반정으로 불려나갔다. 여러 직을 전전하던 중에 대사헌의 직에서 사직서 올렸다. 아버지의 유고가 시급했다. 한가하게 벼슬살이만 하고 있을 수 없을 것 같았다. 사직서의 사유를 물어 유고의 결집과 간행 때문이라고 했다. 김제군수의 직이 내려졌다. 덕분에 초간본을 완성할 수 있었다. 1633년의 일이었다.

종명의 넷째 아들이 정양(鄭瀁, 1600~1668)이었다. 1649년 할아버지의 연보를 작성하여 신독재 김집(金集, 1574~1656)의 감수를 받은 후, 1650에는 행장을 부탁하여 결실을 보았다. 사계 김장생의 이종사촌에 이선(李選, 1632~1692, 字 擇之, 號 芝湖)이 있었다. 그는 송강의 간찰과 가사를 가지고 있었다. 송강의 현손 진안현감 정치(鄭治)는 고조의 자료들을 모아 '속집'과 '별집'이라 했다. 이들은 써서 간직했는데 1894년 12대손 정운학(鄭雲鶴)이 출간하였다.

아버지의 말씀은 '송강전집'을 탐독하고 이를 종합하여 내린 결론이라고 하셨다. 지금까지는 아버지가 현실과 동떨어진 삶을 사시는 것이 싫어서 거부했었는데, 조상에 대하여 잘못된 인식을 바로 잡고 싶은 마음에서 그러셨구나 하는 생각이 들었다. 조상을 등한시했다가 자기처럼 봉변당하지 말라는 법은 없을 것이다. 아버지가 연로하셨는데 하시고 싶은 것을 이루지 못한 채 세월은 흘러가고 있었다. 이를 몰라라 하면서 여유작작하며 사는 것이 자식의 도리를 벗어났다는 생각도 들었다. 또한 누군가는 이어받아야 함이 마땅할 것도 같았다. 지금까지 애써 부정만 하였는데 잘못된 길이라면 수정하는 것이 자식이 도리일 것이다. '전집'을 찾아서 펼쳐보았다. 감감한 것도 사실이지만 그렇다고 하여 그냥 덮을 수는 없었다. 형민은 '전집'의 특성상 '별집'에 치중하면서 필요에 의해 시와 문 등 다른 문장도 곁들였다. 전집의 번역본이 있어 우선 읽기는 편했다.

그런데 한참 읽고 나면 무엇을 읽었는지 기억이 가물가물하였다. 모든 것이 생소하기도 했겠지만 지금 쓰고 있는 말과는 거리가 먼 것도 사실이어서 이해가 쉽지 않았다. 그렇다고 한문으로 기록된 것을 읽을 수는 없었다. 불행하게도 형민은 한자 세대가 아니었다. 현재 초등학교인 국민학교 저학년 때는 한글 옆에 한자가 있기도 했는데 고학년 때는 한글 전용이라는 말이 나오면서 한자가 사라졌다. 또한 신문도 한글 한문 혼용이었는데 언제부터인가 한문이 슬며시 나앉았다. 그 자리를 영어가 차지하면서 형민은 무언지 모르게 한자에 대한 거부감이 왔다. 그렇다고 들어낼 처지도 아니어서 그저 그럭저럭 살아가고 있었다.

번역본에 나와 있는 글은 분명 한글인데 형민에게는 국어도 한문도 영어도 아닌 글자인 뿐이라서 뜻이 머리에 들어오지 않았다. 그냥 덮고 싶었지만 아버지께서는 여기서 모두를 알아내셨다고 했다. 이를 앙다물고 보고 또 보았지만 여전했다. 어떤 문장이었기에 뜻이 통하지 않는지 궁금증이 일었다. 해석에 문제가 있다는 생각이 퍼뜩 들었다. 방법을 달리하기도 했다. 지금까지 보던 번역본을 원문과 맞춰보는 식을 취했다. 무언가 이상한 감이 들었다. 번역문은 지금 쓰는 어휘보다는 사문화된 단어의 사용이 많았고 현재의 문법 체계를 약간 벗어난 것도 같아서 지금까지 멍했던 모양이었다. 더디지만 하나하나 밟아 보기로 했다. 아무리 한글 세대라고 해도 한문을 대강 읽을 수는 있었다. 물론 스스로 읽을 수는 있다 해도 뜻을 모르는 것은 사실이었다. 한 자 한 자 옥편을 찾아보며 퍼즐 맞추듯이 해석하여 보았다. 그러자 조금은 알 것도 같았다. 무릎걸음이 저

절로 되었다. 제자리걸음 같았는데 시간이 흐르면서 책장은 넘어갔다. 재미도 붙었다. 점점 취미까지 곁들여졌다. 한 문장이 완성되고 뜻이 분명할 때 입이 벙긋이 벌어졌다.

그러고 보니 당시 번역했던 사람은 꽤나 바빴던 모양이었다. 꼼꼼히 살핀 형민에게 들어오는 문구인데 한문을 읽고 번역할 정도의 학식으로 대충대충 넘어간 것이 많이도 있었다. 또한 16세기의 삶을 반영하지 못하고 있는 것도 같았다. 만약 넉넉한 시간이었다면 이렇게 하지는 않았을 것이다. 글이라는 것이 시간에 쫓기면 대충대충 넘기기 일쑤인데 그렇게 되면 독자는 혼란스럽기 마련이다. '송강 전집' 번역본에서 그런 냄새가 물씬 났다.

어떤 문장이나 쓰여질 당시의 배경 등을 알아야 이해가 된다. 단지 문장에 빠져 글만 읽다보면 엉뚱한 자리에 있기 십상이다. 단어는 살아 있는 것이라서 시대가 변하면서 뜻이 완전히 달라질 수도 있기 때문이다. 예를 들어 지금 욕으로 사용하는 '놈'은 그 옛날에는 존칭어였다. 문장을 만들 당시에 존칭어로 활용했는데 번역하면서 욕이라고 한다면 산을 바다라고 하는 것과 같을 것이다. 그런데 번역본에서는 그런 느낌까지 들었다.

형민은 필요한 문장은 모두 다시 보기로 했다. 그래야 송강에 대해서 상진이처럼 조금은 엉뚱한 말을 하는 것에 바로 알려줄 수 있을 것 같았다. 하여튼 그렇게 알아가는 송강은 퍽이나 재미가 있었다. 지금까지 보던 위인전하고는 차원이 달랐다. 송강은 옳다고 생각하면 반드시 행동으로 옮기는 행동철학가였다. 정치는 타협이라고 하면서 적당히 눈감아주는 것에 익숙한 의식에서는 신기할 정도였다. 아무리 큰 이익이 있다고 해도 나라와 백성을 위한 길이 아니면 과감히 배척하면서 당당히 살아가는 송강에게 완전히 빠져버렸다. 그리고는 죽을 때까지 송강을 위해 몸 바치겠다고 생각하면서 주먹을 불끈 쥐었다.

　시호라는 것이 있다. 죽은 분에게 나라에서 이름 지어주는 것인데 송강의 시호에는 사연이 있었다. 예조에서 합의하에 문개(文介)라고 하여 임금의 재가 얻고자 했다. 그런데 문(文)이란 글자에는 이의가 없었으나 개(介)라는 글자로 송강을 나타내기에는 부족함이 많다는 의견이 분분했다. 그러자 문곡 김수항(1629~1689)은 '크다' '사이에 끼다' '돕다' '절개' '원인'의 뜻을 가지고 있는 개(介)로는 송강을 나타낼 수 없으므로 '맑다' '정결하다' '고요하다' '청렴하다'는 뜻을 가지고 있는 청(淸) 자(子)로 바꿔야 한다는 상소를 올렸다. 숙종 임금은 문곡의 주장이 합당하다고 판단하여 문청이라는 시호로 바꿔 하사했다. 이런 문장을 읽은 형민은 송강이 어떤 분이란 것을 알 것도 같았다. 티 하나 없이 맑은 분을 위해 몸 바친다 한들 아쉬울 것이 하나도 없을 것 같아 새로운 목표로 삼기로 했었다.

제
3
부

가사

1. 관동별곡

_"강호에 병이 깁퍼 듁님의 누엇더니 관동 팔백 리에 방면을 맛디시니 어와 셩은이야 가디록 망극하다. 연츄문 드리 다라 경회남문 바라보며 하직고 믈러나니 옥졀이 압피셧다."

"놀고 자빠졌네."

"야, 일태야! 이제 그만 삐딱해라."

"평구역 말을 가라 흑수로 도라드니 셤강은 어듸메오 티악은 여긔 로다."

"형민이, 너도 이제 그만해라. 일태가 싫다고 하는 것을 구태여 할 필요가 없잖아."

상진은 만나기만 하면 티격태격하는 것이 영 싫었다. 그래서 같은 자리를 만들지 말까 했지만 은근히 바라는 통에 두 눈 질끈 감았 는데 그 병이 다시 도진 것 같았다. 떨어져 있으면 서로가 어떻게 지내는지 묻는 것이 오랜 지기(知己) 같아 주선했는데 오늘도 또 시끄러우니 입이 다 벌어졌다. 술이 문제인 것인지 모르겠다. 형민 은 술이 거나해지면 송강가사인지 뭐인지를 읊어대고, 일태는 좋지 않은 감정이 아직 가셔지지 않은 듯 걸고넘어지고, 이제는 안 할 때 도 된 것 같은데 여전히 이어지고 있으니 오늘은 쐐기 박아야 할 것 같았다.

"야! 일태 너 이젠 이해할 때도 되었잖니?"

"내가 어쨌는데 나한테 그러는지 모르겠다. 생각해봐라. 백성을 잘 살피며 돌보라고 관찰사에 내보냈더니 유람이나 다니고 이게 말이 되는 일이냐고? 어디 중립적인 네가 대답해봐라."

"전에도 형민이가 말한 것 같은데. 네가 보는 것처럼 그렇게 유람 다닌 것이 아니라고. 그랬지? 형민아."

"맞아, 이 안에 숨어 있는 것을 보아야 하는데 상진이 제는 보이는 것만 가지고 야단이야."

"둘이 죽이 맞아 잘들 놀고 있구먼. 여기 백성을 위해 일하는 것이 어디에 나오는가 봐라. 지난 번 형민이 말을 듣고 내가 잘못 보았는지 눈에 불을 켜고 살폈지만 결과는 아니더라고. 괜한 말장난에 불과한 것을 가지고 내가 괜히 빠져들었다는 생각뿐이 안 들더라고. 그래서 논다고 했던 것뿐이야."

"알았다. 서로 이해가 부족한 것 같은데 우리 다시 한 번 들어보면 어떻겠니."

"까짓것 지금까지도 속았는데 한 번쯤 더 속는다고 해도 내 인생이 크게 달라지겠냐? 그래 형민이 너 한 번 너스레 떨어봐라."

"너스레! 그래 너스레라고 해도 좋다. 네가 무엇이라고 해도 진실은 항상 그대로이니까 말이다."

그렇게 말하고 형민은 보따리 풀기 시작했다.

"관동별곡은 단지 가사 하나만 보면 일태처럼 말하게 되어 있어."

"상진아! 형민이 제 말하는 것을 봐라. 제는 말하면 꼭 저렇게 걸고넘어져요. 그래서 내가 더 못 봐주고 있는 것도 있어. 깐죽대고 하니까 말이야."

"뭐, 그까짓 말로 발끈하니. 조금 참고 그냥 들어나 보자."

"일태야! 내가 걸고넘어졌다면 내가 사과할게. 이제는 그런 표현하지 않고 말할 테니 들어봐라."

송강은 내직만 있다가 처음 외직에 나갔는데 생각하고는 영 딴판이었다. 지금까지 들은풍월은 있어서 알 만큼 안다고 생각한 것이 자만이었던 모양이었다. 겉과 속이 이렇게도 다를 수 있는 것인지 놀라 자빠질 정도로 달라도 너무 달랐다. 거기다가 더욱 당황되는 것은 사람들이 움직일 생각은 아예 안 하려는 것이었다. 움직이는 것이 보여야 무슨 일이라도 할 수 있는데 한 발짝 떼어놓으면 큰일이라도 나는 것인 양 영 요지부동이었다. 그리고는 조그만 일에도 발끈하는 것이 그냥 넘어가는 일이 거의 없었다. 그렇다 보니 한시라도 조용할 때가 없었다. 사람들은 진심을 다하여 말하면 감화되기도 하는데 그 고을 사람들은 목석인지 웃겨도 웃지 않으니 어디서부터 손 써야 할지 감감할 뿐이었다. 처음에는 공권력을 앞세워도 보았지만 발바닥에 불이 붙어도 날 잡아 잡수쇼 하였다. 혼자서만

팔딱팔딱 뛰다가 말았다. 이윽고 두 손 들고는 곰곰이 생각하기에 이르렀다.

사람은 어느 정도 여유가 있어야 너그러워지는 법이다. 그런데 와서 호소하는 말 들어보면 송곳도 들어갈 틈이 없었다. 어느 한쪽이 조금이라도 넉넉하다면 양보라도 시키겠는데 모두가 빡빡하기만 하였다. 하나같이 넘어지기 직전이라고 호소하는 것이 틀림없는 말 같았다. 너무 극한 상황이어서 쓰러졌다 하면 일어설 길도 없는 것처럼 보였다. 모두가 막다른 골목에서 관찰사인 자기만을 바라보고 있는데 기실 따져 들어가면 가진 것이라고는 몸뚱이뿐이었다. 백성들이 찾아오는 것 자체가 겁나 숨고 싶었다. 그렇다고 하여 달아날 처지도 아니었다. 관찰사 맡긴 임금에게 불충하게도 해도 너무 하셨사옵니다 하는 생각까지 들었다.

그도 그럴 것이 수령이라는 직책은 백성에게 무엇을 줄 수 있는 것이 없었다. 그들이 편안히 지낼 수 있는 조건 갖춰주고 그들에게 남는 것 십시일반으로 거둬 살면서 조정에 올려 보내기도 해야 했다. 그런데 그들은 내놓을 것이 거의 없어 보였다. 하루하루 살아가기 버거워 헉헉대고들 있었다. 어찌하던 살아가려다 보니 조금의 차질이 있으면 감감하여 관찰사 찾아오고 있었다. 조금의 여유가 있다면 아무것도 아닌 것을 가지고 목숨 건 싸움만 하고 있었다. 자신이 자란 곳에는 땅이 비옥하여 먹는 문제만큼은 해결되었었다. 그런

곳에서는 웃어넘길 일도 눈에 불을 켜는 것을 보고 느껴지는 바가 있었다.

임금님께 실정 알리기로 했습니다. 그러면서 올려 보낼 세금을 없애든지 그것이 아니면 최소로 하여 주십시오 하고 있습니다. 백성들의 힘을 덜어주지 않으면 이내 쓰러질 것 같기 때문입니다. 본 것 더하지도 않고 덜하지도 않으며 있는 그대로 적고 있습니다. 강원도는 땅은 넓지만 쓸모 있는 땅이 별로 없습니다. 그렇다 보니 쓸 만한 땅이 있으면 아귀다툼이 벌어집니다. 서로 조금이라도 더 가지려고 하여 끝내 차지했다고 한들 그에서 나온 소출이라야 조족지혈입니다. 산골은 해가 늦게 뜨고 일찍 집니다. 그뿐만이 아닙니다. 들에는 이미 해동되었는데도 산골은 빛이 짧아 한 달은 더 기다려야 합니다. 또한 추수기는 왜 그리 짧은지 순간 잘못하면 동해(凍害) 입어 거두지 못하고 밭에 그대로 버려야 합니다. 이래저래 항상 부족할 뿐입니다.

살기가 팍팍하니 사람들이 들어오지는 않고 떠나기만 합니다. 마을을 형성하기조차 힘들어 민가 보는 것 자체가 힘들 지경입니다. 어찌하다가 태어난 땅 버릴 수 없어 살고들 있습니다. 그러다가 흉년이라도 들면 사는 것 자체가 막막합니다. 모두가 힘들어 쓰러지기 일보 직전인데 어김없이 내야 하는 세금으로 인한 시달림이 도 넘기 일쑵니다.

품질이 떨어진다고 하여 거두어들이지도 않는 경우가 허다합니다. 그러면 가진 것을 헐값에 팔아 비싸게 사서 나라에 바쳐야 하는 일이 다반사입니다. 그런데 세금의 품목은 왜 그리 많은지 그 모두를 감당하다 보면 허리 펼 날이 없을 지경입니다. 백성들이 양민으로 살고 싶은데 살 수 있는 조건은 어디에도 없습니다. 아예 산채(山寨)로 들어가면 그런 시달림에서 벗어날 수 있다는 생각으로 보따리 싸기 일쑵니다. 이는 백성을 범죄자로 모는 형국입니다. 그러므로 세금을 우선 면해주어 살 수 있을 때 거두는 것이 옳다는 생각이어서 붓을 들었습니다.

"야, 이건 네가 지어서 하는 말 아니야?"

"너는 속아만 보았구나. 나는 그런 사람 아니야. 송강이 올린 상소는 장문이고 굉장히 사실적이라 직접 읽으면 감동 더 받는데 시간 관계상 간추리다 보니 호랑이 그리려다 고양이조차 못 그린 격이 되었다."

"그러긴 그렇겠다. 그런데 그 상소로 어떤 효과가 있긴 있었데."

"상소의 결과에 대한 글은 아직까지 못 봤어. 단지 13개월의 복무 동안 생활상이 바뀌었다고 하니까 조정에서 인정한 것 같아. 그렇지만 그 하나만으로 이뤄진 것은 아니야. 다음에 볼 것은 '유읍제문'에 대한 이야기야. 지금의 시장군수에게 관폐 끼치지 말고 백성 편에서 일하라는 훈령이야. 21세기인 현대에 적용해도 전혀 손색없을 글이야."

"그래, 그런 글도 있었어."

"그럼, 그 내용을 보면 당시의 관폐가 그대로 나와 있어. 조금 지루할지라도 그것을 조목조목 살피는 것이 좋을 것 같아. 그 전에 말을 많이 했더니 갈증이 난다. 우리 한 순배 돌리자."

"그래 그렇게 하자."

"우리의 건강을 위하여, 건배."

"건배."

일태와 형민은 언제 울근불근했느냐는 듯 얼굴이 확 펴져서 희희낙락했다. 이를 보는 상진이도 덩달아 흐뭇해졌다. 이런 맛에 서로 연락하고 만나서 술잔 기울이고 있는 것 같았다. 만남은 좋은 것이고 서로 음식 나눈다는 것은 살아있다는 것을 보여주는 것이란 생각을 하면서 형민의 입에 눈이 모아졌다.

"본격적으로 들어가기 전에 한마디 해야겠다. '유읍제문'을 어떻게 읽어야 하느냐는 것인데 유 자를 길어 늘여 뽑아야 해. 읍제 즉 시장군수에게 유(알리는, 지시하는) 글이라는 뜻이기 때문에 떼어서 읽으라는 것이야."

"유—읍제문. 알았다. 알았으니 본론으로 들어가자. 서론이 긴 것을 보니 알맹이가 부실한 것 아니야. 그런 생각이 드네."

"그럴 리야. 형민이가 누군데."

"알았다. 충실하게 만들어 볼게."

사또들이 해야 할 것과 해서는 안 될 일로 우선 나뉘었다. 4가지 권장 사항은 '① 청렴을 자기 계율로 하라. ② 어진(仁) 것으로 백성을 어루만져라. ③ 공평함(公)으로 마음을 지켜라. ④ 일에 임(臨)하여는 근면하여라.'인데 이는 교과서적이지. 이것은 딱히 설명할 필요 없을 거야. 하지 말아야 할 10가지는 타이틀보다는 안에 들어 있는 내용이 더 중요해. 어떻게 그렇게 자세히 파악했는지 혀가 내둘릴 정도야.

① 단옥(斷獄)만이 공정함은 아니다. 감옥이란 곳은 백성의 크나큰 생명줄이 달려 있게 되기 십상이다. 어찌 조금이라도 사곡(私曲)이 있을 수 있겠는가. ② 송사를 듣고도 사실을 살피지 아니한다. 송사에는 사실이 있으나 거짓도 있다. 송사를 듣고도 바로 살피지 못하면, 옳은 것이 뒤집혀서 거짓이 되고, 거짓된 것이 뒤집혀서 사실로 된다. 그것을 다만 옳다고 하겠는가? ③ 죄인을 오래 가둬두고 두들긴다. 한 지아비가 수인으로 구금되어 있으면 집안이 온통 들떠 생업이 마비되고, 영어(囹圄)의 고통은 하루 넘기는 것이 한 해와 같다. 그런데도 오랫동안 가둬둘 수 있겠는가? ④ 참혹한 형구를 사용한다. 형구는 이미 얻지 못하면 쓰인다. 남의 뼈와 살갗은 곧 내 뼈와 살갗이다. 어찌 혹형이 더해지는데 참아낼 수 있으리오. 지금 관리들은 희로(喜怒)의 형구를 사용하기 좋아하는데 심한 자는 관

절의 형구를 사용하기도 한다. 형구에 대한 것은 나라의 법전이 있어 생각하지 아니할 수 없고, 하늘을 대신하여 죄를 다스리는 것인데, 이를 생각하지 못하여 달리 사용하고 있는 것이다. 어찌 관리가 구속받지 않는다고 하여 분하고 억울한 행동을 사사로이 할 수 있겠는가. 경계받지 않는다고 하여 더할 수 없는 것이다.

백성이 근본으로 삼는 것은 하늘을 위하고 먹는 것이다. 공맹(孔孟)의 글에 "감옥(監獄)이란 살아있는 백성의 크나큰 생명줄이 달려 있다."고 하였다. 진실로 형(刑)의 이름이 확실하지 않는 자는 결박하는 것에 스스로 응하지 않는다. 수령된 자는 알아야 할 것이다. 반드시 몸소 살펴 서민의 넘치는 원통함은 면하게 해야 한다.

여러 고을을 순방하는 동안 죄상이 경미한 사람이 영어(囹圄)에 있었는데, 죄를 다스리는 것을 하부 관속들의 손에 맡겨두고 있었다. 왕왕 죄상의 초안을 작성하며 그 대하는 모양이 차갑고, 작성에 따른 돈을 요구하다가 듣지 않으면 문득문득 채찍을 가해 쓰라리게 한다. 참혹하고 혹독하여 애처롭게 부르짖고 하늘에 절규하나 들리지 않는다. 죄수들의 식량을 삭감하거나 옷과 이불을 짧고 얄팍하게 하여 기아와 동사가 잇달아 일어난다. 또한 목에 씌운 형구(칼)가 과중하여 목덜미가 벗겨져 화끈거리고, 건물과 기와가 유루(疏漏)되어 비바람이 스며들거나, 변소가 가까이 있어 더러운 냄새가 풍기기도 한다. 또한 병이 있는 데도 의사에 보이지 않고 병을 치료하지 않아 그들이 수사(瘦死)하기에 이르기도 하고, 가벼운 범법자를 대벽(大辟) 죄수와 같은 우리에 가두는 등 이러한 것을 일일이 들어 셀 수 없을 지경이다.

백성의 생명을 중하게 생각하여 마땅히 옥에 송치하지 않아도 될 사항은 경솔하게 구속 감금하지 말 것을 청한다. 추문(推問)하는데 책임을 다 바쳐 하나하나마다 친히 나가 임하고, 음식과 거처도 때때로 점검하고 살펴야 한다. 이서(吏胥)를 엄하게 단속하여 명령하고 천단(擅斷)하거나 제멋대로 때리거나 빼앗음이 없게 하여 정절(情節)의 변란을 막아야 할 것이다. 그리고 대벽(大辟)에 이르러서는 죽고 삶이 연관된 바이니 어찌 털끝만큼이라도 용납하리오. 혹 원통함이 넘치게 되면 밝은 국법이 있고, 그윽한 귀신이 있다. 간절한 모양으로 마음을 궁구하여 의혹과 조금의 소홀함이 없어야 한다.

조용히 생각할 때, 감옥에 있는 동안 죽음과 삶이 매달려 있는 바이니 수령들은 더욱 새롭게 성찰하여 생각해야 할 것인데, 백성을 수인(囚人)으로 잡아매는 것이 파리 포획하는 것과 다름없이 하고 하찮은 죄를 즉시 판결하지 않는다. 또한 독촉한 세납을 내지 않는다고 차지(次知)란 죄명으로 말하거나, 지나가는 나그네에 관계된 절차에 사용하는 것을 칭념(稱念)이라 말하는 등 다단(多端)하게 하여 뒤를 쫓아 체포한다. 미만(彌滿)에 엄체(淹滯)하므로 상처가 요기(妖氣)를 부르고 있다.

　직분이란 이런 까닭으로 절실하고 마땅히 긍측하게 여겨 변론된 자는 석방하고, 경계해야 할 자는 속히 판결해야 한다. 본래 죄목이 없는 자는 신중을 기하여 구속하지 말아야 하며, 영어(囹圄)가 항상 비어 있게 하면 폭도가 되지 않아 국법을 능히 수호하는 것이다. 또한 음(陰)으로 선을 쌓아 올리면 하나의 정점에 이르게 될 것이다.

　⑤ 중첩하여 세금을 독촉한다. 세금은 밭에서 나오는 것으로 한 해에 한 번만 징수해야 하는데, 어찌하여 한 해에 두 번씩 세금을 거두려 하는가. 부과(賦課)한 세금을 납부치 않는 것은 민호(民戶)의 죄이지만, 이미 납부했는 데도 다시 책임을 지워 보내라 하는데, 이는 누구의 죄인가? ⑥ 죄를 다스리며 재물을 착취한다. 백성 사이에서 스스로 두 가지 세금을 합하여 보내는 것 외에 터럭 하나라도 망령되이 거두는 것은 부당하다. 지금 현도(縣道)에는 죄의 조목에 있는 것을 다스리려는 자와 함께 대체로 법이 아닌 조목까지 탐하는 자가 있다. 모두가 백성에게 심히 해(害)가 되는 것이다. 옳지 않기에 개혁하지 않을 수 없다.

　백성이 세금으로 받치는 쌀을 예로 들면, 그 납부하는 민호로 하여금 량개(量槪)를 직접 들게 하여야 한다. 조금이라도 지나치게 거둬들이는 것을 막기 위해서이고, 그런 방안이 이서(吏胥)가 비리를 구걸하듯 찾는 일체의 죄를 없앨 것이다. 수납관이 마땅하게 몸소

부하를 통솔하면, 거의 좀먹는 폐단을 면할 수 있다고 하였다. 그윽이 살피며 생각할 때, 부세란 살아 있는 백성의 고혈에서 나오는 것이다. 마땅히 공공에 봉사하고 백성을 사랑하여 삼가 착취를 않아야 하는데 지금의 폐단을 말하면, 국법으로 정해진 세액은 심히 가벼워 1/30을 거두게 되어 있으나, 수납을 감독하는 관리가 징험(徵驗)으로 두렵게 하는 것이 많은 까닭에 마침내 2배 내지 3배의 징수에 이르게 되었다. 백성의 힘은 극도로 곤궁해졌으나 국가의 세액은 승가하지 않는데, 이 같은 주구(誅求)의 폐습은 마땅히 통절하게 개혁해야 한다. 백성으로 하여금 법에 의거하여 세금을 내도록 해야 하며, 한 말에 대한 이식(利息)으로 3~4되를 더하여 수납자의 로비(路費)로 지급하면 일부분의 병폐라도 제거될 것이다.

공물(貢物) 같은 경우는 당초에 그 토산물에 따라 약정되었는데, 지금은 모두 대가물(代價物)로 수납하게 한다. 백성이 토산물(土産物)로 납부하려고 하면 경사(京司)와 방납(防納)의 무리가 지방의 서리(胥吏)와 공모하여, 전일(專一)해도 성기다 하고, 신선해도 부패하다 하며, 큰 것을 작다하는 등 모두 막아내니 마땅히 궁리해도 수납할 수 없게 하여 반드시 물건 값으로 징수한다. 혹은 10배 심하면 100배에 이르게 되어, 살아가는 백성의 고혈(膏血)이 이서(吏胥)가 당연히 취하는 물자로 되어 이익만 키운다. 이것은 곧 주현의 힘만으로는 능히 구출할 바가 아니다. 다만 공물(貢物)은 경사(京

司)가 징험(徵驗)의 법령이라 밀어붙여 그 거둬들이는 물품의 가격이 극에 달하고 있다. 그 탐하고 폭력된 것이, 경사(京司) 아래에 있는 이서(吏胥)는 기다리기 두려워 이미 응하고 있다. 또한 사사로운 이익이 되기도 하는데, 이를 수령은 밝게 살펴 고통을 금지시키는 자가 되어야 한다. 곧 수령은 공물(貢物) 값의 양을 정하여야 한다.

전답 한 결(結)마다 수확하는 쌀이나 베 약간을 거출하여 그것으로 풍족히 썼는데, 해당 관리는 그 이익이 적은 것에 마음을 두어 경사(京司)가 조등(刁蹬)의 폐(弊)가 있다 한다고 칭탁한다. 이로써 수령을 두려움으로 움직이게 하면, 수령 역시 파직 사유나 될까 하는 두려움에 방자하게도 하는 일이라는 것이 특별히 큰 말을 만든다. 마땅히 한 말 받을 곳에서 5~6말 정도 징수하거나 10말 정도 징수한다. 심한 자는 두어 섬에 이르기도 하여 반드시 그 욕심을 채운 뒤에야 그치게 된다. 품관(品官)의 집에서도 그러한 법에 의거 공급하는지라 몸이 쇠잔한 하층의 민호에서도 같이 한다. 그런 즉 감히 위반하거나 막아낼 수 없어 조금이라도 거슬리는 바가 있으면 반드시 공물을 거역한다고 관에 고발하여 죄로 다스려지는데, 그에 대한 비용이 더 크기 때문에 한결같이 이서(吏胥)의 말을 따른다.

밭도 팔고 집도 팔게 되어 마침내 벌거숭이가 되어 흘러 떠나간다. 말하려니 마음의 아픔이 더해지는 말만 나오는 구나! 필수적으로 공물의 값을 양으로 확정하여야 한다. 한 결(結)마다 몇 되를 거두어도 쓰임에 풍족하고 상부의 수용에도 공여할 수 있다. 또한 점차적으로 가득해지고 여유가 생겨 이서(吏胥)의 비용으로 넉넉하다. 그 법이 이미 정해져 있어 사창(司倉)의 곡식이 된 연후에 출고할 때는 장부를 살피며 이서(吏胥)로 하여금 지급하게 해야 한다. 백성의 밭이 많고 적은 것을 계산하고 환상(還上)의 기록에 따라 가을의 창고에 출납이 이뤄지면, 공사(公私) 모두 편리하여 백성이 관리의 얼굴을 보지 않고도 그 혜택을 받게 된다. 또 우리나라의 열읍(列邑)에는 별도로 정해진 읍재(邑宰)의 봉급과 일용(日用)의 경비가 없기 때문에 명목 없이 과외 징수하는 것을 면할 수는 없다. 혹은 공물(貢物)로 납부하는 것을 방해하고 백성에게 돈으로 받거나, 혹은 공물을 관이 거두어 관에서 경사(京司)에 바친다. 이러한 연유로 공영에서 사사로이 부탁한다.

양개(量槪)가 공평하지 않아 말(斗)이 쌓이면 가마니(斛)가 넘친다. 말(斗)이 넉넉해도 부족한 것처럼 그치지 않고, 다만 엄히 독촉하는 것을 능사로 안다. 백성이 살기 위해 힘써 지키는 것을 생각하지 않아 관의 창고에는 물자가 넘치게 하여 친구들에게 베풀어 흩을 때는 진흙과 모래 쓰듯 한다. 백성 마음의 머리고기를 깎아 자신을 살찌게 하며 남을 기쁘게 하는 자원으로 삼으니 불인(不仁)이 심하구나. 명목이 없는 세렴은 반드시 다 없애고, 곡식의 사용을 어렵게 할 것이며 수납하는 것은 응당히 법에 따라야 한다. 반드시 바치는 자로 하여금 양개(量槪)를 잡고 스스로 깎게 해야 공평하다. 비록 조금이라도 남으면 반드시 본인에게 돌려주고 이서(吏胥)의 무리로 하여금 침탈 못 하게 하는 것 역시 인정(仁政)의 하나일 것이다. 또 의창(義倉) 같은 시설은 본래 굶주린 백성을 구제하기 위한 것인데, 지금은 다만 출납에 따른 이익만 취하는 생각으로 백성 사이의 정서와 바라는 것은 근심하지 않는다. 식량이 떨어져 구호받기 원하는 자는 거절하고 주지 않으며, 받지 않아도 스스로 충족한 자는 억지로 받아가게 하니 이미 본뜻을 잃어버린 것이다. 그리고 곡식을 거둬들일 때도 바치는 자로 하여금 양개(量槪)를 들고 높이를 깎게 하지 않고 창고 감시하는 이졸(吏卒)이 두곡(斗斛)하게 한다. 고의적으로 곡식을 땅위에 떨어뜨려 백성으로 하여금 흠축을 감당하게 하고 해가 저물면 뜰을 쓸어 가지고 돌아간다. 창고에 들일 때 역시 고의로 던짐으로써 곡식을 흩뜨리는 것을 장기(長技)로 삼는다. 이듬해 봄 내줄 때는 대개가 흠축이 많아 혹은 반가마 먹고 가을에 감독하는 가운데 온 가마로 바치니 백성의 원한이 극에 이른다.

필수적으로 촌락의 백성도 엄히 경계하니 수령은 내외에 알리는 푯말을 명백히 하고, 또 실지 숫자를 확실히 하며 창고에 넣을 때 두곡(斗斛)의 흠축이 없게 해야 한다. 다섯 가마에 하나를 뽑거나, 열 가마 중에 하나를 뽑아 검사하고, 또 7~8개를 계량해 보거나 대개 4~5개를 꺼내 착종(錯綜)의 변화 현상을 알아보아야 한다. 그

럼으로써 백성의 기망을 방비하는 등시에 허실을 살피게 된다. 감축의 부정(不精)이 있는 백성은 중죄를 받게 해야 한다. 이렇게 하여 준례가 성립되면 뜰에는 흩어진 곡식이 없게 되고 봄에는 모자라는 가마가 없어져 이익은 크고 일은 적어질 것이다. 그리고 왕년(往年)에 포곡(逋穀)된 것과 받을 자가 이미 죽었는데도 문서를 없애지 않아 백성에게 해(害)를 끼치게 된다. 만일 모곡(耗穀)이 여유가 있어 그 원곡(元穀)을 충당시키면 지난해의 포흠(逋欠)이 없어질 것이니 이 역시 옛사람이 이미 행하여온 것이다.

⑦ 범람(汎濫)한 쫓김에 절규한다. 한 지아비가 피의자로 쫓기게 되면 집안이 두려움으로 요란하여 들떠지고, 심하면 집이 파산에 이른다. 어찌 그 같이 범람하게 하겠는가. ⑧ 고알(告訐)에도 구인한다. 고알은 패속(敗俗)으로 이어져 혼란스럽게 만드는 근원이다. 법을 범하는 일이 있으면 스스로 다스림 받아 고통스러운 것이야 마땅하지만 어찌 구인하리오. 지금 관의 유사(有司)는 사람으로부터 내용이 있는 봉장(封狀)을 받으면 같이 나가 방(枋)을 붙여 사람을 모으고 얼굴을 알리며, 음으로 사사로이 죄를 범한다. 모두 법이 아닌 것에 매달리는 것이니 옳지 않은 일이다. ⑨ 이서(吏胥)를 시골에 내려보내 어지럽히려 한다. 향촌의 나약한 백성은 이서(吏胥) 두려워하는 것을 호랑이 같이 생각하는데, 이서(吏胥)를 시골에 내려보내 어지럽힌다면 마치 우리 안에 가친 호랑이를 내몰아 어지럽히

는 것과 같다. ⑩ 싼값에 물건을 사들이려 한다. 물건이 같으면 가격도 같아야 하는데 어찌 공(公)과 사(私)의 값을 달리하려는가.

모든 공색(公色)의 이서(吏胥)가 향리(鄕里)에 내려가 소요를 일으키는 것처럼 한다면, 추종자까지도 같이 조목에 따라 죄를 받아야 한다. 지금 들으면 관공서에 아무 일이 없는데 번번이 사람을 달리하여 향리(鄕里)에 내려보내 사방을 오락가락하는 등 수선 떨어 입히는 피해가 심하다고 한다. 여러 고을에서는 오늘 이후로 스스로 끊기 바라며, 다시는 전날의 폐습이 거듭되는 것을 허락하지 않을 것이다. 더욱 엄하게 생각하고 살펴 수령의 직무에 진력을 다하기를 명한다. 조용히 생각할 때, 이서(吏胥)가 백성을 괴롭히는 것이 하나도 그치지 않았다. 읍재가 이를 밝게 살피고 엄하게 끊어야 하는 것이, 절대적으로 막으려 한다면 그렇게 한 후에나 가능하기 때문이다. 읍재가 불분명하고 엄격하지 못하면 백 가지 괴변이 경쟁하듯 일어나는 것이다. 이서(吏胥) 무리는 촌민이 관가에 들어오면 방자(放恣)하게도 채찍을 매달아 놓고 서서 위엄 보이며 재화를 요구하고, 읍재에게 호소하고 싶어 해도 막고 막아서 통할 수 없게 한다. 굴욕에 쌓여 원한이 사무치게 되고 몸을 펴기를 원하나 길이 없다. 그리고 과정을 달리하거나 일을 달리해도 천단(擅斷)으로 더하거나 감한다. 크게 베푼 은혜를 해치게 하여 자신은 이롭고 백성은 병들게 한다.

곡식 방출 시기에 촌민이 받으려 해도 방자한 행동으로 약탈하여 백성들로 하여금 빈손으로 집에 돌아가게 한다. 그리고 만일 촌락에 가면 쌓여진 위세로 위협적이어서, 백성들은 옷감이나 곡식 등의 물건을 제공하면서도 오히려 부족하지나 않을까 두려워하고, 욕심이 채워져야 돌아간다. 형벌과 감옥의 사이에 이르러서도 들어가고 나가는 것 역시 그 뜻에 맡겨야 한다. 그리고 마을 일을 보는 이서(吏胥)도 관가의 명령이라 하여 천단으로 더하기도 하고 빼내면서 자기의 이익을 도모한다. 빈민이 관가에서 대여하는 양곡을 받을 때도 뇌물을 주지 않으면 이름 기록하는 것을 불허하여 그로 하여금 더욱 곤란하게 하고, 또는 허위 명단으로 곡식을 받아 스스로 먹고 가을과 겨울에 제가 먹은 것을 촌민의 이름으로 수결하게 하여 그들로 하여금 원한을 짊어지고 납부의 책임을 지게 한다. 이와 같은 일은 모두다 마땅히 금하고 끊어야 할 것이다. 다만 읍재(邑宰) 스스로가 자잘한 일로 번거롭지 않은 후에야 이서(吏胥)를 통제하고 다스릴 수 있을 것이다. 수령 스스로가 백성의 번거로움을 면하게 못 하면 관절(關節)의 사사로움이 되어 촌의 백성을 추포(追捕)하여 시기가 아닌 때에 부역을 시킨다. 혹 백성의 힘이 상하여 부역의 과정에 빈자리가 생기면 비록 벌이 없다 할 수는 없지만, 이로 인하여 엄히 재물을 징수하고 자신의 것으로 하기도 한다. 관속의 수효 같은 것도 법에 정해진 정원이 있고 관속 역시 사람이다.

마땅히 부림에 따른 생활은 보장시켜야 한다. 관속의 정원이 넘쳐나면 침포(侵暴)하게 되고 다단(多端)하다. 한 사람이 부역하다 달아나면 그 피해가 친족과 이웃에 미쳐 마을이 문을 닫기에 이르러 텅 비게 되기도 하는데, 한 가족에 따른 법은 나라에 이어져 우환이 되기도 하는 것이다. 비록 한 읍재의 힘으로 구출할 수 있는 바는 아니지만, 관속일족에 이르게 되면 마땅히 너그럽게 용서하면서도, 무고(無辜)한 백성이 연루됨으로서 입는 피해에는 당당하게 못 한다. 또한 유연(遊宴) 같은 것이 거칠게 하고 망하게 하는데, 매일 밤 성에 환한 불빛이 이어져 뻗친다. 과정이 크게 급한 것처럼 재촉하여 백성의 힘이 미치는 바의 한도를 넘치게 한다. 부득이한 것이 아닌데도 토목공사 일으키는 것을 좋아한다. 이 같은 것 모두는 잡다한 번뇌와 어려움을 만든다. 읍재는 먼저 이런 습성을 끊고, 자기 몸과 사물에 대하여 바르게 한 연후에야 이서(吏胥)는 두려워하고 백성은 사모하게 된다.

"야! 적나라하네."

"그렇지, 더 적나라할 수가 없을 정도이지?"

"그리고 말이야, 네 말대로 현대에 적용해도 손색이 없을 것 같아. 공직에 임하는 자들이 송강처럼 진취적이어야 하는데, 자기 이익만 쫓으려 하여 콩고물이라도 떨어져야 움직이지 그렇지 않으면 멀뚱멀뚱 쳐다보기만 하거든."

"맞아, 예나 지금이나 공직자가 제 역할을 해야 나라가 바로 갈 수 있는데 현실적으로 보면 구두선에 그치고 있으니 답답할 뿐이야."

"그런데 관동별곡하고는 무슨 관련이 있다는 것이야?"

"사람이 성질 꽤나 급하네 그려. 우물가에서 숭늉 찾을 사람이구 먼. 알았어. 지금 말할 거야. 사례별로 이렇게도 자세히 말하면서 만약 따르지 않는다면 좌시하지 않겠다는 으름장은 최후에 들었어. 즉 병권을 들고나왔다는 것이야. 병권이라는 것은 목을 벨 수도 있 다는 것 아니야. 제갈공명은 마속이 지시 따르지 않아 작전에 실패 하자 울면서도 목을 벤 것처럼 병권이라는 것은 무서운 것이거든. 그때 송강의 관직은 이러하였지. 수강원도 관찰사 겸 병마수군절도 사(守江原道 觀察使兼兵馬水軍節度使)였으니까 읍제들은 좋으나 싫으나 따랐을 것이야. 그런 덕분에 강원도의 생활상을 확 달라지게 했을 것이다. 이런 훈령 내린 것이 7월이거든. 일태가 말하는 일은 하지 않고 여행만 했다는 말은 진실이 아니라는 것이 여기서도 드러 나잖아. 만약 관동별곡에서처럼 할 일이 없어 유람이나 했다면 읍 제들이 따르지 않았을 거야. 또한 이렇게 적나라하게 알 수도 없었 겠지. 송강은 잠 안 자고 백성 위해서 일했다는 증거가 이 유읍제문 이 말해주고 있어. 그런데 내가 지금 말이 빗나가고 있네. 본론으로 들어가야겠다. 사람들이 오랫동안 시달리다 보면 만성적으로 변하 게 되어 있어. 강원도 사람들도 그랬던 모양이야. 관찰사가 읍제들과 같이 변화를 꾀하는 데도 사람들의 움직임이 안 보인다면 답답했을 거야. 송강은 이를 뚫기 위한 방책으로 노랫말을 지어 배포했지. 온갖 미사여구를 다 동원하였지. 심지어 중국과 비교하면서 호기도 부렸어. 강원도는 신선이 살 곳, 즉 강원도 사람은 신선이라는 등식을 가지고 노랫말을 만들어 배포하자 사람들은 움직이기 시작했어. 결과적으로 강원도를 확 달라지게 만들었던 거야."

"그런데 의문점이 있다. 관동별곡은 기행문이잖아. 상상적으로는 쓸 수 없는 글인데 어떻게 된 거야."

"옳은 지적이다. 조선의 제도를 모르면 그런 의문을 당연히 가지게 되어 있지. 그래서 지금까지 오해로 일관하였지. 결론적으로 보면 우리 학계의 잘못이지만, 그 피해는 결과적으로 독자이고 백성이지. 지금부터 말할 테니 잘 들어봐."

"그런 잔소리는 안 하는 것이 좋아."

"알았다. 알았어. 그러니까 조선의 제도는 과거 보기 전에 산천유람은 기본이었어. 공부가 어느 정도 무르익으면 세상에 나가 직접 몸으로 경험하는 것이 산천유람의 목적이었어. 글만 되면 선비들이 환영했고 떠날 때는 소개장과 여비까지 주었다고 해. 송강도 산천유람 했다는 증거가 있어. 전라도 담양에서 공부한 송강이 강원도 금강산에서 공부한 율곡과 20세에 교유하여 평생 갔다고 하는 글이 그 증거야. 그러니까 송강은 과거급제 하기 전에 금강산은 물론 강원도 곳곳을 섭렵했던 거야. 그때의 경험을 바탕으로 관찰사의 직무실에서 글을 썼던 거야. 그런데 대단하기는 해. 그 장문을 단시일에 완성했다는 것은 혀가 내둘러질 정도야."

"바쁘게 일하면서 그런 글을 남겼다는 것은 기적적이지."

"맞아, 낮에는 일하고 밤에는 잠자지 않고 글을 썼을 거야. 그렇게 하여 상소, 유읍제문, 관동별곡, 훈민가를 지어 강원도 사람들의 생활을 확 바꿔버렸으니 글의 효과가 대단하지. 지금 사람들 문학만 전공하는 사람들도 많은데 그 효과가 어림도 없는 것을 보면 위대한 문인이 맞긴 맞아."

"훈민가는 백성에게 충효 등 각 항목마다 가르치려고 16수를 지었다는 것은 이미 배웠지. 그러니까 백성이 모르는 것은 가르치고 지방 수령에게는 백성의 편에 서서 복무하라는 지시를 내리는 한편 침체된 분위기 바꾸려고 노랫말 지었으며 나라에 세금 감면 바라는 상소로 강원도의 분위기를 일신시켰단 말이지."

"맞아, 정확히 보았어. 그렇게 하여 13개월의 복무 기간 동안 모든 것을 확 바꾼 결과 그들의 생활상을 한 단계 끌어올렸지. 교통과 통신이 발달한 지금도 못 볼 성과를 보았다는 것은 획기적이지. 그것이 글의 성과였으니 지금 어떤 글이 있어 그런 효과를 볼 수 있겠어. 생각할수록 위대하게 보인다니까. 그래서 그분에게 빠져 있는 거야."

"그렇겠다. 말을 듣고 보니 그럴 만도 하네 그려."

"정말 대단하신 분이 맞긴 맞네 그려."

그렇게 송강이 강원도의 백성을 위해 노심초사한 것을 들으면서 일태의 생각은 바뀌어가고 있었다. 혼자 있게 되자 형민이처럼 강호에 병이 깊어 죽림에 누었다니 하는 노랫말에 눈이 돌아갔다. 그리고 입으로 읊기 시작했다.

江강湖호에 病병이 깁퍼 竹듁林님의 누엇더니,
關관東동八팔百빅里리에 方방面면을 맛디시니,
어와 聖셩恩은이야 가디록 罔망極극하다.
延연秋츄門문 드리드라 慶경會회南남門문 브라보며,
下하直직고 믈너나니 玉옥節졀이 압픠 셧다.
平평丘구驛역 물을 ᄀ라 黑흑水슈로 도라드니,
蟾셤江강은 어듸메오 雉티岳악는 여긔로다.
昭쇼陽양江강 ᄂ린 믈이 어드러로 든단말고.
孤고臣신去거國국에 白빅髮발도 하도할샤.
東동州쥐밤 계오 새와 北븍寬관亭뎡의 올나 ᄒ니,
三삼角각山산 第뎨一일峯봉이 ᄒ마면 뵈리로다.
弓궁王왕 大대闕궐터희 烏오鵲쟉이 지지괴니,
千쳔古고興흥亡망을 아는다, 몰ᄋ는다.
淮회陽양 녜 일홈이 마초아 ᄀ톨시고.
汲급長댱孺유 風풍彩치를 고텨 아니 볼거이고.
營영中듕이 無무事ᄉ호고 時시節졀이 三삼月월인 제
花화川쳔 시내 길이 楓풍岳악으로 버더 잇다.
行ᄒ裝장을 다 썰치고 石셕逕경의 막대 디퍼,
百빅川쳔洞동 겨퇴두고 萬만瀑폭洞동 드러가니,
銀은ᄀ튼 무지게 玉옥ᄀ튼 龍룡의 초리,
섯돌며 뿜ᄂ 소리 十십里里의 ᄌ자시니,
들을 제ᄂ 우레러니 보니ᄂ 눈이로다.
金금剛강臺ᄃ 민 우層층의 仙션鶴학이 삿기 치니,
春츈風풍 玉옥笛뎍 聲셩의 첫 줌을 ᄭᅢ듯던디,
縞호衣의玄현裳샹이 半반空공의 소소쓰니,
西셔湖호 녯 主쥬人인을 반겨셔 넘노ᄂ 닷.
小쇼香향爐노 大대香향爐노 눈 아래 구버보며,
正졍陽양寺ᄉ 眞진歇헐臺ᄃ 고텨 올나안준 말이,
盧녀山산 眞진面면目목이 여긔야 다 뵈ᄂ다.
어와, 造조化화翁옹이 헌ᄉ토 헌ᄉ홀샤.

강호에 병이 깊어 죽림에 누었더니
관동 팔백 리에 방면을 맡기시니
아아! 성은이야 갈수록 망극하다
연추문 드리다라 경회남문 바라보며
하직하고 물러나니 옥절[1]이 앞에 섰다
평구역 말馬을 갈아 흑수로 돌아드니
섬강은 어디메오 치악은 여기로다
소양강 내린 물이 어디에로 든단 말고
고신거국(孤臣去國)[2]에 백발도 많고 많다
동주 밤 겨우 새워 북관정에 올라가니
삼각산 제일봉이 하마터면 뵈리로다
궁예왕 대궐터에 오작(烏鵲)이 지저귀니
천고흥망을 아는가 모르는가
회양 네 이름이 맞추어 같은지고
급장유[3] 풍채를 고쳐 아니 볼 것이네
영중이 무사하고 시절이 삼월인 제
화천 시내 길이 풍악으로 뻗어 있다
행장을 다 떨치고 돌길에 막대 짚어
백천동 곁에 두고 만폭동 들어가니
은 같은 무지개 옥 같은 용의 꼬리
섯돌며 뿜는 소리 십리에 퍼졌으니
들을 제는 우레러니 보니까 눈이로다
금강대 맨 위층에 선학이 새끼 치니
춘풍 옥피리에 첫잠을 깼던지
호의현상(縞衣玄裳)[4]이 공중에 솟아 뜨니
서호(西湖) 옛 주인[5]을 반겨서 넘노는 듯
소향로 대향로 눈 아래 굽어보며
정양사 진헐대 고쳐 올라앉은 말이
"여산 진면목이 여기야 다 뵈도다."
아아, 조화옹이 헌사토 헌사할샤[6]

놀거든 뛰디 마나 섯거든 솟디 마나.
芙부蓉용을 소잣는 둧 白빅玉옥을 믓것는 둧,
東동溟명을 박츠는 둧 北북極극을 괴왓는 둧.
놉흘시고 望망高고臺디 외로올샤 穴혈望망峯봉
하눌의 추미러 므스 일을 스로리라,
千쳔萬만劫겁 디나드록 구필 줄 모르는다.
어와 너여이고 너 ᄀ트니 또 잇는가.
開기心심臺디 고텨 올나 衆듕香향城성 브라보며,
萬만二이千쳔峯봉을 歷녁歷녁히 혜여ᄒᆞ니,
峯봉마다 미쳐 잇고 긋마다 서린 긔운,
묽거든 조치 마나 조커든 묽지 마나.
져 긔운 흐터 내야 人인傑걸을 믄돌고쟈.
形형容용도 그지 업고 體톄勢셰도 하도 할샤.
天텬地디 삼기실 졔 自즈然연이 되연마는,
이제 와 보게 되니 有유情졍도 有유情졍홀샤.
毗비盧로峯봉 上샹上샹頭두의 올라 본이 긔 뉘신고.
東동山산 泰태山산이 어느야 놉돗던고.
魯노國국 조븐 줄도 우리는 모르거든,
넙거나 넙은 天텬下하 엇찌ᄒᆞ야 젹닷 말고.
어와 뎌 디위롤 어이ᄒᆞ면 알 거이고.
오르디 못 ᄒᆞ거니 느려가미 고이ᄒᆞ랴.
圓원通통골 ᄀᆞ는 길로 獅ᄉᆞ子ᄌᆞ峯봉을 초자가니,
그 알픠 너러바회 化화龍룡쇠 되여셰라.
千쳔年년 老노龍룡이 구비구비 서려 이셔,
晝듀夜야의 흘녀 내여 滄창海ᄒᆡ에 니어시니,
風풍雲운을 언제 어더 三삼日일雨우롤 디련는다.
陰음崖애예 이온 플을 다 살와 내여스라.
摩마訶하衍연 妙묘吉길祥샹 雁안門문재 너머 디여,
외나모 써근 두리 佛블頂뎡臺디예 올라ᄒᆞ니,
千쳔尋심絕졀壁벽을 半반空공애 셰여 두고,

날거든 뛰지 말지 섯거든 솟지 말지
부용을 꽂았는 듯 백옥을 묶었는 듯
동해를 박차는 듯 북극을 괴었는 듯
높을시고 망고대 외로울사 혈망봉
하늘에 치밀어 무슨 일을 아뢰려고
천만겁 지나도록 굽힐 줄 모르는가
아아! 너로구나 너 같은 이 또 있는가
개심대 고쳐 올라 중향성[7] 바라보며
만이천봉을 역력히 헤아리니
봉마다 맺혀 있고 끝마다 서린 기운
맑거든 좋지 말지 좋거든 맑지 말지
저 기운 흩어 내어 인걸(人傑)을 만들고자
생김도 그지없고 모양도 많고 많다
천지 생겨 날 때 자연히 되었지만
이제 와 보게 되니 정답고 정답구나
비로봉 꼭대기에 올라 본 이 그 뉘신가
동산(東山) 태산(泰山)이 어디가 높았던고
노나라 좁은 줄도 우리는 모르거늘
넓고도 넓은 천하 어찌하여 작단 말인가
아아! 저 지위를 어이하면 알 것인가
오르지 못하거늘 내려감이 괴이하랴
원통골 가는 길로 사자봉을 찾아 가니
그 앞의 너럭바위 화룡소 되었구나
천 년 늙은 용 굽이굽이 서려 있어
주야로 흘러 내려 바다에 이었으니
풍운을 언제 얻어 흡족한 비 내리려나
그늘 언덕 시든 풀을 다 살려 내려무나
마하연 묘길상 안문재 넘어가서
외나무 썩은 다리 불정대에 올라가니
천 길 절벽을 공중에 세워 두고

銀은河하水슈 한 구비롤 촌촌이 버혀 내여,
실ᄀ티 플텨이셔 뵈ᄀ티 거러시니,
圖도經경 열 두 구비 내 보매는 여러히라.
李니謫뎍仙션이 이제 이셔 고텨 의논ᄒ게 되면,
廬녀山산이 여긔도곤 낫단 말 못 ᄒ려니.
山산中듕을 ᄆ양 보랴 東동海ᄒ히로 가쟈ᄉ라.
籃남輿여 緩완步보ᄒ야 山산映영樓누의 올나하니,
玲녕瓏농碧벽溪계와 數수聲셩 啼뎨鳥됴는
離니別별을 怨원ᄒ는 듯,
旌졍旗긔를 썰티니 五오色ᄉ이 넘노는 듯,
鼓고角각을 섯부니 海ᄒ히雲운이 다 것는 듯.
鳴명沙사길 니근 물이 醉춰仙션을 빗기 시러,
바다홀 겻티 두고 海ᄒ히棠당花화로 드러가니,
白ᄇ鷗구야 ᄂ디 마라 네 벗인 줄 엇디 아는.
金금懶난窟굴 도라드러 叢총石셕亭뎡의 올나하니,
白ᄇ玉옥樓누 남은 기동 다만 네히 셔 잇고야.
工공倕슈의 셩녕인가 鬼귀斧부로 다드무가.
구투야 六뉵面면은 므어슬 象샹툿던고.
高고城셩으란 뎌만 두고 三삼日일浦포롤 ᄎ자가니,
丹단書셔는 宛완然연ᄒ되 四ᄉ仙션은 어디 가니.
예 사흘 머믄 後후의 어디 가 쏘 머믄고,
仙션遊유潭담 永영郎낭湖호 거긔나 가 잇는가.
清청澗간亭뎡 萬만景경臺디 몃 고디 안돗던고.
梨니花화는 벌셔 디고 졉동새 슬피 울 제,
洛낙山산 東동畔반으로 義의相샹臺디예 올라 안자,
日일出츌을 보리라 밤듕만 니러하니,
祥샹雲운이 집픠는 동 六뉵龍농이 바퇴는 동,
바다히 써날 제는 萬만國국이 일위더니,
天텬中듕의 팁뜨니 毫호髮발을 혜리로다.
아마도 녈구름이 근쳐의 머믈셰라.

은하수 한 굽이를 촌촌(村村)이 베어 내어
실같이 풀어내어 베같이 걸었으니
도경(圖經) 열두 굽이 내 보기엔 여럿이라
이태백이 이제 있어 고쳐 의논하게 되면
여산(廬山)이 여기보다 낫단 말 못 하려니
산중을 매양 보랴 동해로 가자꾸나
남여(籃輿)[8] 완보하여 산영루[9]에 올라가니
영롱한 푸른 물, 숫한 새 울음
이별을 원망하는 듯
깃발을 떨치니 오색이 넘노는 듯
고각(鼓角)[10]을 섞어 부니 해운海雲이 다 걷힌 듯
명사길 익은 말(馬)이 취선을 빗기 싫어
바다를 곁에 두고 해당화로 들어가니
백구야 날지 마라 네 벗인 줄 어찌 아냐
금란굴 돌아들어 총석정에 올라가니
백옥루 남은 기둥 다만 넷이 서 있구나
공수(工倕)[11]가 만들었나 귀부(鬼斧)[12]로 다듬었나
구태여 육면(六面)은 무엇을 형상했나
고성일랑 저만[13] 두고 삼일포를 찾아 가니
단서(丹書)[14]는 완연한데 사선(四仙)[15]은 어데 갔나
예 사흘 머문 후에 어디 가 또 머물까
선유담 영랑호 거기나 가 있는가(있을까)
청간정 만경대 몇 곳에 안 갔던가
배꽃은 벌써 지고 접동새 슬피 울 제
낙산 동쪽 언덕으로 의상대에 올라앉아
일출을 보리라 밤중에 일어나니
상운이 지피는 듯 육룡(六龍)이 바치는 듯
바다에 솟을 때는 만국(萬國)이 들끓더니
하늘에 치뜨니 터럭도 헤리로다
아마도 널 구름이 근처에 머물거다

詩시仙션은 어디 가고 咳히唾타만 나맛ᄂ니.　　시선(詩仙)은 어데 가고 시구(詩句)만 남았느냐

天텬地디間간 壯장호 긔별 ᄌ셔히도 홀셔이고.　　천지간 장한 기별 자세히도 하였구나

斜샤陽양 峴현山산의 躑텩躅튝을 므너볼와,　　사양(석양) 현산의 철쭉을 이어 밟아

羽우盖개芝지輪륜이 鏡경浦포로 ᄂ려가니,　　우개지륜(羽盖芝輪)[16]이 경포에 내려가니

十십里리氷빙紈환을 다리고 고텨 다려,　　십리(十里)빙환을 다리고 고쳐 다려

長댱松숑 울흔 소개 슬크장 펴뎌시니,　　장송 울창한 속에 한없이 펼쳤으니

믈결도 자도 잘샤 모래룰 혜리로다.　　물결도 잔잔하여 모래를 헤겠도다

孤고舟쥬 解히纜람ᄒ야 亭뎡子ᄌ 우히 올나가니,　　외로운 배 밧줄 풀어 정자 위에 올라가니

江강門문橋교 너믄 겨퇴 大대洋양이 거긔로다.　　강문교 넘은 곁에 대양이 거기로다

從둉容용ᄒ댜 이氣긔像샹 潤활遠원ᄒ댜 뎌境경界계,　　조용하다 이 기상 원활하다 저 경계

이도곤 ᄀ존 ᄃ 또 어듸 잇닷 말고.　　이보다 더 갖춘데 또 어디 있단 말인가

紅홍粧장 古고事ᄉ룰 헌ᄉ타 ᄒ리로다.　　홍장(紅粧) 고사[17]를 헌사타 하리로다

江강陵능 大대都도護호 風풍俗쇽이 됴흘시고.　　강릉 대도호[18] 풍속이 좋을시고

節절孝효 旌졍門문이 골골이 버러시니　　절효정문[19]이 골골이 널렸으니

比비屋옥可가封봉이 이제도 잇다 호다.　　비옥가봉(比屋可封)[20]이 이제도 있다 하리

眞진珠쥬館관 竹듁西셔樓루 五오十십川쳔 모든 믈이,　　진주관 죽서루 오십천 모든 물이

太태白빅山산 그림재룰 東동海히로 다마 가니,　　태백산 그림자를 동해로 담아 가니

출하리 漢한江강의 木목覓멱의 다히고져.　　차라리 한강의 남산에 다였으면

王왕程뎡이 有유限호고 風풍景경이 못 슬믜니,　　왕정(王程)[21]이 유한하고 풍경이 못내 슬믜니[22]

幽유懷회도 하도 할샤 客긱愁수도 둘 듸 업다.　　유회[23]도 많고 많다 객수도 둘 데 없다

仙션槎사룰 ᄯ워 내여 斗두牛우로 向향ᄒ살가,　　선사[24]를 띄워 내어 두우(斗牛)[25]로 향해 갈까

仙션人인을 ᄎ주려 丹단穴혈의 머므살가.　　선인(신선)을 찾으러 단혈[26]에 머물러 살까

天텬根근을 못내 보와 望망洋양亭뎡의 올은 말이,　　하늘 뿌리 끝내 보려 망양정에 오른 말이

바다 밧근 하놀이니 하놀 밧근 므어신고.　　"바다 밖은 하늘인데 하늘 밖은 무엇인고

깃득 怒노ᄒ혼 고래 뉘라셔 놀내관대,　　가뜩 성낸 고래 뉘라서 놀랬길래

블거니 쓺거니 어즈러이 구ᄂ는디고.　　불거니 뿜거니 어지럽게 구는지고"

銀은山산을 것거 내여 六뉵合합의 ᄂ리는 둣,　　은산을 꺾어 내어 육합(六合)에 내리는 듯

五오月월 長댱天텬의 白빅雪셜은 므스 일고.　　오월 긴긴 날 백설은 무슨 일고!

뎌근덧 밤이 드러 風풍浪낭이 定뎡ᄒ거놀　　어느덧 밤이 들어 풍랑이 진정커늘

扶부桑상 咫지尺쳑의 明명月월을 기ᄃ리니　　부상(扶桑)[27] 가까이 명월을 기다리니

瑞셔光광 千쳔丈댱이 뵈는 둣 숨는고야.　　　서광 천 길이 뵈는 듯 숨는구나
珠쥬簾렴을 고려것고 玉옥階계를 다시 쓸며,　　주렴을 고쳐 걷고 옥섬돌 다시 쓸며
啓계明명星셩 돗도록 곳초 안자 브라보니,　　계명성 돋도록 곧게 앉아 바라보니
白빅蓮년花화 혼 가지를 뉘라셔 보내신고.　　백련화 한 가지를 뉘라서 보내신고
일이 됴흔 世세界계 놈대되 다 뵈고져.　　　　이리 좋은 세계 남에게 다 뵈고저!
流뉴霞하酒쥬를 ᄀ득부어 둘드려 무론 말이,　유하주 가득 부어 달에게 묻는 말이
英영雄웅은 어디 가며 四ᄉ仙션은 긔 뉘러니,　"영웅은 어디 가고 사선은 그 뉘런지"
아모나 맛나 보아 녯 긔별 뭇쟈 ᄒ니,　　　아무나 만나 보아 옛 기별 묻자 하니
仙션山산 東동海ᄒ예 갈 길도 머도 멀샤.　　선산(仙山) 동해에 갈 길도 멀고 멀다
松숑根근을 볘여 누어 픗줌을 얼픗 드니,　　솔뿌리 베고 누워 풋잠을 얼핏 드니
꿈애 혼 사름이 날ᄃ려 닐온 말이,　　　　　꿈에 한 사람이 날더러 이른 말이
그디롤 내모르랴 上샹界계예 眞진仙션이라.　"그대를 내 모르랴 천상계 진선이라
黃황庭뎡經경 一일字ᄌ롤 엇디 그롯 닐거 두고,　황정경28 한 자를 어찌 잘못 읽어 두고
人인間간의 내려와셔 우리롤 똘오는다.　　　인간계 내려와서 우리를 따르느냐"
져근덧 가디마오 이 술 혼 잔 먹어 보오.　　잠간만 가지 마오 이 술 한 잔 먹어 보오
北븍斗두星셩 기우려 滄챵海ᄒ水슈 부어내여,　북두성 기울여 창해수 부어 내어
저 먹고 날 먹여놀 서너 잔 거후로니,　　　저 먹고 날 먹여서 서너 잔 기울이니
和화風풍이 習습習습ᄒ야 兩냥腋익을 추혀드러,　화풍이 슬슬 일어 겨드랑 치켜들어
九구萬만里리長댱空공애 져기면 놀리로다　구만리 창공에 자칫하면 날 것 같다
이 술 가져다가 四ᄉ海ᄒ예 고로 논화,　　이 술을 가져다가 사해(四海)에 고루 나눠
億억萬만蒼창生셩을 다 醉취케 밍근 후의,　억만창생을 다 취케 만든 후에
그제야 고텨 만나 또 혼 잔 ᄒ쟛고야.　　　그제야 고쳐 만나 또 한잔 하자꾸나
말디쟈 鶴학을 투고 九구空공의 올나가니,　말 끝나자 학을 타고 하늘에 올라가니
空공中듕 玉옥簫쇼 소리 어제런가 그제런가.　공중 통소 소리 어제런가 그제런가
나도 줌을 ᄭ에여 바다흘 구버 보니,　　　나도 잠을 깨어 바다를 굽어보니
기픠롤 모르거니 ᄀ인 들 엇디 알리.　　　깊이를 모르거니 가인들 어찌 알리
明명月월이 千쳔山산萬만落낙의 아니 비쵠 디 업다.　명월이 천산만락의 아니 비친 데 없다

1) 옥절(玉節):임금이 신표(信標)로 주던 것으로 관원이 출발할 때에 기표(旗標)로 하여 앞에 세웠다. 관찰사의 상징물.

2) 고신거국(孤臣去國): 임금의 곁을 떠난 신하, 즉 작가 자신.

3) 급장유(汲長孺): 한(漢) 무제(武帝) 때의 직간신(直諫臣) 회양 태수를 지냄.

4) 호의현상(縞衣玄裳): 흰 옷에 검은 치마. 학의 외모를 형용함.

5) 서호의 옛 주인: 송나라 임포. 학과 매화를 사랑하여 매화를 아내로 학을 아들로 삼아 서호에서 은거했다는 은일고사가 있음.

6) 헌사토 헌사할샤: 뛰어난 모습의 찬사.

7) 중향성: 내금강의 영랑봉 동남을 병풍처럼 둘러싸고 있는 하얀 바위 성.

8) 남녀(籃輿): 의자처럼 꾸민 뚜껑 없는 가마.

9) 산영루: 금강산 유점사 앞의 시내를 건너질러 지은 누각.

10) 고각(鼓角): 북과 피리.

11) 공수(工倕): 중국 고대의 이름난 공장(工匠).

12) 귀부(鬼斧): 귀신의 도끼라는 뜻으로, 신기한 연장 또는 훌륭한 세공(細工)을 이름.

13) 저만: 저 혼자만.

14) 단서(丹書): 벼랑에 새긴 붉은 글씨 영랑도남석행(永郎徒南石行).

15) 사선(四仙): 신라 때의 네 신선. 곧 술랑, 남랑, 영랑, 안상.

16) 우개지륜(羽蓋芝輪): 왕후의 수레를 덮은, 녹색의 새털로 된 덮개. 또는 그 수레.

17) 홍장(紅粧) 고사: 고려 우왕 때 강원감사 박신(朴信)이 강릉 기생 홍장을 사랑하다 만기가 되어 내직으로 가게 되었을 때 부사 조운흘(趙云仡)이 경포 뱃놀이나 하자며 홍장을 선녀로 꾸며 박신을 현혹하게 했다는 고사.

18) 대도호: 큰 지방의 관청.

19) 절효정문: 충신 효자 열녀 등을 표창하기 위하여 세운 정자의 정문.

20) 비옥가봉(比屋可封): 요순시대처럼 어떤 벼슬을 내려도 될 만한 사람들이 거처하는 가옥.

21) 왕정(王程): 관리의 여정(旅程).

22) 슬믜니: 싫고 미워하다.

23) 유회: 마음속 깊이 품은 생각.

24) 선사: 신선의 배.

25) 두우(斗牛): 북두성과 견우 성.

26) 단혈(丹穴): 단혈봉유(丹穴鳳遊)를 말하며, 단사(붉은 모래)가 나오는 동굴에 봉황이 춤추며 노니는 현상.

27) 부상(扶桑): 중국 전설에서 해가 뜨는 동해 가운데 있다고 하는 상상의 나무, 또는 그 나무가 있다는 곳으로 해 돋는 곳을 말함.

28) 황정경(黃庭經): 도교의 경전.

2. 사미인곡

_"여보세요. 나 일태야."

"응. 일태, 반갑다. 그런데 어쩐 일로 전화하셨어."

"뭐, 특별한 것은 아니고, 지난번 고마웠다."

"무슨 소리야."

"무슨 소리긴. 지난번 관동별곡에 대한 설명 듣고 많은 생각이 일
너라. 그동안 괜한 억지나 부린 격이지 뭐야. 결과적으로 무식해서
그랬는데, 응석 정도로 이해해주었으면 좋겠다. 하여튼 알려주어 고
맙다. 이제는 그런 무식의 굴레에서 벗어날 수 있게 되어 하는 소리
야. 그에 대한 감사의 인사는 해야 할 것 같아서 전화했어."

"이 친구 정말 엉뚱하네. 그게 뭐 감사할 일이라고. 그렇게 말하니
내가 더 어색해지잖아. 그보다 오해가 조금이라도 풀렸다면 내가 감
사할 일이지."

"아니야, 아니야. 진심에서 하는 소리야. 그런데 하나 더 부탁해도
될까?"

"뭔데! 말해봐."

"다른 게 아니고 사미인곡도 한 번 듣고 싶어서."

"그런 것이라면 언제라도 환영하지."

"그렇다면 내가 상진이에게 말해서 조만간에 자리 마련할게."

"알았다. 그러면 그때 보자."

"그래, 그러면 그때 보자. 잘 지내."

형민은 전화 끊자, 흐뭇하여 날아갈 것 같았다. 송강의 송자만 나오면 괜히 깐죽대던 일태였다. 자기 조상의 고초가 송강 때문이라며 괜한 원한 관계로 결정짓고는, 강한 몸짓으로 일관했었다. 오해로 빚어진 결과임을 말해도 시큰둥하기만 하는 것을 어쩌지 못하여, 언젠가는 바뀌겠지 하면서 기다렸는데 드디어 그날이 왔다는 느낌이었다. 그동안 무조건 깐죽대더라도 참아 넘겼다. 멸문지화를 당한 입장에서 보면 얼마나 마음이 아플까 하는 생각 때문이었다. 송강이 당하고 있는 화도 그에 못지않다며 오해 풀라고 그렇게 말해도 도리질만 하던 일태가 관동별곡을 왜 지었으며, 당시 어떠한 자세로 복무했는지에 대한 증거로 유읍제문에 대해 알려주자 마음이 바뀌어졌다고 했다. 송강의 인품을 바로 보기 시작했다는 생각이 들었다. 그렇다면 이제는 자기처럼 송강을 맹목적으로 따를 수도 있겠다는 생각까지도 해 보았다. 얼마나 다행한 일인지 모르겠다. 의병장 조헌(趙憲, 1544~1592)처럼만 된다면 금상첨화일 것 같았다.

조헌은 평소에 가까이 지내던 이발에게 송강이 좋지 않은 사람이라는 말을 들었었다. 그런데 전라도사로 복무하는 중에 송강이 관찰사가 되어서 내려온다고 했다. 그런 좋지 못한 사람과 같이 일할 수 없다는 판단으로 사직서를 올렸다. 생각지 못한 사직서에 이유를 묻자 조헌은 곧이곧대로 말했다. 송강의 입장에서는 기분이 상할 만도 한데 내색도 않고 남의 말만 듣고 판단하는 것은 옳지 않은 처사라고 했다. 직접 접해보고 정말 들었던 것처럼 소인이라면 그때 떠나도 늦지 않을 것이라는 말에 고개가 끄덕여졌다. 그렇게 하여 지근거리에서 송강의 일거수일투족을 보면서 진실함에 탄복하고 말았다. 벗인 이발이 남의 말만 들은 탓으로 몰라서 오해한 것이라 생각되어 찾아 나섰다. 그동안 보아왔던 것을 자세히 말하며 오해 풀라고 권하자 강한 몸짓으로 거절했다. 진실을 받아주지 않은 벗은 필요 없다면서 절교 선언하고, 그때 송강의 만류가 없었다면 이발처럼 뻔뻔했을 것이라며 큰일 날 뻔했다고 했다. 그리고는 송강을 탄핵하며 엉뚱한 주장이 오가는 것에 대한 진실을 밝히려고 상소하는 등, 나라가 총체적으로 어려운데 난국 헤쳐 나가기 위해 송강을 등용하여 전권 주어야 한다고 하다가 귀양살이까지 하였다.

전화 끊고 얼마 후 일태의 주선으로 다시 세 사람이 만났다. 일태는 평소에 사미인곡에 아직까지 밝혀지지 않은 것이 많다는 형민의 말이 생각나서 그랬다고 했다. 수인사 끝나기 바쁘게 일태는 서둘렀다. 지금까지 어떻게 참았는지 모를 지경이었다.

"술은 나중에 마시고 우선 사미인곡의 강의로 들어갔으면 좋겠다."

"이 사람 서둘긴. 그렇게 급한데 그동안 어떻게 참았어."

"글쎄 나도 모르겠다. 내가 퍽이나 서둘고 있는 것 같긴 하네. 괜히 쑥스러워지기도 하지만 어쩌겠어. 마음이 그렇게 되는 걸."

"아니야, 글이 고프면 그럴 수도 있어. 나는 충분히 이해해. 그러면 본격적으로 16세기로 들어가기로 하자."

송강은 선조 임금의 신임하에 조정 바로잡기 위해서 무진 애썼지. 신하들이 백성 위해 일하지 않으면 나라에 환란이 초래될 수도 있음으로 제발 봉사하는 정신으로 복무에 임하자는 주장이었어. 그런데 지금까지 자기들의 이익에만 급급한 사람들의 입장에서 보면 너무도 힘들었던 모양이야. 불만의 목소리가 여기저기서 나왔지. 임금까지 나서서 그러면 안 된다고 다독였지만 몸에 밴 것이라서 쉽게 빠져나오지 못했어. 사람의 습성이란 것은 무서울뿐더러 끈질겼어. 그래서 제 버릇 개 주지 못한다는 말이 나왔을 거야. 만 3년 동안 변화를 꾀했지만 달라지다가 회귀하기를 반복했지. 나중에는 이판사판식으로 탄핵하는 통에 더 이상 있다가는 임금에게 누가 미칠 것 같아 사직서를 냈어. 1585년 4월의 일이었어. 그리고는 창평으로 내려갔는데, 전과는 달리 임금에게서 아무런 연락이 없었어. 그도 그럴 것이 내려줄 마땅한 벼슬자리가 바닥났기 때문이었지. 예조판서와 형조판서를 마쳤는데 다시 관찰사를 맡기는 것도 어색해서 그랬을 거야. 그렇다고 해서 내직으로 불러들일 수는 없었지. 신진사림들의 뿌리가 원체 깊이 박혀 있어서 송강이 설 자리는 어디에도 없다는 것을 임금도 알았어. 송강도 같은 생각이었기에 낙향하여 여유자적하기로 했는데, 나라 돌아가는 형세가 너무 안 좋았어.

왜국의 침범설로 나라가 온통 뒤숭숭해진 거야. 백성들은 일손 놓고 피난의 봇짐 쌀 정도였으니까 당시가 어떠했다는 것은 알 수 있잖아. 오죽했으면 조정에서 통신사 파견하는 쪽으로 결정했겠어. 그 정도면 각성해야 되는데 집권층은 여전히 꿈속에 있었어. 1590년 3월 6일 정사 황윤길, 부사 김성일, 서장관 허성으로 일행 꾸려서 보냈는데 문제는 주류에서 낙점한 부사였어. 뒷배가 든든하다는 이유로 사사건건 정사와 각을 세웠던 거야. 원래 정사가 모든 일을 책임지면서 처리하고 부사는 도와주기만 하면 되는데 처음부터 그런 생각은 없었어. 정사를 무시하는 것은 물론 일마다 하나하나 따지고 깐죽대며 좌지우지하려고 들었지. 일본의 속내가 바로 밝혀지면 지금까지 주장한 태평성세에 대한 허구가 알려질 것이 겁나서 그랬던 거야. 그러니까 주류와 그에 속해 있는 부사는 각본대로 연출하고 싶었던 거지. 정사야 받은 임무 충실히 이행해야 하니 자연스럽게 충돌이 일어났던 거고. 정사 입장에서 보면 답답했지. 일은 해야 하는데 무조건 반대하는 부사를 어떻게 할 도리가 없었어. 타국에 가서 적들이 눈에 불을 켜고 보는 가운데 정사와 부사가 갈등을 이어갈 수도 없잖아. 나중에는 부사 하는 일을 지켜보기로 하였지. 다만 그들의 동태를 살피면서 정확한 보고서 꾸미면 된다는 생각이었어. 목적이 그것이었으니까 큰 문제는 없다는 생각까지 하였지. 그런데 1591년 1월 28일 귀환해서 보고서 작성하는데 부사는 일본이 전쟁 일으킬 힘도 없을뿐더러 그런 마음도 없다는 주장을 고수하는 거야. 어쩌지 못하고 각각 작성한 보고서 제출하기로 했어. 그런데 조정에서는 각본대로 움직였지. 일본의 속내 바로 알려주면 들끓을 것 같은 민심이 무서웠던 거야. 그래서 택한 파견이었음으로 부사의 손을 들고 말았어. 임금마저도 당신이 편 치적으로 태평성세가 이어진다는 것을 과시하고 싶었겠지. 백성은 혹시나 하다가 역시나의 결정으로 기울자 더욱 혼란이 왔어.

당시의 분위기를 알 수 있는 일화가 있어. 1592년 4월 13일 고니시가 이끄는 일본군 선봉대 1만 8,700여 명이 700여 척의 병선에 나누어 타고 쓰시마 섬의 오우라 항(大浦港)을 출항하여 부산 다대포로 쳐들어온 그날이었어. 의병장 조헌은 벗과 담화 중에 깜짝 놀라더니, 올 것이 드디어 왔다면서 벌떡 일어났다는 거야. 지금 왜병이 부산을 유린하였다며, 의병 모집하러 가야 한다고 부랴부랴 짐을 챙겼어. 같이 있던 벗은 무슨 소리인지 몰라서 어벙한 가운데 서둘러 가는 벗에게 인사도 바로 못했는데, 이내 국토 유린의 소식이 들려오는 거야. 놀란 투시력에 감탄하면서, 당시의 일을 말하자 발 없는 말은 전국에 퍼졌다고 해.

조헌 같은 분이 얼마나 있었는지는 모르지만 우리 조상들의 예지력이 남 다른 예는 허다해. 충북 청주 대청호 상류에 어부동이 있어. 첩첩산중에 어부동이라는 마을 이름은 너무 생뚱하여 상상조차 못 할 정도인데 대청댐이 조성되면서 딱 들어맞는 마을 이름이 되었어. 또 청주 비행장 인근에 있으며 서로 마주한 마을에 비상리와 비하리가 있어. 비행기가 무엇인지도 모르던 시절부터 있던 이름이야. 비행장이 조성되자 비행기가 뜨면서 비상리 위를 날았고 내리면서 비하리 위를 날았어. 이때서야 이름값을 톡톡히 하게 되었지. 또한 비행장 안에 장군봉과 병사봉이 있어. 군사적인 시설이라는 것을 말해주고 있는 지명이지. 우리 선조들의 예지력은 이 정도로 어마어마했으니 임진왜란을 예견하는 것은 그리 어렵지 않았을 거야. 단지 당시의 주류들은 애써 외면했을 뿐이었어. 그에 대한 실화가 있어.

충주 탄금대에서 신립 장군과 같이 순직한 김여물 장군이 있지. 의주 고을 사또가 되어 부임하자마자 허물어진 성부터 보수하는 역사를 벌렸지. 조정에서는 그런 상황이 곧장 알려지자 불문곡직 민심을 혼란스럽게 만든다고 하여 귀양 보내버렸어. 당시는 무조건 태평한 세월만 읊어야 한다는 식이었어. 조정은 자기들의 치적이 발현되어 어느 때보다 좋은 세상이라고 말하는데 백성들 처지에서는 불안했던 거야.

송강이 내려가 있는 담양에서도 마찬가지였어. 병사들이 훈련해야 하는데 이런 평화 시절에 창칼을 어디에 쓸 것이냐며 훈련은 하는 둥 마는 둥하며 마냥 놀고만 있었던 거야. 대장은 군영에 있으며 훈련도 시키고 감독해야 하는데 자리 비우기 일쑤였지. 송강은 한심한 생각으로 고민에 빠져들었어. 머지않아 닥칠 환란인데, 막상 일이 닥치면 백성들이 어찌해야 할 것인지 걱정이 태산이었어. 백성의 실망이 겹쳐 나라를 저버린다면 앞으로 어떠한 수단 쓰더라도 수습하지 못할 것만 같았지. 언젠가 전쟁은 끝나겠지만, 그 후가 더 걱정되었단 말이야. 나라를 위해서는 반드시 안정이 필요한 것이잖아. 나라의 근본은 백성인데 이렇게 흔들리는 것을 좌시만 할 수는 없었던 거야. 백성들의 동요 줄이는 방법은 나라의 중심인 임금을 우러러 보게 만들어야 한다고 생각했어. 임금은 어버이로서 항상 백성을 생각하고 있다는 것을 알려주면 될 것 같았어. 백성은 어떠한 일이 있더라도 나라 생각하기를 바라며, 나라는 즉 임금이므로 임금을 사모해야 한다는 생각의 사미인곡을 지었지. 글은 완성되었는데 조금은 간접적인 느낌이 들었어. 예민한 사람은 알 수 있겠지만 겉으로만 보면 모를 것도 같았던 거야. 그래서 다시 지은 것이 속미인곡이지. 그곳에서는 직접적으로 임금과 여인들 즉 백성을 대비시켜 그렸지. 너무 숨 가쁘게 말했는데 우선 쉴 겸하여 한 대목을 읊어야겠다. 사미인곡 여름 장이야, 한 번 들어봐.

곳 디고 새 닙 나니 綠녹陰음이 낄렷눈디/ 羅나幃위 寂젹寞막호

고 繡슈幕막이 뷔여잇다/ 芙부蓉용을 거더 노코 孔공雀쟉을 둘러
두니/ 굿득 시름한디 날은 엇디 기돗던고/ 鴛원鴦앙錦금 버혀 노코
五오色식線션 플텨 내여/ 금자히 견화이셔 님의 옷 지어내니/ 手슈
品품은 크니와 制졔度도도 ᄀ즐시고/ 珊산瑚호樹슈 지게 우희 白
빅玉옥函함의 다마 두고/ 님의게 보내오려 님 겨신디 브라 보니/ 山
산인가 구름인가 머흐도 머흘시고/ 千쳔里리 萬만里리 길흘 뉘라셔
ᄎ자갈고/ 니거든 여러 두고 날인가 반기실가

"야! 좋다 좋아."

일태는 박수쳤지만 상진은 조금은 어벙한 모습이었다. 또한 지루
한 느낌에 하품까지 하였다. 이를 본 형민은 한 박자 쉬어야겠다고
생각하여 사미인곡을 노래했는데 아직도 멍한 기분에서 벗어나지
못한 모양이었다. 그러자 일태가 일침을 놓으려고 나섰다.

"야! 상진이 너 재미없냐?"

"아니, 그런데 자꾸 하품이 나오네."

"내 말이 너무 딱딱했던 모양이야. 미안해."

"아니, 네가 왜 미안하냐? 나는 하나하나 알아가는 것이 좋기만
한데. 야! 상진아 안 그러냐?"

"맞아, 일태 말이 맞아. 내가 잠시 엉뚱한 생각을 하느라고 그랬
어. 형민이 너 개의치 말고 나머지 이야기나 마저 해."

"알았다. 그러면 슬슬 시작할게. 그런데 말이야 이 여름 장이 사미인곡을 쓰게 된 직접적인 동기를 나타내고 있어. 또한 당신에게는 앞으로 오게 될 환란을 막을 수 있는 방책도 있다는 거야. 그렇지만 쓸 방법이 없어 안타깝다는 마음을 담고 있어. 그러면 한 번 들어봐. 앞에 읊은 내용을 하나하나 설명해 줄게.

녹음이 우거지기 시작하는 때를 계절의 여왕이라고도 하지. 그렇게 생기발랄할 때에 젊은 병사들이 있는 막사 나위(羅幃)는 적막하기만 했어. 원래 병사들이 있으면 훈련하는 소리가 들끓어야 하잖아. 그런데 군인이 있는 것인지 의심 갈 정도로 적막하니 걱정이 될 수밖에. 또한 대장이 있어야 할 수막(繡幕)이 비어 있었어. 대장이 있어야 가서 한 마디 말이라도 하지. 답답한 송강은 어찌할 바를 모르고, 집에 돌아와 분위기라도 바꿀 겸하여 쳐진 병풍을 갈아보았지만 시름만 늘어났지. 그렇게 끙끙거리는데 무심한 시간은 어김이 없었어. 어느덧 밤이 되었지. 모든 것 잊고서 잠이나 자려고 했지만 뒤숭숭하여 잠이 영 오지 않고, 이런저런 생각만 꼬리를 무는 거야. 일어난 생각들을 곰곰이 정리하면서 미연에 방지할 방책까지 그려보았지. 그 방책이 5가지나 되었는데 그중에 하나만 바로 실천해도 되련만 태평성세라며 노래하고 있으니 답답함만 더해갔지. 가만히 있을 수가 없었어. 부스스 일어나 생각난 방책들을 손으로 뽑으면서 하나하나 되짚어 보았어. 혹시 잘못 본 것은 아닐까 하는 생각으로 꼼꼼히 살폈지만 완벽할 뿐이었어. 이제는 조정에 알리는 일만 남았지. 붓을 들었어. 다 써놓고 다시 한 번 검토하자 구상은 컸고 모든 것이 완벽에 가까웠어. 봉투에 잘 넣고 조정에 보내려는 생각에 이르자 다시 막막하기만 했어. 어떻게 하여 보냈다고 한들 이를 받아줄지도 모르겠고. 조정의 신하들은 하나같이 마음의 문에 빗장만 걸었으니 답답할 뿐이었어. 오죽하면 병조판서 율곡이 10만양병설을 내놓자 민심만 교란시킨다고 탄핵하여 낙마시켰겠어.

이것이 여름을 읊은 내용이야. 지금 설명하는 데도 내 가슴이 이렇게 답답해 오는데 송강의 마음은 어떠했겠어. 모르면 약이라는 말이 있지. 알면 그에 따른 고통이 시작된다는 것이야. 예지력이 누구보다 앞선다는 분의 마음은 찢어졌을 거야. 그 마음이 어떠했을 것인지 짐작이 가고도 남아. 그런 분이 지금 앞에 나타나 불구덩이에 같이 들어가자고 하면 나는 두 말하지 않고 따라나설 거야."

"야! 네 마음 알 것도 같다. 그렇지만 그것도 그분의 운명이었던 것 아니겠어? 덤덤히 받아들이는 것이 좋겠다. 하여튼 답답함도 풀 겸하여 목이나 축이자."

"그래, 그것이 좋겠다. 야! 형민이 먼저 들어라. 잠잠한 가슴에 돌을 던진 것 같아 미안한 생각이 자꾸 든다."

"아니야. 내가 좋아서 하는 짓인 걸. 단지 그 당시로 돌아가면 무언지 모를 답답함이 있는 것은 사실이야. 그럴 때마다 진정시키느라고 애를 먹기도 하지만 그럭저럭 넘기고 있어. 하여튼 너희들 마음 상하게 한 것 같은데 조금 쉬었다 다시 이어서 할게."

"그런 때는 한 잔하는 것도 좋잖아. 자! 쭉 들이키자."

"그래, 그러자."

"지금까지 이 글을 짓기까지의 시대적 배경을 살폈는데 이제는 내용 하나하나를 짚어 보아야 할 것 같아. 관동별곡에서는 다른 문헌들과 같이 읽어야 바로 이해할 수 있었지만 사미인곡은 글 자체에 모든 것이 나와 있어. 그러므로 자체에 빠져드는 것으로 할 거야. 사미인곡은 서론, 본론, 결론의 구조야. 본론은 다시 봄, 여름, 가을, 겨울로 나뉘지. 그 장마다 하는 말에 특색이 있어. 물론 서로 연결되기는 하지만 말이야.

서론에서는 우리의 삶이 인연에 의한 것이라고 밝히면서 시작하였어. 일본 사람은 일본 사람대로, 중국 사람은 중국 사람대로 또는 우리나라 사람은 우리들대로 각각의 그 나라와 깊은 인연이 있어 자기 땅에서 태어났을 거야. 그러므로 그 국가를 벗어나면 살 수 없음을 알려주고 싶어서 이 노래를 지었다는 것을 우선 말하여 국가관을 심어주고 싶은 송강이었어."

이 몸이 태어날 때 임 즉 국가와 인연되었음은 하늘도 다 아는 것이다. 즉 인생이라는 것은 자기 나라와 깊은 인연이 있기에 태어나게 된다. 이는 하늘의 이치 아니던가? 내가 아직 젊어 쓸 만할 때는 국가가 귀엽게 봐주었다. 그래서 이 마음은 어디 견줄 데 없이 흐뭇하기만 하였다. 평생을 그리 살기 바랐는데 힘이 없어지자 나락으로 떨어졌다. 한때는 높은 곳에서 떵떵거리며 살았건만 어찌 된 일인지 국가로부터 버림받은 몸이 된 것이다. 좋을 때의 생각으로 살아가려 하지만 일이 손에 안 잡히는 것은 어쩔 수 없는 일이었다. 마음이 얼키설키된 지 어언 삼 년의 세월이 지났다. 그동안 마음을 잡지 못하고 시름만 깊어져 짓는 것은 한숨이고 흐른 것은 눈물이었다. 인생은 유한하다 보니 시름만 깊어져 갔다. 무심하기만 한 세월은 물처럼 흐르고 있었다. 봄, 여름, 가을, 겨울이 때가 되면 어김없이 바뀌는 동안 듣기도 하고 보기도 하며 많은 것을 느끼게 되었다.

"확 풀어본 서론이야. 사람은 젊어서 쓸 만할 때에 나라의 부름 받아도 평생을 그렇게 살 수만은 없는 것이지. 언젠가는 늙어지고 쓸모가 없어지게 되는 것은 어쩔 수 없는 일이잖아. 그렇게 되면 버려지는 신세로 전락하고, 서러운 마음이 쌓이면서 한숨과 눈물의 시간을 보내지만 세월은 무심히도 흘러가지. 사계절이 바뀔 때마다 보이는 것이 달라지고 들리는 것도 달라지면서 느끼는 바까지 변하는 것은 자연스러운 일. 세상엔 영원한 것이 없음을 보여주려고 사계절의 변화 속에서 살게 만들은 것도 같아. 국가도 어느 한 사람을 영원히 쓸 수는 없는 법. 국가의 특성상 새로운 사람을 기용하여 변화 주면서 발전하는 것 아니겠어. 그러니까 국가는 어느 백성이건 언젠가는 버리게 되어 있다는 것이야. 버림받았을 때는 섭섭하겠지만 자기 생각이 짧은 데서 기인한 것이라고 받아들이면 마음 편하겠지. 백성은 어떠한 상황에서건 나라를 생각하며 살아야 한다는 것을 인식시키려고 송강은 사미인곡을 지었지. 나라에 환란이 왔을 때 국가에 충성하려는 생각이 없어 더 큰 환란으로 이어진다면 큰일이잖아. 그것을 방지하려고 노랫말을 지어서 배포했다고 서론에 나타냈어."

"듣고 보니 그러네. 그런데 왜 이런 말을 이제야 듣지."

"맞아, 가사는 세계 유일의 문학이고 송강가사는 가사의 꽃인데 이를 모르고 있었다는 것은 말이 안 되는 것도 같네."

"그런 것을 어쩌겠어. 그래서 내가 팔을 걷어붙이고 있는데 일개 야인이 하는 일이다 보니 힘이 좀 들고, 이것이 언제 바로 알려질 것인지 하는 걱정도 있긴 있어."

"그런 걱정하면 되겠어? 무엇이건 인연이 무르익어야 꽃이 피는 거야. 걱정하면 형민이가 아니잖아. 그런 고민은 아무짝에도 쓸모없어. 불필요한 걱정은 꽉 붙잡아 놓고 열심히 하면 될 거야. 나는 형민이도 믿지만, 우리가 듣고 있는 사미인곡의 의미가 머지않아 전국 방방 곳곳 아니 세계만방에 퍼질 것을 믿고 있어. 형민이 파이팅."

"그래 알았다. 그리고 고맙다. 그러면 다음으로 넘어가야겠지. 봄을 맞으면 누구나 할 것 없이 생기가 솟지. 꽁꽁 얼었던 대지가 스르르 풀리는 것을 보면 자기도 모르게 빠졌던 힘이 돌아올 것 같은 느낌이 들기도 하지. 거기다가 파릇파릇 돋아나는 새싹들은 어떠하고, 이어서 피는 꽃을 보면 볼수록 마음에 새로움이 더해지지. 이 모든 것이 대지의 선물인데 이 국가에 태어났기 때문에 맛보는 것 아니겠어. 이렇게 생각하면 그 은혜에 보답하며 살아야 할 것 같아. 내가 스스로 알아서 하는 말이 아니고 사미인곡의 봄 장에서 하는 말이야. 이 장은 비교적 짧아. 풀어가면서 이야기할게."

동풍이 건듯 불어 적설을 헤쳐 내니 창밖의 심은 매화 두세 가지 피었구나. 가득 냉담한데 짙은 향기는 무슨 일이란 말인가. 황혼의 달을 쫓아 베개의 끝까지 비치니, 느끼는 듯 반기는 듯, 임이신가 아니신가. 저 매화 꺾어서 임에게 보내고자. 임이 너를 보고 어떻다 여기실까?

북풍한설에 꽁꽁 언 대지였다. 어느 날 바람에 훈기가 도는 듯하더니 동풍이 건듯 불어 쌓인 눈을 녹이기 시작했다. 켜켜이 쌓였던 눈이 물로 변하면서 이내 자취를 감추었다. 파릇파릇한 새싹도 돋기 전에 매화가 먼저 봄소식을 전해왔다. 방긋 웃는 듯 피어난 꽃송이가 화사한 밀어를 속삭였다. 나라에서 버림받아 속이 뒤틀려 있는 데도 향긋한 냄새가 코끝을 간질이면서 얼어붙었던 마음이 스스로 녹아져 내리는 것도 같았다. 돌아선 마음이어서 몰라라 할 줄 알았는데 달라지려 하는 것이다. 달빛이 화사함에 따라 들어와 누운 자리까지 비치자 생각이 완전히 달라졌다. 그리고 보니 이 모든 것이 나라의 은공이었다. 모두가 느껴지기도 하고 반겨지는 듯도 하고, 나라의 공 같기도 하지만 아닌 것 같기까지도 하였다. 봄소식인 매화의 향기는 새로운 희망의 전도사였다. 그에 따라 이 국가는 도약의 활기를 찾아야 할 것 같았다. 북쪽에 있는 나라의 수도에는 아직 꽁꽁 얼어붙어 있었다. 새로운 희망의 전도사를 보내어 속히 알리고 싶어졌다. 그런데 받아보고 어떻게 생각할지는 모를 일이었다. 제발 봄을 맞은 백성들의 생각과 몸짓이 그대로 이어졌으면 하였다. 또한 백성에게는 살아가는 하나하나가 나라의 은공에 의한 것임을 바로 인식시키고 싶어졌다. 그래야 나라에 환란이 왔을 때 스스로 마음 다잡고 지켜낼 수 있는 힘이 생길 것이다.

"여름에 대해서는 이미 보았으니 가을로 넘어가야 되겠다. 위태위태한 나라가 걱정되는 것은 사실이지만 이미 제시한 5가지 방책만 따른다면 반짝하는 별빛이 될 것이다. 비전만 따른다면 푸른빛 즉 희망은 넘쳐날 수 있다고 생각했다. 그래서 가을 장에서는 푸른빛을 보낼 터이니 조정에 걸어 놓고 전국방방 곳곳에 비춰달라고 했다. 높은 산 깊은 구렁텅이 할 것 없이 한낮처럼 밝히고 싶다는 것이 주된 내용이다."

"다시 느끼게 될 깊은 의미가 되겠네."

"그러게 말이야, 다시 보니까 현대의 시어보다 그리 난해하지도 않은데 우리는 왜 간과하고만 살았을까? 고어라고 해서 우리가 너무 외면했던 것 같아. 그런 것을 형민이가 이렇게 풀어주니 참 고맙다. 고마워."

"무슨 그런 과찬을 하고 그래. 나도 처음에는 별로 보았어. 어쩌다 가 이 노래가 마음에 와닿더라고. 그래서 자꾸 읽어 보았지. 그랬더 니 언제부터인지 모르게 입에서 줄줄 나오더라고. 그뿐만이 아니고 의미가 보이기 시작하는 거야. 그때 아뿔싸 하였지."

"그러면 우리도 외워야 할까 보다."

"그렇게 한다면 좋은 일이지. 한번 해봐. 아마 느낌이 달라질 거 야."

"야! 상진아 오늘부터 형민이 따라 해보자."

"그럴까."

"고맙다. 그리고 보니 우리가 너무 쉰 것 같다. 너무 쉬면 상해. 그 러기 전에 가을 장으로 넘어가자."

찬 서리의 기운이 완연한 하룻밤에 기러기 울며 나는 소리에 쓸 쓸한 마음이 일었다. 위태위태한 느낌이 드는 누각에 혼자 올랐다. 수정으로 된 발을 걷자 현실이 너무도 잘 보였다. 나라에 알리고 싶 은 말이 있었다. '동산에 달이 나고 북극의 별이 뵈니 임이신가 반기 니 눈물이 절로 납니다. 푸른빛을 쥐어 내어 봉황루에 부치고자 하 니, 누각 위에 걸어두고 전국 방방곳곳 다 비치게 하여, 높은 산과

깊은 계곡을 한낮처럼 만드소서.'

"찬바람이 이는 가을이 되면 여지없이 하늘에는 끼룩거리는 소리가 들리지. 자기도 모르게 하늘을 쳐다보는데 편대를 이루고 날아가는 기러기가 눈에 들어오지. 질서정연하게 나는 모습은 장관이거든. 그런데 말이야 제일 앞장서는 놈은 경험이 많다고 해. 그러니까 높은 지식과 경험을 살려서 무리를 안전한 곳으로 이끌고 가는 것이지. 이를 국가로 보면 임금과 조정의 역할과 같을 거야. 하늘을 본 송강은 마음이 답답해 왔지. 날짐승도 저렇게 경험과 지식으로 잘 이끌고 있는데 우리나라는 엉뚱한 곳으로만 이끌려 하고 있으니 답답할 뿐이었어. 나라의 앞날이 바람 앞의 등불 같은데 즐겁다며 노래만 부르면 되는 것으로 알고 있으니까. 생각할수록 암담하기만 했던 거야. 그래서 위태위태한 누각이라고 그렸지. 즉 나라의 현실을 말하고 있어. 현실을 바로 보는 사람이 조정에는 없었으니 그렇게 몰고 가는 거였어. 현실을 있는 그대로 바라보지 않고 발을 친 상태로 보고 있기 때문에 그렇지 않았겠어. 그 발은 아무짝에도 쓸모가 없는 것이니 과감히 걷어야 한다고 생각했지. 그것이 치워지자 있는 그대로 보였어. 그래서 임금님께 간절한 마음을 보내고 싶어졌어. '동산의 달이 뜨고 북극의 별이 보이자 나라 생각으로 잠 못 이루실 임금님이 생각납니다. 나라를 위해 노심초사하실 모습에 눈물이 절로 납니다. 그런데 임금님, 백성들은 엉뚱한 곳으로 가고 있다는 것을 알고 있습니다. 희망을 잃고 당황한 기색이 역력합니다. 제가 희망의 불빛을 보내드리려 하니 제발 저버리지 마시고 그 빛을 대궐에 걸어두어 전국 방방곡곡 고루 비춰 높은 산이나 깊은 계곡 할 것 없이 대낮처럼 만드옵소서. 그래야 백성들이 살 수 있습니다. 굽어 살펴주옵소서.'"

"정말 충신의 소리를 듣는 구나."

"이렇게 나라만을 생각한 분을 내가 왜 미워했는지 모르겠다. 정말 후회가 되네."

"이제는 다 지난 일이잖아."

"그렇기는 하지만, 지난날의 어리석었던 자신이 미워지려고만 하네."

"그런 자책은 금물이라는 것을 너도 알고 있잖아. 앞으로 잘 하면 돼."

"맞아. 그게 어디 일태 잘못인가. 바로 알려주지 못한 사람들의 잘못이지. 그리 보면 우리나라 사람 대부분이 그런 피해를 보고 있는 거나 마찬가지야. 조금은 한심스럽다는 생각이 드는구면."

"야! 우리 그런 자책은 이제 그만하고 앞으로 잘 하도록 다짐이나 하자."

"그래, 그렇게 하자"

"우리 다짐도 했으니 새로운 마음으로 겨울 장으로 넘어가야겠다."

천지가 얼어붙자 온 누리가 흰 눈이 덮여 한 빛인데 사람만 큼지

막한 채 나는 새마저도 그쳐있다. 중국 남부의 운남성에 있는 소상강(瀟湘江)과 같은 남쪽언덕도 추움이 이러하거늘 북쪽인 한양의 옥루 높은 곳이야 더욱 말해 무엇 하리. 봄볕을 부쳐 내어 임 계신데 쏘이려고, 초가의 처마 끝에 비친 해를 옥루에 올리려고. 붉은 치마 여며 입고 푸른 소매 반만 걷자, 해 질 녘 긴 대나무의 해 가림이 많고도 많구나. 짧은 해 쉬이 지어 긴 밤을 고쳐 앉아 푸른 등 걸린 곁에 자개그릇과 거문고 놓아두고 꿈에나 임을 보려 턱 받고 기댔는데, 원앙금 차고 차다. 이 밤은 언제 새려는지.

천기의 운행은 그침이 없다. 다시 한 해가 기울었다. 우주가 하얀색으로 변하였다. 모두가 웅크러지는 계절이다. 나는 새도 움직임이 그친 가운데 사람만 큼지막하다. 운남성의 소상강만은 못해도 남쪽 언덕임에는 틀림없지만 뼛속을 파고드는 추움이다. 그런데 북쪽에 있는 한양의 추위는 이루 말할 수 없을 것이다. 따뜻한 햇빛을 임 계신 곳에 쏘이고 싶다. 초가의 처마 끝에 쏟아지는 햇빛을 궁궐에 보내고 싶어졌다. 여장을 갖추고 나갔는데 긴 대나무의 그림자가 모두를 덮어버렸다. 해가 짧아도 너무 짧다. 긴긴 밤을 지새울 일이 꿈만 같다. 그렇지만 혹시나 하는 마음도 들어갔다. 꿈에 임을 만난다면 좋을 것 같은데 잠이 쉬이 들지 않았다. 독수공방의 이부자리는 차갑기만 하였다. 이 밤이 언제 새려는지 모르겠다.

"송강도 참, 남쪽의 따뜻함을 어떻게 부치겠다고."

"그러니까 대나무 그림자가 모두 먹어 버렸다고 했지."

"그런가. 하여튼 되는 일이 없네 그려."

"글쎄, 말이야. 하긴 송강이 마음먹은 대로 되었다면 나라에 환란이 없었을 것 아니겠어."

"그것이 조선의 운명이었고, 송강의 운명이었을 거야."

"송강도 그런 것을 알았겠지. 단지 위정자들의 잘못으로 백성이 고초를 겪어야 하는 것이 안타깝기는 했겠지만 말이야."

"그래도 송강은 더 큰 환란을 막아보려고 사미인곡을 지었다고 하잖아. 충신의 생각은 역시 달라."

"그래, 너희들 말이 모두 맞아. 이제 마지막 결론만 남았다. 꽤 경쾌한데 사람들이 번역하면서 조금의 물타기로 의미를 죽였어. 퍽이나 안타까운 일이야. 미리 밝히면 '싀어디여'라는 어휘를 죽어서라고 번역한 것인데, 생전에 할 수 없으니까 죽어서 보자는 식으로 이는 한풀이가 되는 거야. 그렇게 하면서 문학작품으로 가치를 완전히 희석시키고 말았어."

"그 말을 듣고 보니까 그러네. 그러면 어떻게 번역해야 하는 것인데?"

"우리말에는 어간과 어미로 나뉘지. 어간은 뜻의 기본이고, 어미는 그 뜻을 구체적으로 하는 등의 활용이거든. '싀어디여'는 싀어와 디여의 합성어야. 싀어는 스미다의 '스'가 어간으로 '싀'는 변하기 전의 표현이었고, '디여'는 '디'가 어간으로 '들'로 변했다고 생각하면 좋아. 그러니까 이를 바꾼다면 '스며들다'로 하면 좋을 것 같아. 그렇게 되면 주인공은 살아서 하고 싶은 바를 하는 것이 되어 문학적인 표현으로 멋지지."

"그거 말이 되네."

"그러네. 훌륭한 논리인데 왜 그렇게 죽었다고 해서 독자로 하여금 찜찜하게 했을까?"

"그런 것이 안타까워 바로 알자고 야단법석 떨고 있는 것 아니겠어. 그건 그렇다 치고 넘기며, 마지막 장으로 들어가자."

하루도 열두 때 한 달도 서른 날 잠시도 생각 마라. 이 시름 잊자 하니, 마음에 맺혀있어 골수에 끼쳤으니, 명의로 소문난 편작(扁鵲)이 열이 오나 이 병을 어찌 하리. 아아! 내 병이야 이 임의 탓이로다. 차라리 스며들어 범나비 되리라. 꽃나무 가지마다 간 데 족족 앉았다가, 향기 묻은 날개로 임의 옷에 옮기리라. 임이야 나인 줄 모르셔도, 나는 임을 좇으려 하노라

하루 종일, 한 달 내내 생각되는 것은 나라를 위해 시급히 해야 할 일이 많은데, 나라로부터 버림받은 소외감으로 서럽기 그지없었다. 모두 부질없다는 것을 알아 서러움을 잊으려 하지만 마음에 맺혀 있어 생각처럼 간단하지 않았다. 그 정도를 셈하면 뼛속 깊은 곳까지 뻗어 있었다. 그렇게 심하다 보니 삼국지에 나오는 명의로 소

문 난 화타가 열이 온다고 해도 이 병을 어찌할 수가 없을 지경이었다. 굳이 왜인지 말하면 임금님의 탓이었다. 그렇지만 임금님을 탓하며 미워할 대상은 아니었다. 그리움의 대상일 뿐이었다. 임금님의 부름에 의해서만 달려갈 수 있었다. 그렇다고 하여 손 놓고 있기에는 미진하였다. 스스로 찾아가기로 했다. 벌·나비가 된다면 훌륭할 것 같았다. 그 속에 스며들어가면 임금님을 뵙는 데 아무런 지장이 없었다. 그러면서 선물을 한 아름 안기고 싶어졌다. 꽃나무 가지마다 앉으면서 날개에 묻힌 향기를 임금님의 옷에 옮기면 좋을 것 같았다. 임금님은 알지 못할 것이다. 그러나 나는 임금 즉 국가만 쫓으면 되었다. 이것이 국가로부터 받은 큰 은혜를 갚는 자세였다.

이런 노래를 부르게 한 결과로 벗인 조헌이나 고경명(高敬命, 1533~1592)이 의병을 모집하는 데 기여한 공이 컸다. 의병장들이 깃발을 세우자 구름처럼 모여들었다. 나라로부터 받은 은혜를 이런 때 아니면 갚을 수 없다며 스스로 팔을 걷어붙였기 때문이었다.

서론

이 몸 삼기실 제 님을 조차 삼기시니
혼ᄉᆡᆼ 연緣분分이며 하ᄂᆞᆯ 모ᄅᆞᆯ 일이런가
나 ᄒᆞ나 졈어 잇고 님 ᄒᆞ나 날 괴시니
이 ᄆᆞᄋᆞᆷ 이 ᄉᆞ랑 견졸 ᄃᆡ 노여 업다
평平ᄉᆡᆼ生애 願원ᄒᆞ요ᄃᆡ ᄒᆞᆫᄃᆡ 녜쟈 ᄒᆡ얏더니
늘거야 므ᄉᆞᆷ 일로 외오 두고 글이ᄂᆞᆫ고
엇그제 님을 뫼셔 廣광寒한殿뎐의 올낫더니
그더ᄃᆡ 엇디ᄒᆞ야 下하界계예 ᄂᆞ려오니
올 적의 비슨 머리 얼킈연디 三삼年년이라
臙연脂지粉분 잇ᄂᆡ마ᄂᆞᆫ 눌 위ᄒᆞ야 고이ᄒᆞᆯ고
ᄆᆞᄋᆞᆷ의 미친 실음 疊텹疊텹이 ᄊᆞ혀이셔
짓ᄂᆞ니 한숨이오 디ᄂᆞ니 눈믈이라
人인生ᄉᆡᆼ은 有유限ᄒᆞᆫ ᄒᆞᆫᄃᆡ 시룸도 그지업다
無무心심ᄒᆞᆫ 歲셰月월은 믈 흐르ᄃᆞᆺ ᄒᆞᄂᆞᆫ고야
炎염凉냥이 ᄯᅢ를 아라 가ᄂᆞᆫᄃᆞᆺ 고텨 오니
듯거니 보거니 늣길 일도 하도 할샤

봄

東동風풍이 건듯 부러 積젹雪셜을 혜터 내니
窓창 밧긔 심근 梅ᄆᆡ花화 두세 가지 픠여셰라
ᄀᆞ득 冷닝淡담ᄒᆞᆫᄃᆡ 暗암香향은 무ᄉᆞ일고
黃황昏혼의 ᄃᆞᆯ이 조차 벼마ᄐᆡ 빗최니
늣기ᄂᆞᆫ ᄃᆞᆺ 반기ᄂᆞᆫ ᄃᆞᆺ 님이신가 아니신가
뎌 梅ᄆᆡ花화 것거내여 님 겨신ᄃᆡ 보내오져
님이 너를 보고 엇더타 너기실고

여름

곳 디고 새 닙 나니 綠녹陰음이 ᄭᆞᆯ렷ᄂᆞᆫ디
羅나幃위 寂젹寞막ᄒᆞ고 繡슈幕막이 뷔여잇다
芙부蓉용을 거더 노코 孔공雀쟉을 둘러두니
ᄀᆞᆺ득 시룸한ᄃᆡ 날은 엇디 기돗던고

서론

이 몸 생겨날 제 임을 따라 생겼으니
한 생 연분이며 하늘 모를 일이런가
나 하나 젊어 있고 임 하나 날 귀애시니
이 마음 이 사랑은 견줄 데 다시없다
평생에 원하기를 한데 있자 하였더니
늙어서 무슨 일로 홀로 두고 그리는고
엇그제 임을 모셔 광한전에[1] 올랐더니
그런데 어찌하여 하계(下界)에 내려오니
올 적에 빗은 머리 얽혀진 지 삼년이라
연지분 있내마는 눌 위하여 고이할고
마음의 맺힌 시름 첩첩이 쌓여 있어
짓느니 한숨이오 지느니 눈물이라
인생은 유한한데 시름도 그지없다
무심한 세월은 물 흐르듯 하는구나
사철이 때를 알아 가는 듯 고쳐 오니
듣거니 보거니 느낄 일도 많고 많다

봄

동풍이 건듯 불어 쌓인 눈 헤쳐 내니
창밖의 심은 매화 두세 가지 피었어라
가뜩 냉담한데 암향[2]은 무슨 일고
황혼에 달이 좇아 베개 밑 비치니
느끼는 듯 반기는 듯, 임이 신가 아니 신가
저 매화 꺾어내어 임 계신 데 보내 고저!
임이 너를 보고 어떻다 여기실까

여름

꽃 지고 새 잎 나니 녹음(綠陰)이 깔렸는데
나위羅幃[3] 적막하고 수막(繡幕)[4]이 비어 있다
부용(芙蓉)을 걷어 놓고 공작을 둘러 두니[5]
가득 시름한데 날은 어찌 기우는가

鴛원鴦앙錦금 버혀 노코 五오色식線션 플텨내여 | 원앙금(鴛鴦錦) 펼쳐 놓고 오색실[6] 풀어내어
금자히 견화이셔 님의 옷 지어내니 | 금(金)자를 겨누어서[7] 임의 옷[8] 지어 내니
手슈品품品품은 크니와 制졔度도도 ㄱ줄시고 | 솜씨[9]는 크니까 제도도 갖췄구나
珊산瑚호樹슈 지게 우히 白빅玉옥函함의 다마 두고 | 산호수(珊瑚樹) 지게 위의 백옥함(白玉函)에 담아 두고
님의게 보내오려 님 겨신디 브라보니 | 임에게 보내고자 임 계신 데 바라보니
山산인가 구름인가 머흐도 머홀시고 | 산인지 구름인지 멀고도 머얼구나
千천里리 萬만里리 길흘 뉘라셔 ᄎ자갈고 | 천리 만리 길을 뉘라서 찾아 갈고
니거든 여러 두고 날인가 반기실가 | 가거든 열어 두고 나인지 반기실까

가을

ᄒ로 밤 서리 김의 기러기 우러 녤 제 | 하루 밤 서린 김에 기러기 울며 날 제
危위樓루에 혼자 올나 水슈晶정簾념 거든 말이 | 위루(危樓)[10]에 혼자 올라 수정발 건은 말이
東동山산의 ᄃᆞ리 나고 北븍極극의 별이 뵈니 | "동산에 달이 나고 북극에 별이 뵈니
님이 신가 반기니 눈물이 절로난다 | 임이 신가 반기니 눈물이 절로 난다"
淸쳥光광을 쥐여내여 鳳봉凰황樓누의 븟티고져 | 청광(淸光)[11]을 쥐어내어 봉황루(鳳凰樓)에 부치고저
樓누 우히 거러 두고 八팔荒황의 다 비최여 | 누(樓) 위에 걸어 두고 팔황(八荒)[12] 다 비춰어
深심山산窮궁谷곡 졈낫ㄱ티 밍그쇼셔 | 심산궁곡(深山窮谷) 대낮같이 만드소서

겨울

乾건坤곤이 閉폐塞식ᄒᆞ야 白빅雪셜이 ᄒᆞᆫ빗친제 | 천지가 얼어붙자 흰 눈이 한 빛인데
사룸은 크니와 놀 새도 긋쳐잇다 | 사람은 크니까 날 새도 그쳤다[13]
瀟쇼湘상南남畔반도 치오미 이러커든 | 소상강(瀟湘江)[14] 남쪽〈언덕〉도 추움이 이렇거든
玉옥樓루高고處쳐야 더옥 닐너 므숨ᄒᆞ리 | 옥루(玉樓) 높은 곳 더욱 말해 무엇하리
陽양春츈을 부쳐 내여 님 겨신 디 쏘이고져 | 봄볕을 부쳐 내어 임 계신 데 쏘이고저!
茅모簷쳠 비쵠 히롤 玉옥樓누의 올리고져 | 모첨(茅簷)[15] 비친 해를 옥루에 올리고저!
紅홍裳샹을 니믜ᄎᆞ고 翠취袖슈롤 半반만 거더 | 붉은 치마 여며 입고 푸른 소매 반만 걷어
日일暮모脩슈竹듁의 혬가림도 하도 할샤 | 해 질 녘 긴 대 해 가림도[16] 많고 많다.
댜른 히 수이디여 긴 밤을 고초안자 | 짧은 해 쉬이 지어 긴 밤을 고쳐 앉아
靑쳥燈등 거른 겻틱 鈿뎐箜공篌후 노하 두고 | 푸른 등 걸은 곁에 전공후(鈿箜篌)[17] 놓아두고
꿈의나 님을 보려 ᄐᆞᆨ밧고 비겨시니 | 꿈에나 임을 보려 턱 받고 기댔으니
鴛앙鴦金금도 ᄎ도출샤 이 밤은 언제 샐고 | 원앙금(鴛鴦衾) 차고 차다 이 밤은 언제 샐고

결사

하루도 열두 째 흔 돌도 셜흔 날
져근덧 싱각마라 이시롬 닛쟈ᄒ니
ᄆ옴의 미쳐이셔 骨골髓슈의 쎄텨시니
扁편鵲쟉이 열히 오나 이 병을 엇디ᄒ리
어와 내병이야 이 님의 타시로다
ᄎ하리 싀어디여 범나븨 되오리라
곳나모 가지마다 간 디 죡죡 안다가
향 므든 놀애로 님의 오시 올므리라
님이야 날인 줄 모르셔도 내 님 조ᄎ려 하노라

결사

하루도 열두 때 한 달도 서른 날
잠시도 생각 마라 이 시름 잊자 하니
마음에 맺혀있어 골수에 끼쳤으니
편작(扁鵲)[18]이 열이 오나 이 병을 어찌 하리
아아! 내 병이야 이 임의 탓이로다
차라리 스며들어[19] 범나비 되오리라
꽃나무 가지마다 간 데 족족 앉았다가
향 묻은 날개로 임의 옷에 옮기리라
임이야 나인 줄 모르셔도 나는 임을 좇으려 하노라

---

1) 광한전: 달 속의 궁전.
2) 암향: 은은한 향.
3) 나위(羅幃): 비단의 장막, 병사들이 거주하는 막사.
4) 수막(繡幕): 대장기 펄럭이는 막사.
5) 부용, 공작: 연꽃 그려진 병풍과 공작새 그려진 병풍.
6) 오색실: 다섯 가지의 실, 즉 다섯 가지의 방책.
7) 금자를 겨누어서: 방책의 옳고 그름을 따져들어.
8) 임의 옷: 임(나라)에게 건의할 상소문.
9) 수품은: 손으로 쓰여진 방책.
10) 위루(危樓): 위험한 다락. 위태위태한 나라의 현실을 생각하는 다락.
11) 청광(淸光): 맑은 빛. 희망의 빛.
12) 팔황(八荒): 황폐해진 조선 팔도.
13) 사람은 크니까 날 새도 그쳐있다: 사람이 큼지막하여 움직이지 못하지만 나는 새조차도 그쳐있다.
14) 소상강: 중국 운남성 곡정현 남쪽의 강으로 일명 교하라고도 함.
15) 모첨(茅簷): 초가의 처마.
16) 해 질 녘 긴 대 해가림: 해 질 녘 키 큰 대나무가 햇빛을 막고 있는 현상.
17)) 전공후(鈿箜篌): 비녀(자개 그릇)와 거문고.
18) 편작: 삼국지에 나오는 명의.
19) 스며들어: 보통 죽어서라고 번역했는데, 정신이 스며든다면 살아서도 가능한 행위임.

3. 장진주사

_상진은 술자리에서 곧잘 장진주사를 읊었다. 타고난 음치라서 노래 부르는 것이 부담되기도 했고 우리만의 옛것으로 주위의 찬사받는 것에 취하기도 했기 때문이었다. 그러는 사이 술자리에서 상진의 십팔번 곡은 장진주사가 되었는데, 한번은 읊는 중에 그때까지와 다른 느낌이 들었다. 형민에게서 송강가사를 원음대로 외우면 느낌이 달라진다는 말을 들은 지 얼마 지난 어느 날이었다. 전에는 전혀 못 느꼈던 감정이 일었다. 좌석이 파하고 귀가하면서 다시 곱씹자 그 뜻에 심오함이 느껴졌다. 단순한 권주가로 알았던 것은 제목만 보면서 평한 것뿐이었다. 서론과 본론 결론으로 나눌 수 있는데 서론을 언뜻 보면 술을 흠씬 마시자는 것이었고, 본론은 살아서 신분의 격차가 있을지라도 죽어지면 같아지며, 결론에 이르면 인생의 무상을 논하면서 덧없는 삶에서 후회가 없어야 한다는 것이었다. 심오함에 완전히 빠져들어 시간만 있으면 흥얼거렸다. 그런 상진에게 주위에서 부추기기까지 하니 신이 절로 나서 읊어댔다.

몇몇이 모여 대화하던 중 언제나처럼 술좌석으로 이어졌다. 그 가운데는 술을 마시면 큰일 난다며 금주하라는 처방을 받은 친구도 있었다. 그 친구는 지난날 누구보다도 먼저 장진주사 꺼내들고 좋다는 말을 되뇌었었다. 상진은 그 친구를 위해서라도 장진주사를 읊었는데 그날은 중간쯤에서 에잇 하면서 나가버렸다. 화장실에 갔으려니 했는데 끝내 나타나지 않았다. 좌중은 입에서는 술을 부르는데 몸은 안 돼요 하는 것을 참다가 못 견디고 핫바지 방귀 새듯 했겠지 하는 생각까지 하였다. 상진도 즐기던 술을 못하는 아픔을 생각이야 했지만 별 대수로 여기지 않았다. 여느 때처럼 파하였고 잠드려고 할 즈음 전화가 왔다.

"상진이 너 그럴 수 있어?"

"무슨 소리야?"

"야! 술을 그렇게도 좋아하는 내가 침만 꼴깍꼴깍 넘기는 것을 알면서도 위로의 말을 못할지언정 어떻게 권주가를 부를 수 있느냐 말이야."

"……."

"그러면서도 네가 내 친구라고 할 수 있어?

"……."

"둘도 없는 친구라고 할 수 있느냐 말이야! 말 좀 해봐 이 자식아!"

지금까지 막말을 하지 않던 친구인데, 상진에게 틈도 안 주고 전화를 뚝 끊어버려다. 화가 단단히 났다는 증거였다. 전화는 끊겼지만 귓바퀴에서는 조금 전에 들은 소리가 남아 있는 듯 계속하여 들려왔다. 상진은 아닌 밤중에 홍두깨로 뒷머리를 세게 맞은 기분이었다. 어찔어찔하면서 얼떨떨하기만 했다. 고혈압에 당료의 수치가 높아지면서 금주한다는 것은 알고 있었지만 그렇게 참느라고 힘들어하는 것까지는 몰랐다. 진작 집으로 보냈어야 했는데 하는 생각만 들었다. 술보다 어울리는 것이 더 좋다며 함께했었다. 의지력으로 참는다는 말을 그대로 믿은 것이 탈이 될 줄은 몰랐다. 상진은 친구의 사정을 깊이 헤아리지 못했다는 것이 부끄러웠다. 장진주사를 단지 권주가로만 알고 있는 친구에게 깊이 숨어 있는 뜻을 미리 못 알려준 것이 더 미안했다. 날이 밝으면 만나서 심오한 의미를 설명할 것을 다짐하면서 잠을 청했다. 전문가인 형태의 도움이 필요한 것도 같았다.

1585년 뜻을 달리하는 무리들은 송강을 물어뜯느라 혈안이 되어 있었다. 임금의 비호도 한계에 달한 것 같았다. 그때까지 백성을 위한 일이라 묵묵히 받아들였는데 할 일을 빼앗듯 차단하여 손을 놓아야 할 지경에 이르렀다. 임금은 뒷배가 확실하지 않는 것을 메우려고, 그런 인물들의 손을 들어주면서 오냐오냐 한 처지여서 송강의 문제만을 단호하게 처결하지도 못하였다. 어찌 보면 그 무리들의 편에 서 있기도 하였다. 말은 항상 곁에 있어 달라고 하였지만 그들에게도 같은 말을 하였다는 것은 짐작되고도 남았다. 지금까지 임금 곁에 있으며 바른 일이라고 하여 강하게 밀어붙이다 보면 뿌리가 한 곳과 이어져서 손을 놓은 적이 많았다. 조정에 있는 것 자체가 불충으로 생각되었다. 송강은 결심 끝에 사직서를 올리고 낙향했다.

　낙향해 보니 남쪽의 분위기는 생각한 것보다 훨씬 더 민심이 흉흉했다. 난리가 머지않았다며 누구나 할 것 없이 땅이 꺼지는 한숨소리가 들릴 뿐이었다. 일하려는 마음은 온데간데없어진 지 오래였고, 너나 할 것 없이 피난 갈 봇짐 싸놓고 여차하면 떠나려는 마음뿐이었다. 그런 것을 보자니 송강도 뒤숭숭하여져 마음 다잡기 힘들었다. 분위기 바꾸고 싶은 마음에 밖을 향했는데 군사 조련으로 시끄러워야 할 막사가 쥐 죽은 듯 조용했다. 대장을 찾아가 조언이나 하려고 찾은 수막(繡幕)은 휑하니 비어 있었다. 답답한 마음에 집으로 돌아와 분위기 바꾸어 보았지만 마음이 더욱 스산하였다. 잠자리에 들면 괜찮아질까 하는 마음으로 애써 청했지만 눈만 더욱 말똥말똥해졌다. 사미인곡을 지어 백성의 동요를 줄이려 한 것 가지고는 부족할 것도 같았다. 일본 사람들은 교활하였다. 조금이라도 빈틈이 보이면 그들에게 다가가서 지금까지 가지지 못한 힘을 실어 준다고 회유하면 칼끝 돌리기 순간일지도 모를 일이었다. 어찌하던 막고 싶어졌다.

　국가는 조직체였다. 원활하려면 체계적으로 움직이는 것은 필수적이었다. 왕은 왕대로 조정은 조정대로 백성은 백성대로 할 일이 따로 있었다. 또한 백성은 다 같은 백성이지만 할 일은 제각각이었다. 관리하는 사람이 필요한 반면 심부름하는 사람이 있어야 했다. 아주 험악한 일이라고 해서 방치할 수는 없는 일이었다. 그런 일을 담당할 사람을 억지로라도 만들어야 조직은 돌아갔다. 그래서 조선에서는 행동거지가 불손한 사람들은 마을에서 회의하여 축출하고는 경계지역에서 살게 했다. 어느 마을에서 축출되었다고 소문나면 다른 마을에서조차 안 받아주었다. 사람 구실 바로 하지 못한 대가를 톡톡히 치르게 하여 스스로 질서 잡아가는 사회였다. 그런 제도로 하여 행동거지에 손가락질 받지 않으려고 모진 애를 쓰며 살았다. 동방예의지국이라는 말이 그런데서 나왔으니 아주 좋은 제도였던 것이다. 극소수이기는 하지만 그들의 희생이 눈물겨울 뿐이었다.

그렇다 보니 본인의 입장에서는 할 말이 많을 것이다. 해서는 안될 일을 한 것은 사실이었지만, 그 한 번의 잘못으로 죽을 때까지 짐승처럼 살아야 한다는 것은 가혹하기만 한 판결이었다. 또한 가족 중 한 사람의 실수로 온 가족이 같은 처지가 되는 것도 심한 처사였다. 불만이 있게 되어 있었다. 사람이 밥만 먹고 살면 다 되는 것은 아니었다. 이웃과 소통하며 살아야 하는데 이미 모두 돌아선 사람이었다. 어디에서도 받아주지 않으니 어쩔 수 없이 살기는 살지만 해도 너무한다는 생각이 문득문득 드는 것은 어쩔 수 없는 일이었다.

그들에게 주어지는 일은 일반적인 사람이 외면하는 험악한 일이 주어졌다. 그래서 '막나니'라는 이름으로 불리어졌다. 사람을 죽였다거나 도저히 묵인할 수 없는 죄를 지었을 때 목을 쳐 죽이는 벌을 내렸는데 그때 집행자가 '막나니'였다. 사람의 목숨을 빼앗는 일을 하고 나면 눈에 밟혀 며칠 잠을 못 이룰 지경이 되었다. 악몽을 잊기 위해 말술을 퍼부어도 정신은 말똥말똥하는 그런 일을 누가 하고 싶어 하겠는가? 제도적으로 하게 되어 있어서 피치 못하고 할 뿐이었다.

송강의 눈에는 이런 사람들이 평소에도 마음 한 자락을 잡고 있었다. 오랫동안 실행되어 온 관행이었고 덕분에 사회가 안정은 되었지만 그들을 생각하면 항상 짠한 마음이었다. 파급효과가 크기 때문에 정착한 제도라고는 해도 본인에게는 너무 가혹한 강요였다.

백성이라면 모두가 소중하고 소통이 필요했다. 마을 밖에서 짐승처럼 살아가고 있는 사람을 찾아 나섰다. 그러면서 술병 하나 챙기는 것을 잊지 않았다. 송강이 가까이 오는 것을 멀리서 보다가 하던 일을 멈추고 마중했다.

"아니, 관찰사 나리께서 어이 이렇게 누추한 곳까지 납시셨습니까?"

"관찰사라니 지난 옛일이고, 사람 사는 곳은 모두 같은 것인데 누추하다니 말이 되는가. 이제는 다시 그런 말은 말아주시게. 내 자네하고 술이나 한 잔 하고 싶어서 찾아왔다네."

"아니! 대감마님도 농담이 지나치십니다. 제가 필요하다면 불렀어야 옳지 이것은 아닙지요. 마님이 제 집을 찾은 것 하나만으로도 저는 몰매 맞을 지도 모릅니다."

"그런 염려는 말게나."

"그리고 제가 술을 빚을 능력이 없잖습니까? 술을 구하려면 주가(酒家)에 다녀와야 하는데 저 같은 사람이 평소에 가면 외면하는 것도 알고 계시지 않습니까? 그러면서도 저와 술을 나누자고 하시는 것은 저를 놀리려고 하시는 말씀으로밖에는 들리지 않습니다. 제발 저를 놀리지는 말아 주십시오."

"이 사람 왜 이러나. 내가 사람 놀리는 것 봤는가?"

"그런 것은 아니지만……."

"그렇다면 농담이라도 그런 말은 마시게나."

"알겠습니다요. 그렇지만 하늘 같은 대감마님이 이런 곳에 납신 것 하나만도 황송감사한데 술까지 나누자고 하니 저는 도저히 이해가 안 되어서 하는 말씀입니다."

"그렇기는 하겠지. 하지만 어쩌겠나. 나는 자네하고 술 한 잔 나누고 싶어서 왔는걸. 그리고 아무런 염려는 말게나. 내 준비해 왔으니까."

"마님! 사람은 신분이 뚜렷한 것인데 이런 사람에게 술을 같이 하자니 말이 되십니까?"

"그런 소리 나올 만도 한 것은 알고 있네만 자네하고 술 한 잔 하고 싶어 온 사람에게 해도 너무 하는 것 아닌가. 사람은 모두 다 같은 것이라네. 나라가 바로 돌아가기 위해서 제도라는 것이 생겼을 뿐이고, 사람의 신분을 갈라놓았을 뿐이지만 근본적으로 돌아가면 모두가 같은 사람이라는 말이네."

"마님도 참, 상감을 비롯한 종친들, 사대부들, 중인들, 관아에서 일하는 서리들, 평민들, 광대들, 또한 마님도 거느리고 있는 종들, 그리고 온갖 궂은일이나 하면서 연명해야 하는 저희 같은 사람들. 이렇게 신분이 뚜렷한 사회라는 것을 모르고 하시는 말씀은 아니시지요?"

"알지, 아다 말다. 자네의 말이 틀림없지만 그것은 제도일 뿐이라네. 사회가 굴러가야 하는 것이라서 신분이 만들어졌지만 깊이 따져들면 사람은 모두 같다네. 자 내말을 들어보게. 사람이 죽으면 어떻게 되는가. 내 집에서 일하는 사람은 관에 넣어서 보내겠지. 만약 자네라면 누구도 거들떠보지 않을 터이니 어쩌지 못하고 지게에 거적 덮어 주리어 메어 갈 것이네. 그리고 나 같은 사람은 꽃상여에 만인이 울며불며 따라 가겠지. 그때까지는 다른 것은 확실하지. 그러면 무엇 하나. 처음엔 서럽다며 발길이 이어질지 모르지만 어느 순간인가 끝나고 말지. 세월이 흐르면서 사람은 사는 것이 바쁘다는 핑계로 멀어지다가 어느 순간부터 코빼기도 안 보이는 법이지. 또한 죽은 사람과 가까이 하면 귀신이 구천을 헤맨다는 속설이 있고, 귀신과는 멀어야 한다는 말로서 합리화시키지. 모두가 인지상정으로 그렇게 된다는 말일세. 결국엔 길짐승 날짐승만 찾아올 것이야. 원숭이 나타나 휘파람 불며 장난질만 칠 것이란 말일세. 그때는 주위를 모른 채 한 후회가 절로 나오겠지만 무슨 소용 있겠는가. 결국 나 같은 사람이 거들먹거렸다가 그때서야 후회 막급할 것이네. 나는 저 산 속에 가서 그렇게 후회하고 싶지는 않아서 살아 있을 때 누구하고나 잘 지내려고 격의 없이 사는데 사람들은 이상한 말들만 하지. 하여튼 자네하고 술이나 한 잔 하려고 이렇게 챙겨서 왔다네."

그러면서 봇짐에 들었던 술과 안주를 슬며시 보이는 송강이었다.

"마님! 말씀만이라도 저는 가슴이 미어집니다. 그런데 말씀만이 아니고 실제로 보여주시니 몸 둘 바를 모르겠습니다. 저는 동네에서 쫓겨난 후로 지금까지 한 번도 인간이란 생각을 해본 적이 없었습니다. 물론 제 행동이 금수 같아 초래된 것이었으니 죗값을 치른다는 생각이지만 이런 삶이 너무 싫은 것도 사실입니다. 하루에도 열두 번 죽고 싶었고 시도도 해보았지만 목숨이라는 것이 쉽게 끊어지지가 않더군요. 그래서 개똥밭에 굴러도 이승이 좋다는 말이 있는지도 모르겠습니다. 언제나 죽은 목숨이라고 생각하며 그럭저럭 연명하고 있는데 지체가 높으신 대감마님께서 이리 대해주시니 제가 어떻게 할 바를 모르겠습니다."

"그런 소리 말게. 자네의 마음을 왜 모르겠나. 그만하고 저리가 앉아 보세나."

그렇게 말하면서 송강은 거적자리로 향하더니 먼지 털 생각도 안 하고 털썩 주저앉았다. 그리고는 구성진 소리를 뿜어내었다.

"한 잔 먹세 그려. 또 한 잔 먹세 그려. 꽃 꺾어 셈하며 무진무진 먹세 그려. 이 몸 죽은 후면 지게 위에 거적 덮어 주리어 메여 가나, 유소보장에 만인이 울어 에나, 어욱새 속새 덥가나무 백양 속에 가기 곧 가면, 누른 해 흰 달 가는 비 굵은 눈 소소리 바람 불제 뉘 한 잔 하자 할고. 하물며 무덤 위에 잔나비 휘파람 불제야 뉘우친들 무엇 하리."

다소곳이 듣던 사람은 가슴이 뭉클하여 고개를 감싸 안았다.

프랑스 혁명은 1787~1799년의 일이었다. 빵이 떨어지자 여인들이 들고 일어났다. 이래도 죽고 저래도 죽을 지경에 아이들을 끌어안고 떨쳐 일어나 거리로 나섰다. 살기 위한 마지막 남은 단 하나의 수단을 강구하였다. 숨죽이던 사람이 일어나자 노도와 같았다. 처음엔 총칼을 앞세워 잠재우려 했지만 거세지는 군중 앞에서 점점 힘이 빠져들었다. 윽박지르면 잦아들겠지 하는 단순한 생각이 잘못되었다는 것을 인식하기에 이르렀다. 위정자들은 어쩌지 못하고 두 손 들고 말았다. 그들이 지금까지 누리던 것은 한때의 일로 모두 물거품이 되었다. 목숨부지 하는 것만이 시급한 문제였다. 그런 결과로 시작된 민주주의는 점점 확산되어 지구의 꽃이 되었다.

프랑스 혁명의 이백여 년 전, 송강은 당신이 거느리고 있는 종보 다도 낮은 신분에게 찾아가 술잔을 디밀었다. 이것저것 가리지 말고 소통하자며 찾아가 내민 것이었다. 참으로 담백한 분이었기에 가능 한 일이었다. 다시 한 번 생각하면 송강이 머무는 지역의 관찰사를 마치고 조정에 들어가 예조와 형조 판서를 하다 일할 여건이 안 되 어 항리로 내려왔다. 왕을 비롯한 가까운 종진을 제외하면 송강만 한 최상층민도 드물었다. 장진주사를 지을 당시는 권세가 꺾였다고 는 하지만 관습상 서민과 어울리는 것조차 금기시할 정도였다. 반면 송강이 찾아간 사람은 하층민 중에서도 하층민이었다. 신분 차이 를 확정하고 생활하여 그에 벗어나면 법도를 어겼다고 하던 시절이 었다. 만약 최하층민이 송강 같은 사람에게 스스로 가까이 갔을 때 트집 잡아 어떠한 일을 벌여도 그만이었다. 그런 신분 차이를 타파 하고 술을 같이 마시자며 자기 발로 걸어 들어갔다. 그리고는 영원 히 남을 글을 지어서 읊고는 배포의 책임까지 맡겼다.

나라가 위태위태하다는 것을 느끼자 백성의 소중함이 먼저 생각 되었다. 하층민일수록 마음의 상처가 깊을 수도 있었다. 서로 소통 하면서 풀어야 백성이 하나로 뭉쳐질 수 있을 것 같았다. 조정처럼 갈라지면 나라의 꼴은 걷잡을 수 없을 지경에 이를지도 몰랐다. 백성은 한마음이 되어 나라를 생각해야 했다. 그런 글이 필요했다. 서로 마음을 열어주는 술의 힘은 대단하다는 것을 믿었다. 이를 매개로 하여 글을 지었다. 그리고는 백성들에게 직접 알리는 길을 모색하였다. 글을 모르는 백성들을 위해 노랫말의 형식을 빌었던 것이다. 그때 찾아가 같이 마시며 한 노래가 이내 퍼졌다. 여러 말 하지 않고도 노래를 부른 효과는 이내 나타났다. 그렇게 하여 나라의 은공에 보답한 송강이었다.

이런 송강의 속내를 안 사람은 하나도 없었다. 이를 알린다고 해서 알려질 일도 아니었다. 생각이 원체 앞선 분이셨기 때문이었다. 또한 오른손이 한 일을 왼손이 모르게 하는 것임을 이미 터득한 분이셨다. 그까짓 조그마한 일을 가지고 어쩌고저쩌고 하면 빛만 퇴색할지도 모를 일이었다. 당시 내색하지 않았다고 하여 지금까지도 술을 먹자고 한 것으로만 알고 있는 것에 대해서는 너무 무심하다고밖에 할 말이 없었다.

당시에 민중들은 송강의 마음을 이해하고 나라를 먼저 생각했지만 지도층은 달랐다. 첫째가 자기들이 애용하는 글이 아닌 것이 못마땅했다. 언문이라고 하여 지체가 높으면 외면하는데 송강은 무슨 생각으로 그 글을 활용하여 노랫말을 지어 배포했다. 그 정도는 이해하려고 했지만 짐승처럼 살아가고 있는 부류와 같이 술 하자는 것에는 아무리 가슴을 넓히려 해도 막막하기만 했다. 채신머리없는 짓으로밖에는 생각되지 않았다. 평소에 각을 세우고 있는 입장에서는 미운 짓만 골라하는 것처럼 느껴졌다. 임금마저도 백성의 환심을 사서 어떤 큰일이나 획책할까 봐 은근히 걱정되기도 하였다. 덕분에 은연중에 깎아내리면서 왜곡시키고도 싶어졌다. 그런 피해가 오롯이 전달되어 오늘에까지 이르렀다. 하지만 깊이 생각하면 술은 그냥 술이 아니었다.

장진주사에서 송강이 내세운 술은 하나의 매개체일 뿐이었다. 신과의 소통에도 술이 활용되는 것을 보면서 술을 끌어들였을 것이다. 장진주사는 송강의 평등 정신에서 나온 글이었다. 그런 정신을 살렸다면 한반도는 일찍이 달라졌을 것인데 천재의 심오한 뜻을 몰라보았다. 그리고는 자기들의 주관에 따라 이런저런 말을 잘도 만들어냈다. 그런 사이 송강의 정신은 흔적 없이 사라지고 매개체인 술만 남았다. 술은 과하면 주사라는 것이 남았다. 그래서 인지 별의별 말들이 술과 같이 떠다니면서 흠결을 많이도 만들어 놓았다.

송강하면 술이 먼저 떠오르는 듯 술술 한다. 그러면서 은배 이야기가 나오는데 정말 말도 안 되는 소리가 왜 나왔는지 모르겠지만 우선 그 낭설을 따라가야겠다. 송강은 아침에 입조하면서 매일 술에 취해 있었다. 이를 보다 못한 임금은 술잔 하나를 하사하시면서 하루에 그 잔으로 한 잔 씩만 마시라고 했다. 얼마 동안은 술기 없는 모습이었는데 그리 오래가지 않았다. 다시 취기 있는 모습에 임금은 눈이 휘둥그레졌다. 그리고는 왜 지시를 따르지 않느냐고 꾸중했다. 그러자 송강은 품에 지니고 온 잔을 꺼내 내밀었다. 술을 먹고 영 기별조차 없어 부득이 이를 늘렸다는 것이었다. 임금이 내린 술잔이 맞았고 한 잔으로 그쳤으니 말씀에 따랐다는 주장이었다. 임금은 어이없었지만 지시를 어기기는 않은 것으로 하여 웃고 넘겼다고 했다.

그런데 그 말이 사실이라면 임금은 웃어넘길 수도 있었겠지만 신하들은 임금을 능멸한 행위라며 상소가 빗발쳤을 것이다. 그것이 조선 조정의 분위기였다. 특히 삼사의 역할이 그런 모순을 꼭꼭 짚어 바로잡았다. 송강은 조정에 있으면서 반대자들의 탄핵을 많이도 입은 몸이었다. 그 정도로 임금의 지시를 바로 따르지 않았다면 이를 우리고 우리는 말이 나왔을 것이다. 그런데도 이에 대한 문구는 어디에도 없었다. 탄핵 당시 술이 과하다는 말이 나왔었다. 임금이 그 증거가 무엇인지 물었다. 대답이 궁해지자 술을 먹으면 갓이 비뚤어진다는 말로 위기를 넘겼다. 이는 보기에 따라 달라지는 것이기 때문에 임금은 웃고 말았었다. 그런 지경에 항상 취해 있었고 임금의 지시마저도 어긴 사실이 있었다면 그냥 묻어 두지는 않았을 것이다. 이 하나만을 보더라고 은배를 늘렸다는 것은 낭설임이 확실하였다. 그보다는 현재 전해지고 있는 말이 허구라는 것을 실물이 말해주고 있어 밝히기로 했다.

겉모양에 남은 망치자국이 오해를 불러왔는지는 모르겠지만 술잔 자체가 두드려서 만들어진 방자형이다. 그 특성을 모르고 한 낭설을 무조건 맞는 것으로 한다면 무엇을 더 말할까 만은, 그 구조가 확실하니 살피지 않을 수가 없다. 은배는 셋으로 나뉜다. 복숭아 모양이라고 해서 도배라고 하는 잔과 잔 받침이 있다. 또한 잔 밑이 평면이 아니어서 이를 안전하게 앉히는 역할을 한 원형 가락지가 어울려 하나의 술잔이 되었다. 잔만 방자형이고 나머지 둘은 만드는 과정이 딜라 두드린 망치자국이 없다. 그러니까 망치자국이 안 보인다는 것이다. 또한 잔 받침은 두 번 꺾어져 있어 변형이 안 되는 특성을 지니고 있다. 또한 낭설처럼 늘렸다면 잔 받침이 상대적으로 아주 작아야 하는데 이들의 구도를 보면 잘 어울린다. 이는 처음 만들었을 때의 모습 그대로라는 것을 증명하는 것이다.

송강의 시에는 술이 많이도 그려져 있다. 송강을 가까이서 본 사람의 글에도 술이 있다. 술 한 잔 하고 시를 단번에 써 내려가는데 율과 격이 딱 들어맞는다는 말도 있다. 이항복은 송강이 술을 먹고 말을 하면 신선 같다고도 했다. 또한 반대자들의 말에서는 술 주사가 있는 것처럼 그리곤 하였다. 그렇다면 모두를 알고 종합적으로 판단했으면 좋겠는데 단편적으로 알면서 자기 주관적으로 판단하거나 반대자들의 말에 편승하기 일쑤였다.

거기다가 술을 무진무진 먹자는 장진주사의 가사를 남겼다. 글에서 서론은 본론을 이끌기 위한 것이어서 그냥 넘어 뛰어야 하는데 장진주사에서는 서론에 머물고 있는 것이 눈에 보일 정도였다. 그래서 이를 바로 알리고 싶어 입을 벙긋하려 하면, 혹자는 술을 지나치게 좋아한 폐해를 덮으려는 계산일랑 아예 말라고도 했다. 자기의 상상과 송강 사후에 마구 만들어진 유언비어가 어우러진 결과를 확정짓는 듯한 말이었다. 그런데 혹자들이 그렇게 말하며 제시하는 사료는 와전되어 진실과는 판이할 뿐이었다. 송강은 술을 먹고 취해서 추태를 부린 적은 한 번도 없었지만, 부풀리거나 자르기로 자기들이 선전하고자 하는 의도대로 만들어 확정하였다. 또한 상황의 전개를 전후좌우 아울러야 하는데 결론만을 가지고 당시를 논하기도 하였다. 혹자들이 제시하는 당시로 돌아가면 술기운이 들어가자 행패를 부렸다고 하였다. 그렇지만 현실은 전혀 달랐다. 멀쩡한 사람을 만인이 보는 앞에서 모욕을 주었다. 도저히 참을 수 없는 짓이었다. 더 이상 참고 견딜 일만도 아니었다. 이내 분출하는 진노 끝에 절교를 선언하자 술 취한 행위로 몰아붙였다. 그것은 하나의 작전이었고, 자기의 잘못을 덮는 하나의 수단이었다.

조헌은 이런 주장들을 더 이상 보고만 있을 수 없었다. 송강이 관찰사를 수행하는 것을 지척에서 보면서 술을 대하는 바를 곧이곧대로 적어 상소로 하였다. 여기에는 송강이 술을 어떻게 대하며 왜 취하려 하는지 그런 상황 등을 자세히 적었다.

"송강은 큰일을 앞에 두고는 절대 술을 멀리했습니다. 술을 즐기면서도 절도는 지켰습니다. 관찰사로 관할 노인에게 향연 베풀 때는 먼저 술잔을 드는 법이 없었습니다. 직위보다는 연배가 우선이라며 노인들이 술잔을 든 후에야 들었습니다. 그렇게 절제하는 가운데도 술을 많이도 마셨습니다. 그 이유가 있었습니다. 을사사화에서 큰형과 둘째 매부를 잃었습니다. 장원급제하여 이조정랑의 벼슬을 하던 형은 고문 후 귀양살이 가던 길에서 매의 후유증으로 숨을 거뒀습니다. 시신조차 수습할 형편이 안 되었습니다. 둘째 매부는 중종 임금의 손자로 태어났습니다. 을사사화에서 수괴로 몰리자 일단 몸을 숨겼는데 뒤를 밟은 사람에게 붙들렸습니다. 국청에 끌려 나간 매부는 자백을 강요받았습니다. 전혀 모르는 일뿐이라서, 아니라 할 때마다 압슬 등 잔인하기 그지없는 고문이 따랐습니다. 더 이상 참지 못하고 고개를 끄덕였습니다. 그러자 사지를 갈가리 찢는 형벌로 까마귀밥을 만들었습니다. 송강은 이런 일들이 생각되면 자다가도 벌떡 일어났습니다. 형과 매부의 생각이 일면 어쩌지 못하고 술에 의지하였습니다. 임금님께서는 송강의 심정을 알아주셨으면 합니다."

상진은 형민을 대동하고 친구를 만났다. 그리고는 자기가 알고 있는 장진주사와 송강에 대한 것을 형민의 도움을 받아가며 일부를 털어놓았다. 친구는 모두가 처음 듣는 소리라서 눈이 휘둥그레졌다.

"야! 내가 지금 듣고 있는 말이 진실이냐? 꼭 거짓말을 듣는 것 같기만 하다. 만약 네가 평소에 조금이라도 허튼 짓을 했다면 못 믿어 하겠지만 상진이잖아. 믿을 수밖에."

"그렇게 말해주니 고맙다. 그런데 어제는 미안했다. 네가 그렇게 술이 먹고 싶은 것을 알았다면 장진주사를 안 읊었을 거야. 앞으론 조심할게."

"무슨 소리야! 내가 거기까지 몰라서 그랬던 것을. 장진주사의 깊은 뜻을 알아서 그런지 네 소리가 더 듣고 싶어진다. 나를 위해 들려주면 안 될까?"

"지금."

"응."

"네가 듣고 싶다는데, 마다할 이유가 없지."

"고맙다."

"맛을 더하기 위해 원문인 고어로 읊어줄게."

"좋지."

"호盞잔 먹새 근여 쏘 호盞잔 먹새 근여 곳 것거 算산 노코 無무盡진無무盡진 먹새 근여 이 몸 죽은 後후면 지게 우히 거적 덥허 주리혀 미여가나 流뉴蘇소寶보帳쟝의 萬만人인이 우러녜나 어욱새 속새 덥가나모 白빅楊양 속애 가기 곳 가면 누론 히 흰 돌 ᄀᆞᄂᆞᆫ 비

251

3. 장진주사

굴근 눈 쇼쇼리 브람 불제 뉘 혼 盞잔 먹쟈홀고 흐믈며 무덤 우히 진납이 프람 불제야 뉘우츤돌 엇디리"

"좋다 좋아. 그런데 말이야! 장진주사에 대하여 더 알고 싶어 네 강의가 듣고 싶은데 가능할까?"

"네가 원한다면야."

"야! 너는 최고야. 최고."

"그런데 나보다는 옆에 있는 이 친구가 전문이야. 나는 이 친구에게 조금 배웠을 뿐이야. 같은 값이면 다홍치마라고 전문인에게 듣는 것이 좋을 것 같아."

"나야 뭐 좋지만……."

"그런 걱정은 마. 그런 강의라면 밥 싸들고 다니는 사람이니까. 형민이 그렇지 않냐?"

"맞아, 형씨가 허락한다면 한번 해보겠습니다."

"저야, 뭐 감지덕지하지요."

"근여는 그려이고, 곳은 꽃을 말하며, 산 노코는 계산하면서 입니다. 그러니까 한잔 마시고는 셈하려고 꽃을 꺾어 놓고 또 마신 후 꽃 꺾고 하여 끝없이 술잔 기울이면서 먹어보자는 것으로 이는 이 글을 이루기 위한 서론입니다.

사람은 다 죽게 되어 있습니다. 죽으면 모두가 땅 한 평 차지하는데 그 과정은 각각 다르지요. 지금도 리무진을 타고 가는 사람이 있고, 관을 몇몇이서 메고 가는 사람이 있는가 하면, 어떤 이는 이도 저도 안 되어 처량하기 그지없이 가족만으로 운구가 되기도 할 것입니다. 예나 지금이나 빈부 및 신분의 차이로 그렇게 이뤄질 것인데, 장진주사를 지을 당시에는 신분이 확실히 나뉜 사회였습니다. 종이 죽었을 때 주인이 관은 맞춰줄 것입니다. 또한 동래에서 어울려 살았다면 아무리 가난해도 마을에서 추렴해서라도 관은 써줄 것인데, 산속에 짐승처럼 혼자 살아야 하는 최하층민은 관은 호사스러웠겠지요. 어찌지 못하고 지게 위에 거적 덮어 주리어 메인 채 최종적으로 잠잘 자리를 찾았을 것입니다. 반면 강원, 전라, 함경 관찰사를 마치고 형조, 예조 판서를 한 송강 같은 사람이 죽으면, 많은 사람이 만장을 들고 울며불며 꽃상여 뒤따랐을 것입니다. 산에 갈 때는 아주 다르지만 산속에 들어가면 결과적으로 다른 것은 하나도 없어집니다. 어욱새는 억새, 덥가나모는 떡갈나무, 백양은 사시나무 또는 회양목. 이들이 있는 산속의 생활은 하나같이 일률적입니다. 들이나 산 속에 가기만 하면 해와 달이 뜨고, 이런저런 비 내리며, 바람 부는 등 세월이 흘러가도 누구 한 사람 와서 술 한 잔 하자고 하는 사람은 없다는 것입니다. 즉 사람은 죽으면 누구나 똑 같으며 찾아줄 사람도 없다는 것이 본론입니다.

　하물며 무덤에 원숭이(산짐승, 들짐승)가 와서 휘파람 불며 놀고 갈 때는 이런저런 이유로 소통하지 못하고 산 것을 후회하게 되어 있습니다. 그때 뉘우치고 후회하면 무엇 하겠습니까? 살았을 때 신분 같은 것 가리지 말고 어울려 술 한 잔 하면서 소통하는 가운데 즐겁게 살아야 한다는 것이 장진주사의 결론입니다.”

“야! 들을수록 심오하고 알수록 가슴이 젖어듭니다. 멋있고 멋있습니다. 듣고 보니 빠져들 만합니다. 그리고 보니 두 분이 부럽기도 합니다.”

“무슨 말씀을 들어주셔서 고맙습니다.”

“고맙다. 이해해줘서. 그런데 말이나 난 이런 생각이 들더라.”

“무슨 생각?”

“셰익스피어는 인도 대륙과 바꾸지 않겠다고 영국에서는 했다는데 송강은 그보다 한 시대를 앞선 분이시잖아. 그리고 그는 귀족이 원해서 그들의 심심풀이에 쓰일 글을 썼지만 송강은 높은 지위에 있으면서 뭇 백성과 소통하자며 장진주사를 지었어. 그 정신세계는 높고도 높아 인류의 스승으로 영원히 빛났으면 좋겠는데……. 또한 문학적으로만 따져보면, 세계에서 유일하다고 하는 가사라는 장르를 완성시킨 분이잖아. 그 내용을 보면 민초들을 계몽시켜 삶을 윤택한 것으로 강원관찰사 시절 관동별곡과 훈민가로 관할 백성의 삶을 한 단계 올려놓은 것은 역사에 분명히 기록되어 있어. 이를 세계인이 바로 안다면 아마 가만히 있지 않을 것 같은데 왜 우리는 그냥 있었던 것인지.”

"그렇지. 그런데 왜 우리는 묻어만 두었을까 하는 생각은 나도 많아 해보았어."

"그것은 우리가 우리 것의 가치를 몰랐기 때문이라고 생각해."

"맞아, 나도 이제야 장진주사의 숭고한 뜻을 알았으니까."

"송강을 정치적으로만 너무 이용했어. 조선시대는 그랬다고 치더라도 민주주의의 근대에는 달라져야 한다고 생각해. 그런데 정신적으로 아주 앞선 분은 외면한 채 자기가 좋아하는 인물이라고 해서 붓으로 많이도 만들었지. 정말 그렇게 만들면 안 된다는 생각이야. 어찌 보면 그런 인물이 의외로 많은 것이 문제긴 문제야. 그런데 송강은 맑기가 거울 같아서 연구한 사람의 말을 들어보면 까고 또 까도 양파의 속처럼 하얗기만 하다는 것이야."

"그렇게 순백인 사람은 없을 것인데."

"그래서 한번 빠져들면 벗어나오지 못하고 블랙홀처럼 쪽쪽 빨려들어간다는 거야."

"그래서 너도 이렇게 심취해 있구나."

"맞아, 나는 그분을 위하다 죽게 되어도 웃으면서 갈 것 같아."

"나도 너를 따라 그분에 빠져들어 볼까?"

"그러면 우리야 좋지."

"너를 위해서 그러는 것이 아니라 이 나라와 민족을 위해서 하는 말이야. 바로 알기만 하면 송강은 세계인의 스승이 될 것이고, 한

반도는 종교의 메카처럼 발길이 이어질 것인데 한 목숨 바칠 만도 하다는 생각이 들었기 때문에 하는 소리야."

"듣던 중 반가운 소리다. 우리 그렇게 한번 만들어보자."

"그래, 그렇게 해보자."

셋은 노을을 보면서 손을 맞잡았다. 영원히 함께 가자며 서로 눈빛을 교환했다. 붉게 변한 뭉게구름은 빙긋이 미소 지었다. 송강 선생의 모습이 그 안에 있었다.

– 終 –

2019.1.31.

역사에 가정이란 없다고 한다. 그런데 송강 선생에게 기축옥사만 없었다면 하는 말이 곧장 들린다. 실로 안타까워서 나오는 말일 것이다. 맑고 순수한 분이시기에 옥의 티끌 같은 것이라서 하는 말이지만 문헌에 보면 결과쯤이야 예상하고서도 뛰어드셨다. 모진 성격의 임금과 바람 앞의 등불 같은 동료 신하가 우선 생각되어서 팔을 걷어붙였다. 만약 당신의 안위만 생각하여 거리 두었다면 선조 임금이 가장 아끼는 신하로 영원히 남았을 것이다. 정말 그랬다면 임진왜란의 화를 오롯이 떠넘기는데 송강을 방패막이로 삼았을 리는 만무하다.

선조 임금은 외롭고 불안한 처지여서 항상 몸을 움츠렸다. 순수한 성격에 소신껏 행동하는 송강이 옆에 있어 든든했는데, 베갯밑공사가 의심의 눈초리로 바라보게 만들었다. 송강은 목에 칼이 들어와도 할 말은 하는 성격이었다. 즉 옳다고 생각되면 어떠한 제약이 따르더라도 행동해야 직성이 풀렸다. 그런 성품을 알고 있는 선조 임금은 송강이 변절한 것처럼 느껴지자 몸이 으스스 떨려왔다. 단종 임금과 연산군이 머리에 스치고 지나갔다. 이런저런 일이 꾸며진 끝에 죽음에 이르게 했지만 불안한 마음은 여전했다. 언제 그런 망령이 되살아날지 모른다는 생각에서 발본색원하고 싶었다.

엎친 데 덮치는 격으로 왜란의 화를 대신할 신하가 필요했다. 송강을 끌어드리면 일석이조의 효과가 있을 것 같다는 생각으로 선조 임금은 고개만 끄덕였다. 상소의 내용이 사실과 먼 것을 알면서도 훌륭하다며 신원시킴과 동시에 작위까지 하사했다. 그렇게 해야 소기의 목적 달성이 된다고 생각했기 때문이었다.

기축옥사에서 죽임 당한 사람들은 억울하였다. 어떠한 수단과 방법이건 동원하여 신원시키고 싶은 마음에 눈을 번뜩였다. 그런데 상소만 올리면 무조건 받아주었다. 송강 물고 늘어지는 것이 크면 클수록 결과까지 훌륭했다. 너도 나도 팔 걷어붙이고 갖은 미사여구로 죽은 이 추켜세웠는데 그런 것들이 문헌에 그대로 남았다.

송강에게는 거두절미한 증거였다. 임금이 어린애 응석 받아주듯한 것을 가지고 송강을 평가하려고 한다. 그들에게는 결과만 있으면 된다는 식인데 역사는 그 내막이 더 중요할 것이다. 기록을 마음대로 하려고 초사까지 전쟁 중에 불에 태워버렸다. 그리고는 아니면 말고 식으로 자기들 마음대로 써 내려갔다. 하나같이 왜곡된 글이다. 역사 바로 세우기 위해서라도 전말이 알려져야 한다. 그렇게 하여 세계 유일의 문학인 가사문학의 최고봉 송강을 널리 알린다면, 한민족의 앞선 문화에 세계인의 눈이 휘둥그레질 것이다. 그런 날이 오기 바라면서 이 글을 송강의 영전에 바치려고 한다.

흔들려도 유려(流麗)하게 그 길을

충북소설가협회장
전영학

송강 정철은 우리 고전 문학사에 길이 남을 위대한 문인 중 한 분이다. 그러한 송강을 평생 붙들고 문학적 자양(滋養)을 삼는 분이 우리 곁에 있다. 바로 정순택 소설가다. 그는 송강의 한시(漢詩) 백수십 편을 재번역·해석한 저서를 출간한 바도 있다. 또한 전 작품을 완역한다는 목표로 지금도 매진 중이라고 한다.

정순택은 송강의 문학세계는 물론 그의 생애, 사상, 다사다난했던 환로(宦路), 그리고 그 시대상(時代相)까지도 훤히 꿰고 있다. 아마 이것은 정순택과 혈연관계로 이어져 있는 송강에의 애착에서 기인했을 것이다. 하지만 그의 진정성은 송강 정신의 진수를 오늘의 우리에게 제대로 알리는 데 있다. 작중에 등장하는 현대의 청년이 송강을 비하하고 폄훼하는 대화에서 드러나듯, 작가에게는 이런 세태가 매우 한탄스러울지도 모른다.

가사문학은, 정형률을 유지하면서, 작가의 정서와 호흡을 마음껏 길게 늘인, 우리나라 고유의 찬란한 문학 장르다. 송강은 이 장르에서 불멸의 작품들을 여러 편 지었고 그것이 지금 우리 문학의 귀중한 유산으로 남아있다. 가사에 드러나는 송강의 삶은 애민, 애국(충군), 정의(正義) 그리고 풍류다. 이런 정신은 시대를 뛰어넘는 귀중한 가치가 아닐 수 없고 정순택이 흠모하여 마지않는 송강의 매력이다.

　이 소설이 소설적 격식을 타파하면서까지 독자에게 여실히 보여주고 싶은 것이 있다면 아마 그 정신일 것이다.

송강 선조의 숭고한 정신 속에서

영일 정씨 문정공파 종중 회장
정태익

세계적인 재앙으로 번진 코로나19는 개인은 물로 모든 국가의 생활 형태를 급속하게 뒤흔들어 놓았습니다. 천재지변 속에서도 역사는 흐르며 이에 대한 관심과 연구는 지속되고 있습니다. 과거의 기록이 현재의 삶에 기대한 영향을 미치고 있기 때문일 것입니다.

가끔씩 언론에서 보도되고 있는 정치인 송강에 대한 기술과 평가가 후손들인 우리에게 종종 우려를 자아내기도 합니다. 영일 정씨 문청공파 종중의 일원인 정순택 작가가 선조에 대한 부정적 평가를 안타깝게 생각하여 오해를 불식시킬 수 있는 책을 발간하였습니다. 저자는 송강에 대한 과거의 기록물을 철저히 고증하여 잘못된 점을 시정할 수 있는 사실과 논거를 찾아냈습니다. 작가의 헌신적인 노력과 거둔 업적에 대해 먼저 경의를 표합니다. 사실과 다른 기록에 대해 반박하는 내용이 놀랍기 때문입니다.

특히 저자는 선조실록과 당시 문헌을 분석하여 사실과 논거에 따라 송강에 대한 잘못된 기술과 평가를 바로 잡는 큰일을 해냈습니다.

무엇보다 기축옥사와 관련하여 송강에 대한 부정적 평가가 오늘날까지 확산되어 관련자 가문간의 반목이 지속되는 현상 속에 우리 송강 자손들은 부당한 피해를 보고 있는 것도 사실입니다. 작가는 송강의 정치적 행적을 철저히 고증해서 성품과 인품 그리고 품평을 재대로 밝히는 노력에 경주하여 송강이 올곧게 있어야 할 자리를 찾아주는 데 기여하고 있습니다.

송강의 후손들은 선조의 명성으로 자부심을 가지며 살고 있습니다. 조상이 역사에서 올바른 평가를 받도록 하고 정치적 문학적 치적을 선양하는 것은 당연한 도리라고 생각합니다. 그런데 회장인 저도 지금까지 잘 알지 못하던 점을 작가가 밝혀준 데 대하여 이 자리를 빌려 감사의 인사를 드립니다. 종중 여러분들도 필독하여 오해로 빚어진 논거에 대처하는 것이 좋을 것 같습니다.

올해는 송강 탄신 484주년이 되는 해입니다. 송강을 기리고 선양하는 다양한 사업이 추진되고 있습니다. 머지않아 충북 진천 소재 송강사당에 송강문학관이 건립될 것입니다. 선조를 추모하고 선양하는 사업에 적극 동참한다는 생각으로 이 책을 권합니다. 여기에는 이런저런 내용이 퍽이나 많았습니다. 읽는 가운데 저도 모르게 감탄이 절로 나왔습니다. 많은 사람이 저와 같이 기쁨을 누릴 수 있었으면 좋겠습니다.